KB262487

미르영 퓨전 판타지 소설
FUSION FANTASTIC STORY

타임 슬라이스 6

미르영 퓨전 판타지 소설

초판 1쇄 찍은 날 § 2010년 6월 9일
초판 1쇄 펴낸 날 § 2010년 6월 14일

지은이 § 미르영
펴낸이 § 서경석

편집장 § 문혜영
편집책임 § 서지현
편집 § 어정원

펴낸곳 § 도서출판 청어람
등록번호 § 제1081-1-89호
등록일자 § 1999. 5. 31
어람번호 § 제1-1154호

주소 § 경기도 부천시 원미구 심곡2동 163-2 서경B/D 3F (우) 420-822
전화 § 032-656-4452 팩스 § 032-656-4453
http://www.chungeoram.com
E-mail § chungeoram@chungeoram.com

ⓒ 미르영, 2009

ISBN 973-89-251-2199-4 04810
ISBN 973-89-251-1998-4 (세트)

시간의 종말!
[완결]
6

TIME
SLICE
타임 슬라이스

미르영 퓨전 판타지 소설

FUSION FANTASTIC STORY

도서출판 청어람

CONTENTS

CHAPTER 01
블랙 파이브

TIME SLICE 타임 슬라이스

콰콰콰쾅!

폭발음보다 더 큰 모래의 해일이 사방으로 퍼지며 모든 것
을 휩쓸어갔다.

모래 해일을 일으킨 주범은 지진이 아니라 한 명의 인간과
거대해 보이는 로봇 병기였다.

스피릿아머를 착용하고 있는 로페즈의 힘은 이미 인간의 것
이 아니었다.

검은 기운이 마치 먹이를 노리는 뱀처럼 스피릿아머의 전신
을 휘돌다가는 날카롭게 두영을 공격했다.

콰콰쾅!

수백 마리의 검은 뱀들은 포탄이 쏟아지듯 두영을 향해 쏟

아지며 거대한 폭발을 일으켰다.

두영의 방어 또한 만만치 않았다.

음차원의 에너지 뭉치인 검은 뱀들은 제혼의 칼날에서 단단한 육체의 속내를 드러내야 했다.

두영과 스피릿아머를 착용하고 있는 로페즈 간의 격돌은 마치 신과 악마의 격돌 같았다.

촤아아아!

콰쾅! 콰콰콰콰쾅!

두 사람이 벌이는 격돌의 여파로 휘몰아치는 폭풍이 주변을 휩쓸었다.

강렬한 기의 폭풍은 해안가에서만 일어날 법한 해일을 사막 한가운데에서 일으키고 있었다.

백광이 번쩍이는 제혼을 휘두르는 두영과 검은 기운이 온몸을 둘러싼 로페즈의 기운이 충돌하는 모습은 아마겟돈이라 불리는 최후의 전쟁처럼 주변을 폐허로 만들어가고 있었다.

콰쾅!

"제기랄!"

로페즈는 자신도 모르게 튀어나왔다.

휴식을 취하고 있는 아공간을 건드리는 인간을 없애기 위해 나오기는 했다. 처음에는 간단히 상대할 요량이었지만 이 정도일 줄은 몰랐기에 울화통이 치밀었다.

처음 격돌이 있은 후부터 지금까지 정신없이 두영의 공격에 밀리고 있었다.

자신의 시야와 감각을 완전히 벗어나 사각의 공간에서 튀어나오는 공격이었다. 수많은 격전을 치르며 마스터에 이른 자신이다. 그럼에도 두영의 공격을 막는다는 것은 무척이나 어려운 일이었다.

간혹 공세를 취하고는 있지만 하나도 성공하지 못하고 있었다. 한낱 인간의 공격에 이렇게 무기력한 자신이 믿어지지 않는 로페즈였다.

'어디서 나온 놈인 거지? 지금까지 수집한 정보에는 없는 놈인데…….'

믿을 수가 없는 실력이었다.

스피릿아머를 착용하지 않고 있었다.

같은 실력을 지니고 있다고 해도 기본적인 전력 차이는 최소 백 배라고 할 수 있다.

그럼에도 자신을 이렇게 몰아붙이는 인간이 있다는 사실은 로페즈를 패닉 상태로 몰아가고 있었다.

블랙로즈 가의 수장이자 어둠을 지배하는 블랙 파이브 중 한 명이 바로 자신이다.

유럽을 지배하는 실세이자 무의 궁극이라는 마스터에 이른 자신이 이렇게 허무하게 밀리고 있다는 사실에 로페즈는 분노를 금할 길이 없었다.

'으드득! 어디서 나온 놈인지는 모르지만 이대로 당하고만 있을 수는 없다.'

두영으로 인해 잃어버린 권위와 자존심을 되찾기 위해서라도 반격을 시도해야 했다.

'놈은 내가 태양 아래 취약하다는 것을 알고 공격 시점을 잡은 것이 틀림없다. 어느 정도 피해를 감수하는 수밖에! 놈을 반드시 사로잡아 정체를 파악해야 하니 때는 아니지만 지금부터 다크프리즘을 사용한다.'

로페즈는 다크프리즘의 권능을 빌려서라도 두영을 제압하기로 했다. 일족의 안녕을 위협할 수 있는 알지 못하는 새로운 적이 나타났으니 반드시 정체를 파악해야 했다.

태양이 광활한 사막에 폭염을 쏟아내고 있어 자신에게 불리한 상황이었다. 태양으로 인해 스피릿아머의 기동성도 떨어지고 블랙 파이브 중 깨어나 있는 것은 자신뿐이었다.

다크프리즘의 힘 또한 전부 발휘할 수 없겠지만 로페즈는 권능의 힘을 믿었다.

"어둠의 광명 속에 안식할지니 피의 힘이 그 안에서 깨어날지어다."

두영의 공격을 막는 것과 동시에 로페즈는 휴식을 취할 때만 사용하는 어둠의 결계를 펼쳤다.

자신의 의지가 지배하는 공간을 만들어내 단번에 제압하기 위해서였다.

콰콰쾅!

촤아아아!

거대한 충격파가 휩쓸고 지나간 흔적을 따라 모래가 밀려나갔다. 동시에 로페즈가 타고 있는 다크프리즘에서 검은 기운이 확산되며 그 뒤를 따랐다.

사방이 어둠에 휩싸였다. 다크프리즘의 권능이 지배하는 공간으로 바뀌어 버렸다.

어느새 두영과 로페즈는 어둠의 공간 한쪽에 들어서 있었다.

"사령사가 아니라면 어디서 온 놈이냐?"

자신만의 공간을 만들어낸 로페즈는 뒤로 물러난 두영을 노려보며 물었다.

"대단하군. 이런 대낮에 음차원의 마나를 이용한 결계를 펼치다니 말이야."

"음차원의 마나를 알고 있는 것이냐?"

로페즈는 속으로 무척이나 놀라고 있었다.

블랙 파이브라 불리는 다섯 가문의 수장들이 음차원의 마나를 이용한다. 그 사실은 자신들을 제외하고 지금까지 누구도 모르는 일이었는데 놀랍게도 상대는 자신이 가진 힘의 실체에 대해 알고 있었다.

"아주 오래전에 한 번 경험해 본 적이 있지."

"으음!"

'싸움이 있었다면 기억에 있을 텐데……'

지금까지 다섯 가문과 대적해 온 자들에 대한 정보는 빠짐없이 기억하고 있는 자신이다. 자신이 아니더라도 누군가 싸운 경험이 있다면 자신이 모를 리 없었다.

"그렇게 머리를 굴려봐야 나에 대해 알 수는 없을 것이다."

"도대체 누구냐?"

"글쎄? 나도 내가 누구인지 잘 모르는 형편이라서 말이야."

"나를 놀리는 것이냐?"

"후후후."

두영은 대답 대신 웃음을 흘렸다.

자신도 어떤 사명으로 이곳으로 왔는지 이제는 확실하지가 않기 때문이었다.

타임 슬라이스를 타고 온 것은 맞지만 그것이 우연인지, 아니면 누군가의 안배인지 분간할 수가 없었던 것이다.

"어찌 됐건, 내 권위에 도전한 이상 네놈을 철저하게 응징할 것이다."

정체가 어찌 되었건 싸워야 할 적이었다.

심기를 흩트리는 것은 좋지 않았기에 로페즈는 자신의 힘을 검에 집중시켰다.

'재미있군.'

검은 기운이 검에 응축되며 흑광을 토하기 시작했다.

내부로 뻗어내는 검강은 그리 어렵지 않게 시전할 수 있지만 외부로 퍼뜨린 기운을 다시 모아 만든다는 것은 상당히 고난도의 수법이었기에 두영은 흥미가 생겼다.

'해볼까!'

로페즈가 전력을 끌어 모으는 동안 두영 또한 제혼에 힘을 응축시켰다.

지잉!

검극에 백광이 어리며 작게 뭉쳐져 갔다.

좁쌀만 한 크기의 백광은 금방 자라 작은 완두콩 크기로 변했다. 삼천기를 응축해 만들어낸 힘이었다.

'헉! 어떻게 저런 기운이?'

한 번도 접해보지 못한 기운이다. 지금 뿜어지고 있는 기운이라면 오직 칠대부족의 비기만이 발할 수 있는 힘을 내포하고 있었다.

하지만 세상을 지배하는 일곱 부족 중 자신이 지금 느끼고 있는 기운을 사용하는 곳은 없었다.

번쩍!

쾅!

"컥!"

로페즈는 레이저건에서 발사된 광선처럼 일직선으로 갑자기 자신을 뻗어온 백광을 다크프리즘으로 막아냈다.

강렬한 충격파가 전신을 휩쓸고 지나가자 로페즈는 밀려오는 고통에 자신도 모르게 비명을 토했다. 자신이 가지고 있는 힘의 근원인 어둠의 마나가 흔들리며 내부에 충격을 주고 있었다.

한순간에 지나가기는 했지만 아직도 남은 힘의 여운이 뼈를 깎는 듯한 고통을 선사하고 있었다.

치이이익!

오러블레이드로 감싸인 다크프리즘에 흠집이 나 있었다.

'크으, 지구상의 어떤 물질로도 상처 하나 낼 수 없는 다크프리즘에 이런 흠집이라니… 위험한 놈이다.'

로페즈는 위험을 직감해야만 했다.

“그런 반편도 안 되는 검으로 막을 수 있다고 생각했나? 후후후, 웃기는 이야기로군.”

로페즈의 전신이 파르르 떨렸다. 상대는 다크프리즘이 온전하지 않다는 것을 알고 있었다.

어둠의 검이라 일컬어지는 현무의 검이 가지는 권능을 블랙파이브가 나누어 가졌음을 알고 있는 것이 분명했다.

‘서, 설마!!’

로페즈는 덜컥 겁이 났다.

까마득한 오랜 세월 동안 전해져 온 전설의 단편이 생각난 것이다.

“너, 넌! 잃어버린 고신들이 보낸 자냐?”

“글쎄, 아까도 말했지만 잘 모른다고 하지 않았나?”

“모를 리가 없다. 내가 모르는 힘이라면 분명 사라져 간 고신들의 힘뿐이다. 사실대로 대답을 해라!”

로페즈는 강하게 고개를 젓더니 두영을 노려보며 물었다.

“그거야 나도 모르니까 대답해 줄 말은 없고, 네놈들은 그동안 세상을 너무 어지럽혀 왔어. 전쟁이 발발하고 하는 행동도 마음에 들지 않고 말이야.”

“이제 배덕의 계절을 끝내려고 하는 것이냐?”

로페즈는 자신들이 고신들을 배신한 일에 대해 응징을 하려 왔는지 물었다.

“배덕의 계절이 뭔지 알 수 없지만, 네놈들의 그 더러운 행위는 멈추고 싶어서 이렇게 나선 것이다.”

　지금까지 그저 담담히 대하던 두영의 눈빛이 처음으로 매섭게 빛났다. 그것은 분노의 빛이었다.

"더러운 행위?"

"설마, 몰라서 묻는 것은 아니겠지?"

　두영이 말하고 있는 것은 지금 세계 곳곳에서 일어나고 있는 인종 청소였다.

　혈탑을 차지하기 위해 적의 피로 권능을 증폭시키는 피의 축제를 가리킨 것이다.

"그것이 어째서 더러운 행위라는 것이냐? 오래전부터 내려온 율법에 따라 피의 권능으로 자신을 증명하는 하는 성스러운 행위인 것을."

"후후후, 율법에 따른 성스러운 행위라……. 신이 되고자 하는 자들의 욕심을 네놈은 잘 모르는 모양이로군."

　두영은 로페즈가 혈탑에 얽힌 비밀에 대해 모르고 있다는 것을 알 수 있었다.

　그렇다는 것은 그저 그림자에 지나지 않다는 의미였다.

"그, 그것이 무슨 말이냐?"

"네놈은 칠대신검 중 하나인 현무의 검, 다크티어의 그림자에 지나지 않다는 소리다."

"미, 믿을 수 없다."

　다크티어라 불리는 신검은 칠대신검의 하나이자 자신들을 상징하는 권능의 상징이었다.

　그림자에 지나지 않았다면 이렇게 스피릿아머로 변형될 수 없었기에 로페즈는 두영의 말을 믿을 수 없었다.

"어떻게 다크티어의 힘 중 일부를 쓰고 있는지는 모르지만 넌 그림자에 지나지 않았다. 진짜가 나타나면 그저 허무로 머물 뿐인 그림자 말이다."

"으아아아!!"

두영의 말에 로페즈는 소리를 지르며 빠르게 다가왔다. 자신을 허깨비로 여기는 두영의 태도에 진정으로 분노하고 만 것이다.

쓰아앙!!

검은 기운을 풍기는 음차원의 마나가 폭발하듯 검신에서 흘러나오며 두영을 향해 쇄도했다.

번쩍!

강렬한 섬광이 두영의 검에서 번쩍였다.

좌아아악!

제혼에서 일직선으로 뻗어 나온 광선이 로페즈가 발산한 검은 장막을 일자로 갈랐다.

종이가 찢어지듯 반으로 잘라져 버린 장막 속에서 로페즈의 신형이 드러났다.

로페즈는 지금 스피릿아머를 착용한 모습이 아닌 원래의 모습을 회복하고 하고 있었다. 블랙 파이브가 아닌 인간 본연의 모습이었다.

인간의 모습을 찾았지만 그의 눈동자는 아니었다.

한순간에 다크프리즘의 권능을 사라지게 만든 두영의 힘에 믿을 수 없다는 듯 로페즈의 눈이 한없이 커져 있었다.

"어, 어떻게… 컥!"

의문도 잠시, 뒤늦게 찾아온 극렬한 고통이 로페즈의 전신을 휩쓸었다.

두영의 공격은 다크프리즘의 권능을 없애 버렸을 뿐만 아니라 그의 몸 또한 순식간에 반으로 갈라 버렸던 것이다. 극한의 쾌속과 극한의 미세가 만나 결합되어 몸이 잘려 버린 고통이 이제야 나타난 것이다.

로페즈는 심장의 박동을 빨라졌다. 심장은 평소보다 빠르게 피를 펌프질하며 빠른 속도로 전신으로 보냈다.

어둠의 일족에게 내려진 권능이자 수많은 세월을 이어온 퍼스트뱀파이어의 힘이 피를 따라 맴돌았다.

치지지지!

복부를 기준으로 상하로 완전히 갈라진 복부에서 기름이 끓는 듯한 소리가 울려 퍼졌다.

검푸른 피가 흘러나와 상처를 보듬고 다시금 새살을 만들어 나갔다.

퍼스트뱀파이어의 첫 번째 권능!

부활의 의식이 시작된 것이다.

'제길, 심장을 단번에 소멸시켜야 하는데, 음차원의 마나가 공간의 결을 비틀어 버린 것인가?'

완전한 몸으로 다시 회복하고 있는 로페즈를 보며 두영은 쓴웃음을 삼켰다.

척추를 통째로 끊어내며 내부의 장기까지 순식간에 박살을 냈다.

하지만 퍼스트뱀파이어의 권능이 살아 숨 쉬는 심장은 온전히 살아남아 다시금 장기를 만들어내고 몸이 이어 붙여 버렸다.

회심의 일격이었지만 두영의 생각과 같이 되지 않은 것이다.

*　　*　　*

테벨릿 행성인들도 음차원의 마나를 이렇게 정밀하게 사용하지 못하는데 대단한 회복 속도다.

삼천기를 실은 제혼의 공격에 이토록 빨리 반응한다는 사실이 믿을 수 없었기에 놈의 몸을 자세히 살펴보았다.

심장은 놈의 힘의 원천이 있는 곳이다. 나도 속을 만큼 공간을 비틀어 가장 중요한 심장을 보호한 것이 분명했다.

다시금 공격이 개시되기 전에 몸을 회복시킨 속도는 거의 눈 깜짝할 사이였다.

나조차도 놈이 몸을 완전히 회복한 후에야 눈치를 챘으니 말이다.

문제가 심각하다.

내가 알고 있는 어떤 존재와 유사한 능력을 가지고 있는 것 같기 때문이다. 사실 의식적으로 이런 과정을 유도했다면 내가 가진 힘 정도라면 그리 큰 문제가 없다. 제혼을 통해 의식의 흐름을 끊으면 저 경이적인 회복력을 완전히 사라지게 만들 수 있기 때문이다.

하지만 놈에게 작용한 힘은 그런 차원이 아니다. 의식이 관여하기 전에 스스로 알아서 작용하는 미지의 힘이 놈을 회복시킨 것이다.

놈은 아직도 어리둥절한 표정이다.

자신의 몸에 무슨 일이 일어났는지 모르는 것이 분명했다. 놈의 의식이 미처 인식하기도 전에 몸이 알아서 이미 모든 회복 과정을 끝내놓은 것이다.

테벨릿 행성인에게 전해져 내려오는 전설의 존재만이 이런 회복 과정을 보일 수 있다.

최초로 음차원의 마나를 다루었으며, 모든 테벨린 행성인의 모체가 되는 퍼스트뱀파이어!

바로 피의 제왕만이 보일 수 있는 힘이 놈에게서 보인 것이다.

흔히들 말하듯 퍼스트뱀파이어는 테벨릿 행성인에게는 신과 같은 존재다.

스스로 생겨난 존재이며 음차원의 마나를 의지에 따라 조율하는 피의 신인 것이다.

테벨릿 행성 내에서도 앞에 있는 놈과 같은 경이적인 회복 능력을 가진 자는 없었다.

어쩌면 난 테벨릿 행성인에게 신이나 마찬가지인 퍼스트뱀파이언의 흔적과 만난 것인지도 모른다.

*　　*　　*

“크크크, 나에게 이런 고통을 주다니! 육체를 산 채로 짜내 네놈의 혈관을 따라 흐르는 피를 전부 마셔주마.”

수백 년 만에 맛보는 고통으로 인해 로페즈의 눈에 광기가 돌기 시작했다. 심장에서 깨어난 피의 힘이 그 광기를 부추겼다.

검은 기운을 마구 뿜어내는 그의 얼굴이 점차 일그러지기 시작했다. 점차 변형되어 가는 얼굴은 인간의 형상이 아니었다. 머리카락은 어느새 다 빠져버리고 뾰족하게 솟아오른 송곳니가 그가 인간이 아님을 증명했다.

그뿐만이 아니었다.

까드드득!

뼈가 맞부딪쳐 부러지는 듯한 소리와 함께 로페즈의 등 뒤로 회백색의 날개가 뻗어 나오기 시작했다.

로페즈는 지금 퍼스트뱀파이어의 힘을 통해 새로운 모습으로 변화하고 있는 중이었다.

이 세상에 첫 번째로 나타났던 원래의 모습대로 돌아가 있었다.

“크크크!”

흰자위는 하나도 없이 검은 광택만이 맴도는 눈이 두영을 노려보았다.

“역시!”

음차원의 마나와 어둠만이 가득한 행성의 지배자!

거대한 날개를 이용해 하늘을 날아다니며 보이는 모든 것을 소멸시키는 존재!

적의 피에 담긴 기운을 흡수해 살아가는 테벨릿 행성인의 모습과 한 치도 다르지 않았다.

파드득!

날갯짓과 함께 하늘로 솟아오르는 로페즈를 보며 내심 긴장하기 시작했다.

날갯짓을 따라 로페즈 근처에서만 머물던 검은 기운이 빠른 속도로 확산되면 두영까지 덮어버리고 있었다.

음차원의 마나만이 가득한 어둠의 공간 속에서 가장 강력한 힘을 발휘할 수 있기에 로페즈는 지금 테벨릿 행성과 같은 공간을 만들어내고 있는 중이었다.

두영은 눈을 감아버렸다. 적의 의지로 가득한 공간 안에 들어온 까닭이다.

테벨릿 행성인이 사용하는 비술 중 가장 까다로운 것은 환상을 이용한 의식의 혼돈!

자칫 로페즈의 의도대로 환상을 쫓다 당할 수 있기에 기감만을 이용해 상대하기로 한 것이다.

"네놈이 내 원래의 모습을 깨운 것이 얼마나 어리석은 일이었는지 금방 깨닫게 될 것이다."

자신의 의지가 닿는 곳까지 공간이 만들어지자 로페즈는 두영을 조소했다. 자신의 공간 안에 들어온 이상 그 어떤 존재도 자신을 거역할 수 없었다. 개미를 손으로 눌러 죽이듯 간단히 죽여 버리면 그만인 것이다.

두영은 대답하지 않고 어둠과 동화된 로페즈를 찾기 시작했다.

'완전히 존재를 감추었다. 아니, 녹아들었다고 해야 하나?'

피의 기운이 반응해 원래의 모습으로 변해 버린 로페즈의 기운이 전역에 있었다. 자신의 의지와 결합되어 있는 탓에 정확한 위치를 찾을 수 없었다.

'역시 퍼스트뱀파이어의 힘인가? 힘의 근원을 정확히 찾아내 소멸시켜야 하는데 골치 아프군.'

로페즈가 발휘하는 권능의 모체를 찾아야 했지만 쉽지만은 않은 일이었다.

삼천기를 이용한 기감에도 걸려들지 않는 것을 보면 전에 상대해 보았던 테벨릿 행성인과는 차원이 다른 공간결계였다.

'놈이 공간의 결계를 사용했다면 나 또한 주법으로 공간결계를 만들자. 두 기운이 충돌하기 시작하면 놈이 가진 힘의 원천이 드러나겠지.'

두영은 위 입술을 살짝 깨물어 피를 머금었다.

푸!

"혈주(血呪)! 공간결(空間結)! 삼천쇄(三天鎖)! 결(結)!"

피를 내뱉은 두영은 재빠르게 혈주를 완성했다. 삼천기가 스며든 붉은 피가 이내 기화하며 검은색으로 물든 공간을 잠식하기 시작했다.

"후후후, 어리석은 놈!"

로페즈는 어이가 없었다.

피의 권능을 사용하는 자신에게 피를 이용한 결계를 사용한다는 것은 그야말로 번데기 앞에서 주름을 잡는 격이었다.

상대하기 까다로운 적이라고 생각했는데 오히려 자신에게 유리한 상황을 만들어준 두영이 고마웠다.

피를 통한 결계라면 상대의 의식까지 파고들어 가 자신의 수족으로 삼을 수 있었기 때문이다.

하지만 그것은 결코 로페즈의 바람대로 되지 않았다.

오히려 두영이 펼친 결계가 자신의 의식을 파고들기 시작한 것이다.

"도, 도대체……."

막아보려 했지만 소용이 없었다.

자신의 기운을 옥죄며 야금야금 파고드는 기운은 자신으로서도 처음 보는 기운이었다.

그동안 상대해 왔던 적들에게서도, 지구에 존재하는 그 어떤 자연의 기운도 닮지 않았다.

그뿐만이 아니었다.

자신의 적이 보이지 않았다. 자신의 의지로 가득 찬 공간이기에 상대의 모든 것을 파악할 수 있음에도 아무런 기척조차 느껴지지 않고 있었다.

"당황스러운가 보군."

어둠의 공간에서 들려오는 목소리가 로페즈의 가슴을 철렁하게 만들었다. 위치를 파악하지 못하고 있는데 갑자기 머릿속을 울린 탓이었다.

‘어서 찾아야 한다.’

로페즈는 의지를 집중해 두영을 찾았다.

“네 실력으로는 어차피 찾을 수도 없을 것이니 그리 신경을 집중할 필요는 없다.”

“넌 역시 고신들이 보내온 존재였구나.”

“후후후, 고신이라……. 확신하지 마라. 네놈들의 업은 그뿐만이 아니었으니까. 사설은 그만 하고 이만 끝내야 할 때가 되었다. 너 또한 삼묘의 피를 통해 권능을 얻었을 테니 이제 되돌릴 차례다.”

“삼묘?”

“후후후, 모르는 모양이로군. 하긴, 그림자에 지나지 않은 존재가 알 리가 없지.”

“그림자라니 도대체 무슨 소리냐?”

또다시 알 수 없는 두영의 말에 로페즈는 벌컥 화를 냈다. 피의 권능을 통해 세상을 지배하는 다섯 가문의 수장 중 한 사람이었음에도 두영의 말투는 자신을 하찮은 존재로 치부하고 있었기 때문이다.

피릿!

“컥!”

어둠으로 가득 찬 공간이 갈라지며 날아온 제혼이 로페즈의 심장을 파고들었다.

심장을 통해 정수리부터 발끝까지를 관통하는 고통에 로페즈가 입을 벌리며 비명을 토해냈다.

“이것이 끝이 아니지!”

심장 속에 있는 힘의 근원을 소멸시켜야만 하는 일이었기에 두영은 삼천기를 끌어올렸다.

퍼스트뱀파이어의 힘을 간직한 심장으로 제혼을 통해 삼천기가 흘러들었다.

“크아아악!”

비명이 터져 나왔다.

로페즈의 입이 아니라 제혼이 틀어박힌 심장에서 나온 비명이었다.

흘러나오는 비명 소리를 들으며 로페즈는 멍한 눈으로 제혼이 틀어박힌 가슴을 보고 있었다.

자신 안에서 다른 생명체가 기생하고 있다는 것을 지금에서야 안 것이다.

‘크윽, 어째서 이런 것이 내 안에 있는 것이지?’

알 수가 없는 일이었다. 자신을 지탱하는 힘의 근원이라고 생각했었다.

하지만 그것이 누군가 심어놓은 기생체라고는 한 번도 생각하지 않았다.

로페즈의 의문은 커져 갈 수밖에 없었다.

“잘 가라! 어둠의 그림자여!”

어느새 자신 앞에 서 있었다.

“지, 진실을 말해다오.”

제혼에서 발해지는 흰 광채 뒤에 서 있는 두영을 향해 로페즈는 의문에 대한 답을 구했다.

“넌 퍼스트뱀파이어로부터 흘러나온 파편이다. 소멸하면 영원히 사라질 존재지. 정확한 진실은 오직 너를 창조한 존재만이 알고 있을 것이다.”

“파, 파편…….”

스스스!

로페즈는 말을 이어갈 수 없었다.

서서히 어둠이 걷히고 그의 몸 또한 어둠을 파고드는 광명에 먼지로 화하며 사라져 갔다.

털썩!

어둠의 마력이 모두 사라지고 난 뒤 제혼을 들고 있던 두영이 모래 위로 쓰러졌다.

대기하고 있던 메우가 재빨리 다가왔다.

“주군!”

“괜찮아, 메우 형. 하지만 최대한 빨리 돌아가야겠어.”

“알았습니다.”

파편이라고는 했지만 로페즈의 심장에 자리한 퍼스트뱀파이어의 힘은 두영에게 타격을 입혔다.

제혼을 통해 파편의 핵을 부숴 버렸지만 흩어진 힘이 타고 올라와 삼천기를 흔들리게 만들었다.

삼천기를 뒤흔든 이질적인 힘은 아직도 두영의 내부를 흔들고 있었기에 최대한 자리를 피하고자 한 것이다.

탈출로는 이미 준비되어 있었다.

태양의 전사들과 일전을 통해 한 번 경험한 바 있기에 새로운 탈출로를 확보했다.

북으로 이동한 후 비행기를 이용해 미국으로 돌아가는 여정이었다.

메우는 두영을 들쳐 업고 곧장 북으로 향했다.

북쪽으로 향한 메우는 사막 한가운데 미리 준비한 비행기를 이용해 지중해 방면으로 향했다. 지중해에 접어든 후에는 낙하산을 이용해 곧장 바다에 뛰어들었다.

그리고 해상에 미리 준비시켜 둔 배를 탄 두 사람은 곧장 영국으로 간 후 미국행 비행기에 올라탈 수 있었다.

＊　　　＊　　　＊

전쟁이란 사람을 광포하게 만든다.

태고로부터 있어왔던 모든 전쟁이 다 그랬다.

적의 심장에 칼을 쑤셔 박은 후 비릿하게 흘러나오는 혈향은 사람을 미치게 만들었다.

하지만 현대의 전쟁은 이런 미친 짓에서 자유로웠다. 멀리서 총과 대포를 쏘고 미사일을 쏘니 피에 대한 혐오감이 자연히 줄어들 수밖에 없다.

창칼이 난무하던 시대에는 진득하게 피를 흘리기에 주검이 늘어날수록 피의 광기에 미쳐 가지만 지금은 아닌 것이다.

하지만 작금에 일어나기 시작한 세계대전은 흔히 보아왔던 현대전의 양상과는 사뭇 달랐다.

적의 전략 시설을 파괴하고, 땅을 점령하는 전통적인 전쟁 양상을 보이고 있기는 했지만 그 이면에는 고대의 전쟁을 무색하게 하는 피비린내가 번지고 있었다.

광기로 가득 찬 피의 전장이 곳곳에서 만들어졌다.

서로 간의 점령지 내에서 특정한 사람만 골라 죽이는 인종청소가 공공연히 이루어지고 있었다.

남녀노소 할 것 없이 무차별적으로 죽이는가 하면, 전투에 가담할 수 있는 자들만을 선택해서 죽이는 등 특정 인종에 대해 치밀하고도 잔혹한 정리 작업이 대대적이면서도 신속하게 이루어지고 있었다.

특히나 아라비아 반도에서 이루어지고 있는 인종청소는 그 치열함이 다른 곳과는 사뭇 달랐다.

전쟁이 일어나기 전에 아랍인들이 벌이던 테러처럼 어디선가 나타난 정체를 알 수 없는 자들에 의해 종교 지도자를 비롯해 아랍인들의 상당수가 죽어 나가고 있었다.

마치 처형을 하듯 머리를 잘라 버리는 것은 물론, 사체의 가슴에 뜻을 알 수 없는 경고의 메시지까지 적혀 있어 아랍인들은 분노하지 않을 수 없었다.

아라비아 반도에 사는 사람들은 오래전부터 제국주의에 입각한 유럽 열강의 침탈로 인해 많은 피해를 입은 당사자라 유럽과 미국에 많은 반감을 가지고 있었다.

특히나 석유의 발견 이후 정치적인 지배와 아울러 노골적인 경제 지배가 가속화되면서 그 반감은 무척이나 커져오고 있는 중이었다. 이와 같은 반감과 아울러 종교적 갈등으로 인한 각종 테러와 대테러 전쟁으로 21세기 들어 유럽은 물론 미국과 심각한 관계에 놓여 있었다.

이런 와중에 경고의 메시지와 함께 무차별적으로 죽어 나가는 동족들을 보면서 공포와 아울러 아랍인들은 진정으로 분노하고 있었다.

동족들의 죽음에 분노한 것은 태양의 전사들도 마찬가지였다. 일반인들은 모르고 있었지만 죽어 나가는 사람들의 대다수가 자신들과 같은 길을 걷는 동료였기 때문이다.

오늘도 몇몇 태양의 전사들은 흉수가 자주 출몰하는 바그다드 외곽 지역에 나와 있었다.

이십여 일 전, 로페즈의 공격에서 벗어나 무사히 탈출을 했던 일야스도 바그다드 인근 지역에 출몰하는 자들에 대한 처단을 책임지고 동료인 압둘라와 나와 있는 중이었다.

"몇 놈이나 온 거지?"

일야스가 동료인 압둘라를 향해 물었다.

"중급으로 여섯!"

"많이도 왔군."

"그러게."

자신들이 태양 아래에서 가장 강한 힘을 발휘하듯 어둠이 찾아오면 거의 두 배에 달하는 힘을 발휘하는 존재들이었다.

신의 선물이라는 기간트를 사용하더라도 둘이서 감당할 수 있는 적의 수는 모두 넷이다. 중급 전사 여섯이라면 감당하기 벅찬 숫자였다.

"기습으로 먼저 둘을 줄인다. 기감이 발달한 놈들이니 어렵기는 하겠지만 그렇게 하면 어느 정도 승산이 있을 거다."

"그 수밖에는 없으니 할 수 없지. 조심해라, 일야스!"

"너도!"

공격 방법을 의논한 일야스와 압둘라는 기운은 감추며 조심스럽게 움직였다.

어둠의 가문들에서 나온 자들이라 기척을 들키는 순간 자신들이 불리하기에 최대한 은밀히 움직이는 두 사람은 목표한 매복 지점을 향해 갔다.

'그나마 중급 전사들이라 다행이다. 상급 전사가 한 명이라도 끼어 있으면 기습은 고사하고 곧장 후퇴해야 했을 테니까. 그런데 놈들이 어째서 이렇게 미쳐 날뛰는 것인지 모르겠다. 아직 전면전을 시작할 때는 아닐 텐데.'

조용히 매복 지점으로 향하는 일야스는 의문이 들었다.

자신들도 마찬가지지만 유럽을 지배하는 블랙 파이브는 아직 완전한 힘을 가지지 못하고 있었다.

이렇게 전면전에 가까운 전투를 벌일 만한 여건이 되지 못하는 상황인데도 무차별적인 공격을 해대고 있었다.

자신들이 기간트를 보유했다는 것을 알면서도 중급 이상의 전사들을 곳곳에 파견한 이유를 도무지 알 수 없었다.

로페즈의 소멸로 보복을 위해 블랙 파이브 중 블랙로즈 가의 인물들만 자체적으로 움직였기에 일야스나 태양의 전사들이 모르는 것은 당연한 일이었다.

'어차피 우리에게 결코 나쁜 일은 아니니 이번 전투에나 집중하자.'

전력을 집중해 주는 것보다 이렇게 산발적으로 도발해 오는 것도 나쁜 일은 아니었다.

적의 전력을 최대한 약화시킬 수 있는 기회였기에 일야스는 떠오르는 의문을 접고 마음을 가라앉혔다.

스스스!

마치 사라지듯 모래 속으로 스며든 일야스는 침묵하며 적이 오기를 기다렸다.

여섯 명이 반원형으로 산개한 채 마을로 다가오고 있었다. 중세시대처럼 칠흑색의 갑주를 착용하고 한 손에는 날카로운 검을 들고 있는 자들이다.

가주의 죽음에 대한 보복과 아울러 적을 대상으로 피의 축제를 벌인다는 흥분 때문인지 그들의 눈은 흉광으로 번들거리고 있었다.

어둠의 마족!

일명 뱀파이어라 칭해지는 자들이다.

인간에서 흡혈귀로 변한 자들이 아니라 원래부터 그렇게 창조된 존재들이었다.

바이러스처럼 세상의 인간을 흡혈귀로 만드는 자들인 것이다.

'거의 다 왔구나.'

블랙로즈 가의 중급 전사들의 몸에서 퍼져 나오는 기운을 감지한 일야스는 태양의 힘을 끌어올렸다.

샴쉐르를 든 채 모래 속에 잠겨 있던 일야스의 신형이 조용히 떠올랐다.

스르르!

아직 태양으로 인해 달아오른 열기가 채 빠지지 않은 모래가 일야스의 몸을 타고 조용히 흘러내렸다.

슈팟!

쏘아진 화살처럼 일야스의 신형이 쾌속하게 질주했다.

모래 위에 자국을 남기지 않을 정도로 빠르게 다가선 일야스의 샴쉬르가 사선을 그리며 떨어졌다.

슈캉!

심장을 가르는 일격이었지만 상대의 움직임도 빨랐다. 샴쉬르의 날카로운 칼날이 갑주만 벤 것이다.

샴쉬르를 통해 뻗어 나온 태양의 힘 때문인지 검은색의 갑주 위에 흰빛 실선이 새겨졌다.

일차 공격이 실패했지만 이미 어느 정도 예상을 한 일이기에 일야스는 결코 멈추지 않았다.

일야스의 신형이 어느새 적에게 따라붙어 있었다.

슈팟!

기습을 가할 때는 아무런 빛도 내지 않던 샴쉬르가 휘광을 뿜어내며 다시 한 번 궤적을 그렸다.

서걱!

베어진 갑주 사이로 다시 샴쉬르의 칼날이 다시 한 번 파고
들었다.

"끄아아악!"

처절한 비명이 갑주를 입은 자의 입에서 흘러나왔다.

스르르!

심장이 갈라져 힘의 근원을 잃자 비명과 더불어 재처럼 블
랙로즈 가의 중급 전사의 몸이 흩어졌다.

그야말로 순간적으로 일어난 일이었다.

동료 중 하나가 사라지는 것과 동시에 어둠의 가문에서 나
온 중급 전사들은 일야스를 포위했다.

슈아앙!

푹!

파공음과 함께 일야스를 포위하던 중급 전사 중 한 명의 가
슴에서 화염에 휩싸인 창날 하나가 불쑥 튀어나왔다. 압둘라
가 내지른 창이었다.

"끄아아악!"

처음 죽은 자와 마찬가지로 그 또한 재가 되어 허공중으로
사라졌다. 두 사람의 기습은 완벽한 성공이었다.

일야스의 첫 번째 공격에 이어 주의가 흐트러진 중급 전사
하나가 압둘라의 창에 의해 피해보지도 못하고 단번에 소멸해
버린 것이다.

파파팟!

예상치 못한 타격에 중급 전사들이 당황하는 사이 일야스와

압둘라는 신형을 빠르게 뒤로 뺐다.

번쩍!

물러나는 것과 동시에 두 사람이 가진 무기에서 눈부신 광채가 피어올랐다. 신의 선물이자 전투의 화신이라는 기간트가 소환된 것이다.

거대한 동체가 순간적으로 나타남과 동시에 빠르게 적을 향해 질주했다. 거대한 검과 창이 블랙로즈 가의 중급 전사들을 적을 향해 쇄도했다.

쾅! 쾅!

거력이 담긴 두 사람의 일격을 중급 전사 중 둘이 막아냈다. 검은 기운을 흘리는 두 자루의 검이 거대한 검과 창에 뒤지지 않는 힘을 발휘한 듯 중급 전사들은 밀리지 않았다.

'블랙로즈 가로군.'

일야스는 자신의 일격을 막아낸 중급 전사의 검에서 장미 문양을 볼 수 있었다. 다섯 어둠의 가문 중 블랙로즈 가의 인물들임을 확인한 것이다.

지금까지 학살을 자행해 온 자들은 모두 블랙로즈 가였다. 다른 가문의 인물은 하나도 보이지 않았다.

'블랙로즈 가 혼자서 전쟁을 일으킨 것인가?'

블랙 파이브는 언제나 함께 행동하는 자들이다.

거기다 태양의 아들인 자신들의 전력이라면 다섯 가문 모두 온다고 하더라도 승부를 장담하기 어렵다는 것을 알고 있을 것임에도 블랙로즈 가만 있는 것이다.

전면전이나 다름없는 상황에서 한 가문만 참여하고 있다는 사실이 의아했다.

'최대한 빨리 놈들을 제거하고 보고를 해야겠다.'

블랙 파이브에 이상이 생겼거나, 새로운 전술을 구사하는 것이 분명해 보였다.

상황을 보고해야 했기에 일야스는 블랙로즈 가의 인물들을 최대한 빨리 처리하고 돌아가기로 했다.

"압둘라, 최대한 빨리 놈들을 제거하고 신전으로 돌아가야겠다."

"알았다."

일야스는 압둘라를 재촉했다.

최대한 빨리 어둠의 가문들 사이에 무슨 일이 벌어진 것인지 알아봐야 했기 때문이다.

전력을 다하기로 한 탓인지 두 기의 기간트가 불타올랐다. 급속도로 에너지가 감소하지만 무리를 하기로 한 것이다.

두 사람이 태양의 광휘를 발하자 자신들과는 상극인 기운때문에 중급 전사들이 주춤거렸다.

약간의 틈을 놓칠 일야스가 아니었다.

거대하게 변한 샴쉬르가 귀적을 그리며 백광을 토해냈다.

슈앙!

직접적인 검격이 아니라 태양의 광휘로 만들어진 블레이드가 허공을 날았다.

일야스의 힘과 기간트에서 발휘되는 고 에너지가 하나로 결

합되어진 에너지, 블레이드의 힘은 오러블레이드에 비할 바가
아니었다.

서걱!

"아아악!"

검은 갑주 하나가 그대로 동강이 나며 중급 전사의 몸이 먼
지처럼 사라졌다.

쾅!

"크악!"

압둘라의 공격도 만만치 않았다.

창끝에 밀집된 작은 태양이 날아가 중급 검사를 타격하자
갑주가 폭발하며 박살이 나버렸다.

이제 남은 적은 두 명이었다.

무리를 하지 않아도 되는 일이었기에 일야스와 압둘라가 탄
기간트가 교차하며 적에게로 달려갔다.

서걱!

푹!

상상하기조차 힘든 빠른 공격에 당해 버린 중급 전사들은
비명도 지르지 못하고 사라져 갔다. 블랙로즈 가의 중급 전사
여섯이 한순간에 당해 버렸다.

처음 두 사람의 염려와는 달리 놈들은 기간트의 상대가 되
지 않았다.

"압둘라, 신전으로 어서 돌아가자! 장로님께 말씀드려야 할
것이 있다."

“장로님께 말이냐?”

“그래, 지금까지 우리가 해치운 자들은 전부 블랙로즈 가의 인물들이다.”

“블랙로즈 가문의 자들만 나왔다는 말이냐?”

“그래, 블랙로즈가 만 있는 것을 보면 아무래도 이상하다. 아마도 어둠의 다섯 가문에 무슨 일이 있는 것 같다. 이렇게 무지막지하게 피의 제전을 벌이면서 오직 한 가문에서만 온 것을 보면 말이다.”

“으음, 그렇군. 일단 신전으로 가자. 블랙 파이브 중 한 가문만 이곳으로 왔다면 놈들에게 무슨 흉계가 있을지도 모르는 일이니까.”

압둘라도 상황이 심상치 않다는 것을 인식했다.

“가자.”

두 사람은 빠르게 장내를 떠나 태양의 신전으로 향했다.

행보를 재촉해 신전에 당도한 일야스는 곧바로 아흐마드를 찾았다.

“일야스, 무슨 일이냐?”

아흐마드와 함께 앞으로의 전략을 의논하던 하마스는 급한 모습으로 찾아온 동생을 맞았다.

“아무래도 이상합니다.”

“이상하디니, 그것이 무슨 소리냐?”

피의 제전을 벌이는 자들을 제거하기 위해 임무에 나섰던 동생이 뜬금없는 말을 내뱉자 하마스가 물었다.

“나타난 놈들을 제거하면서 보니 모두 블랙로즈 가의 인물들이었습니다.”

“그야 그동안 블랙로즈 가가 다섯 가문의 전위 역할을 해왔지 않느냐?”

“그렇기는 합니다만, 그동안의 전투에서는 다섯 가문의 인물들이 골고루 섞여 있었습니다. 그런데 이십여 일 전부터는 오직 블랙로즈 가의 인물들뿐입니다.”

“무슨 일이 있었군.”

옆에서 듣고 있던 아흐마드는 일야스의 말뜻을 금방 알아들을 수 있었다.

사람이 많아 블랙로즈 가가 전위 역할을 하기는 하지만 다른 가문의 인물들이 한 사람도 없다는 것은 있을 수 없는 일이었다.

내부의 권력 다툼을 빼놓고는 대부분 함께 활동하는 이들이기 때문이다.

“다섯 가문에 일이 생겼다는 말씀입니까?”

“무슨 일이 있었는지는 모르지만 확실히 뭔가가 변한 것이 틀림없네.”

하마스의 질문에 대답을 한 아흐마드는 곰곰이 생각에 잠겼다. 일야스와 하마스는 조용히 한 채 아흐마드의 사색이 끝나기를 기다렸다.

“미안들 하네. 잠깐 정리할 것이 있어서. 하마스 자네는 우선 유럽에 있는 정보 조직을 가동하도록 하게.”

“아흐마드님!”

하마스가 난감한 표정으로 아흐마드를 바라보았다.

"아네. 유럽에 있는 동족들이 위험한 처지에 놓여 있다는 것을. 하지만 이는 중요한 일이네. 놈들은 지금까지 피의 제전을 벌여왔네. 결코 멈출 수 없는 일이라고 할 수 있는 일이지. 우리도 마찬가지지만 피의 제전이 시작되면 그 누구도 빠질 수가 없는 일이네. 그것은 끝을 향한 길이니까. 블랙로즈 가를 제외한 다른 가문들이 빠졌다면 심각한 상황일 수 있네. 그러니 위험을 감수하더라도 정보 조직을 가동해 어찌 된 일인지 알아봐야 하네."

"알겠습니다."

피의 제전에 희생될 확률이 높지만 하마스도 어쩔 수 없다는 것을 알았는지 대답을 했다.

"일야스!"

"네!"

"자네는 압둘라와 함께 미국으로 가게. 지금 상황에서 잠입하기는 힘들겠지만 방법을 마련해 놓았으니 그걸 이용하게. 미국으로 들어가면 다른 종족의 행동을 면밀히 살피게. 어쩌면 그들에게도 변화가 있을지 모르니까 말이네. 그리고 가기 전에 나에게 잠깐 들르게. 압둘라도 함께."

"알겠습니다."

유럽과 미국은 세계의 주도권을 두고 공생관계에 있는 처지다. 세계의 경찰을 자처하는 미국과 이를 견제하는 힘을 보유한 곳이 유럽이라고 할 수 있다.

하지만 그것은 보이는 이면일 뿐이다

미국 안에는 두 종족이 뿌리를 내리고 있는 중이다. 유럽에서 쫓겨난 뱀파이어들과 세상에는 나타나지 않은 채 이면에서 활동하는 엘프들이 바로 그들이다.

유럽의 다섯 가문과 같이 그들에게도 변화가 생겼다면 아마도 본격적인 피의 제전이 시작되려 하는 것일지도 모르기에 아흐마드의 안색은 무척이나 심각했다.

'아직 완전한 힘을 되찾지 못한 상태다. 이대로 혈탑이 만들어지고 피의 제전이 시작되면 태양의 아들들은 멸족을 면치 못할 것이다. 어떻게 해서든지 방법을 마련해야 하는데…….'

스피릿아머를 대체할 기간트는 완벽했다.

다만 성능에 비해 에너지 출력이 너무 적은 것이 문제였다. 그 점만 보완된다면 태양의 힘을 온전히 발휘할 수도 있는 상황이었다.

단서를 발견하기는 했지만 아직 에너지 효율을 올릴 방법을 찾지 못한 것이 문제였다.

혈탑이 완성되고 본격적인 피의 제전이 시작되기 전까지 어떻게 해서든지 문제를 해결해야 했다.

시기를 놓쳐 기회를 잃는다면 일족이 멸망할지도 모른다는 위기감이 아흐마드를 엄습하고 있었다.

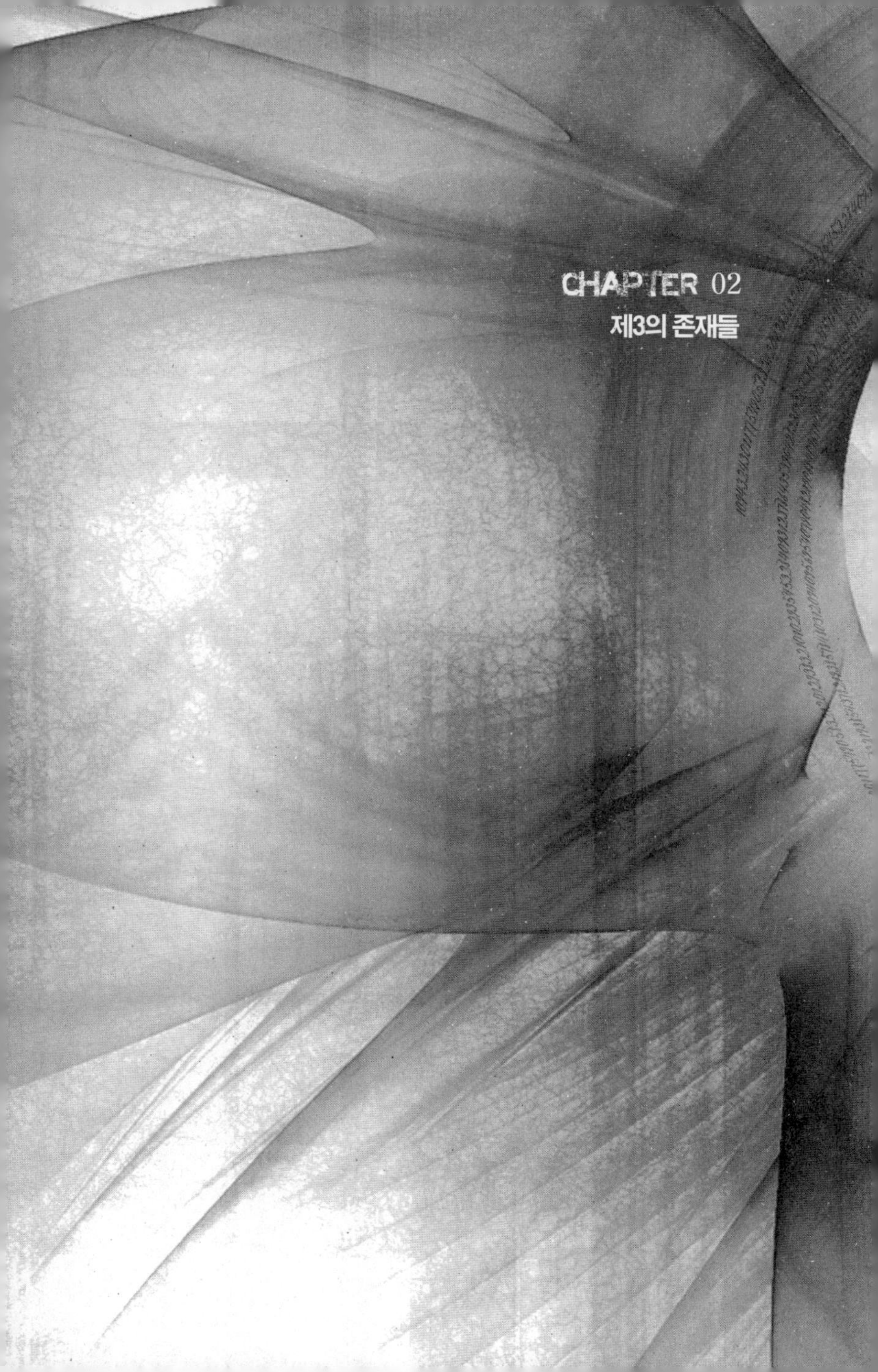

CHAPTER 02
제3의 존재들

TIME
SLICE 타임 슬라이스

"가르시아, 잠수함들의 이동 상황은 어떻게 됐지?"

아라비아 반도에서 돌아온 후 두영은 잠수함들의 이동 상황을 수시로 체크하고 있었다.

가르시아도 두영이 처음 맡긴 일이라 언제나 모니터를 주시하며 상황을 살피고 있었다.

보통 사람이라면 몇 날 며칠을 세워야 하는 고된 일이었지만 인간이 아닌 가르시아에게는 그저 재미없고 지겨운 일에 지나지 않았다.

"몇 마리 고개를 내민 놈들을 무력화시키기는 했지만 아직 행방이 파악 안 된 것이 많아요."

비상 상황이 발생하면 작전 매뉴얼대로 독자적인 행보를 보이는 것이 전략잠수함이다.

적의 핵 공격에 대비해 그런 매뉴얼이 짜여 있다. 본국과의 연락으로 인해 흔적이 발견되는 것을 방지하기 위해서다.

마지막 명령이 진행되면 함장만이 아는 적정한 장소에서 핵을 쏘아 올린다. 자국이 공격을 받았건 그렇지 않건 정해진 계획대로 이행하는 것이다.

한마디로 혼자 죽지 않겠다는 이야기였다.

'곤란하군. 어쩔 수 없이 듀크의 전력을 그쪽으로 다 돌려야 하는 것인가?'

듀크는 지금 전 세계의 지상을 실시간으로 감시하고 있는 중이었다.

서로 간에 죽고 죽이는 살벌한 이면 전쟁이 지속되고는 있지만 아직은 그리 염려할 정도는 아니었다. 본격적인 전쟁은 아직 시작도 되지 않고 있었다.

가장 위험스러웠던 유럽 쪽과 아랍 쪽의 싸움은 소강상태였다. 자신이 제거한 자 때문에 유럽 쪽에서 한발 뒤로 빼고 지켜보고 있는 중이라는 것을 아는 두영은 듀크를 이용해 잠수함부터 해결하기로 했다.

'듀크!'

─말씀하십시오, 주군.

'지상은 다른 이들에게 맡길 테니까 우선 잠수함을 전부 찾아줘. 최대한 빨리!'

─알겠습니다.

‘찾는 즉시 가르시아에게 정보를 보내줘.’

―지금부터 임무를 변경하겠습니다.

듀크에게 임무를 준 두영은 모니터를 주시하고 있는 가르시아에게 다가갔다.

“잠수함을 찾기 위해 별도의 정보 라인을 가동했다. 조금 있으면 소식이 올 거다. 그러니 잠수함이 나타나는 즉시 제거해 버려라. 자칫 하나라도 놓쳤다가는 수백만 명이 죽는다.”

“알겠습니다.”

새로운 정보가 들어온다는 말에 의문을 가질 만도 하건만 가르시아는 곧바로 대답을 했다.

‘워낙 정신력이 강하니 가르시아라면 잘해낼 것이다.’

고도의 집중력과 오랜 시간을 요하는 일이라 가르시아라면 믿고 맡길 만했다.

듀크를 통해 통신위성은 물론 지상공격용 무기를 갖춘 군사 위성까지 장악하고 있으니 잠수함이 나타나기만 한다면 없애는 것은 어렵지 않을 일이었다.

거기다가 옆에서 성준이 보좌하고 있으니 큰 어려움을 없을 터였다.

‘에어리어51은 어떤지 알아봐야겠구나.’

가르시아에게 잠수함의 처리를 맡긴 두영은 곧장 스티브가 있는 중앙통제실로 갔다.

네오클래스의 동태를 살피기 위해서였다.

“어떻습니까?”

“에어리어51에서는 아직 이렇다 할 움직임은 없습니다, 보스. 문제는 실리콘밸리 쪽에서 발생했습니다.”

“멀티온에 무슨 일이 있는 건가요?”

실리콘밸리에서 문제가 될 만한 것은 마틴 회장이 있는 멀티온뿐이었다. 양산형 기갑병기를 생산하는 곳이라 주의를 기울이도록 부탁했는데 뭔가 일이 터진 모양이었다.

“어제부터 컨테이너들이 빠져나가고 있습니다. 그런데 그것이 에어리어51이 아니라 다른 곳으로 향하고 있다는 것이 이상합니다. 아무래도 네오클래스 말고 다른 자들이 끼어든 것 같습니다.”

“으음!”

두영은 마틴 회장과 제레미가 언뜻 떠올랐다. 제커 대령이야 네오클래스의 인물이니 이번 일에는 관여가 없는 것이 분명했다.

“이모부에게서는 연락이 없었나요?”

“아직 그쪽에서도 모르는 것 같습니다.”

“이모브도 모르게 이동한다면 이건 뭔가 있군요.”

“그렇습니다. 시기가 아주 묘합니다.”

“알았습니다. 따로 알아보도록 하지요.”

멀티온에서 생산되고 있는 것은 생체기갑병기다.

양산형의 기갑병기로 보통 인간도 착용하기만 하면 거의 슈퍼맨에 가까운 능력을 발휘하게 만들 수 있는 물건이다.

특히나 능력자들이 착용하면 능력을 기하급수적으로 늘려

주는 것이기에 제커 대령을 통해 네오클래스로 반입되어도 문제가 되겠지만 다른 이들이 노리고 있다면 더욱 큰 문제였다.

마틴 회장이 독단으로 움직이지 않는다는 것을 알고는 있지만 아직까지 그의 세력이 어떤지 파악하지 못하고 있기에 심각한 일이 아닐 수 없었다.

'아무래도 안 되겠다. 직접 가봐야 할 것 같다.'

두영은 허투루 다룰 일이 아니라는 것을 느끼고는 곧장 멀티온으로 향하기로 했다.

"멀티온으로 갈 수 있는 제일 빠른 운송 편을 알아봐 주세요. 안젤라가 알려준 조직에 협조를 요청하면 가능할 겁니다."

"알겠습니다."

지금 아리안에 남아 있는 엘프들은 하나도 없었다. 모두 다 성역으로 떠나 버렸다.

유일하게 남아 있는 이는 오직 안젤라뿐이었다.

안젤라는 삼묘의 성역으로 떠나기 전 관리하고 있던 조직을 스티브에게 넘겼다. 아리안의 안위를 위해 협조하는 인간들의 조직이었다.

군 장성급 인물들도 있기에 전투기 한 대 정도는 언제든지 조달할 수 있을 터였다.

스티브가 수소문한 결과 실리콘밸리까지 갈 수 있는 비행기 편은 금방 마련되었다.

태평양 쪽의 군사 상황을 감안해 파견되는 전투비행단에 합류할 수 있게 된 것이다.

전투기를 이용한 두영은 실리콘밸리까지 빠르게 갈 수 있었다. 안젤라가 알려준 조직에 부탁한 지 다섯 시간 만에 두영은 실리콘밸리에 도착할 수 있었다.

비행장에 도착하자마자 대기하고 있던 차를 타고 멀티온으로 향한 두영은 스티브로부터 미리 연락을 받은 이모부를 볼 수 있었다.

"알아보셨습니까?"

"마틴 회장과 제리미는 보이지 않고 있다. 생산 시설은 물론 중앙실험실도 통제하는 상황이라 들어갈 수 없는 상황이고."

"이곳을 떠난 것이로군요."

"이렇게 전격적으로 떠날 줄은 몰랐다. 아무래도 우리가 파악하지 못한 것이 있는 것 같다."

"일단, 생산 시설과 중앙실험실을 확인해 보도록 하지요."

"그러는 것이 좋기는 하다만 방어 시설이 만만치 않다. 레이저 건은 물론 동작감지기로 작동하는 중화기가 요소요소에 배치되어 있어 뚫고 들어가기가 만만치 않을 거다."

"염려 마세요. 이모부께서는 바깥의 상황을 살펴주세요. 안은 제가 확인해 보겠습니다."

"알았다."

문광열은 두영의 능력을 어느 정도 알고 있었기에 그리 반대하지 않았다.

멀티온 안으로 들어간 두영은 일단 중앙실험실로 통하는 엘리베이터의 스위치를 눌렀다.

"역시, 잠가놨군! 차앗!"

쾅!

두영은 열리지 않는 엘리베이터 문을 발로 찼다.

두꺼운 문짝이 부서져 나가며 엘리베이터가 속내를 드러냈다.

타타타탕!

떨어져 나간 문짝이 아래로 떨어지고 얼마 지나지 않아 육중한 총소리가 들려왔다.

엘리베이터 통로를 이용해 침입하는 자를 막기 위한 자동화기가 문이 떨어지자 발사된 것이다.

타타타탕!

쿵!

총소리는 문짝이 떨어지는 소리가 날 때까지 계속됐다.

"대충 어디에 설치된 것인지 알겠군."

총소리의 간격과 방향으로 자동화기의 위치를 파악한 두영은 곧장 아래로 뛰어내렸다.

자동화는 층마다 설치되어 있었다.

사각이 진 구석마다 아래위로 두 정씩 설치되어 있었는데 감지기가 작동하면 연이어 발사되게끔 되어 있었다.

타타타탕!

두영이 뛰어들자 연이어 발사되며 화망이 형성됐지만 탄환은 모두 배리어에 맞고 튕겨 나갔다.

부숴 없앨 수도 있지만 혹시나 다른 자가 나타날 것을 대비해 신호용으로 그냥 놔두었다.

쾅!

아래로 떨어져 내린 두영은 진각을 이용해 멈추어 섰다.

쾅!

발길질에 앞으로 가로막고 있던 엘리베이터의 문이 튕겨져 나가며 앞으로 날아갔다.

차아악!

중앙실험실로 가는 통로를 날아가는 문들이 레이저로 인해 잘라지고 있었다.

"다양하게도 설치해 놨구나. 이번 것은 그냥 부숴 버리는 편이 낫겠다."

통로 안을 가득 메우고 있는 고출력 레이저빔을 통과하는 것이 만만치 않아 보였기에 두영은 한꺼번에 부숴 버리기로 마음먹었다.

두영은 삼천기의 기운을 권에 담았다.

나선형으로 회오리치는 권기가 주먹에 맺히며 순식간에 세력을 확장했다.

"타탓!"

기합성과 함께 두영이 권을 내밀자 회오리치는 권기가 통로 안으로 뻗어나갔다.

까가가각!

통로 안쪽이 빠르게 폐허로 변해가고 있었다.

두영이 쏟아낸 권기가 모든 것을 휩쓸어 버리는 토네이도처럼 통로 자체를 뭉개 버리더니 이내 앞에 있는 문까지 날려 버렸다.

타타탁!

레이저빔 발사 장치를 통째로 박살 내버린 두영은 빠르게 이동한 후 중앙실험실 안으로 들어섰다.

"제기랄!"

목이 완전히 꺾어져 혀를 길게 빼 문 시체가 의자에 놓여 있었다.

일격에 당한 듯 반항한 흔적이 보이지 않는 제레미의 시체였다.

"마틴 회장에게 당한 모양이군. 도대체 정체가 뭐지?"

처음부터 수상했다.

밴프 국립공원에서 벌어졌던 사건도 그렇고, 네오클래스의 도움을 받으며 스피릿아머와 비슷한 양산형 기갑병기를 만드는 것이 이상했었다.

처음엔 네오클래스의 인물인가 생각했는데 이제 보니 그것도 아닌 것 같았다.

듀크의 집중적인 감시를 통해 제커 대령과의 연계가 있는 것으로 확인된 제레미였다.

상당한 실력자로 보였던 제레미가 이렇게 죽어 있는 것을 보면 오월동주처럼 서로가 진정한 목적을 숨기고 연계한 것이 분명했다.

"양산형 기갑병기는 스피릿아머와는 상대도 되지 않는 것들이다. 그럼에도 굳이 가져간 것을 보면 이곳에서 나간 것들은 양산형 기갑병기가 아닌 것이 분명하다."

두영은 마틴 회장이 멀티온에서 반출한 것이 중요한 것일 가능성이 높다는 생각이 들었다. 제레미를 이렇게 죽이고 갈 정도라면 새로운 형태의 병기이거나 스피릿아머에 준하는 위력을 가진 것일 가능성이 높았다.

"듀크를 사용해야 하나? 하지만 잠수함을 찾는 것에 전력을 기울여야 하는데… 좀 느리기는 하겠지만 인공위성을 통해 추적하는 수밖에는 없겠다. 응! 저건?"

스티브를 통해 마틴 회장이 반출시킨 컨테이너를 찾기로 하고 연락을 시도하려던 두영은 제레미의 오른손이 주먹을 쥐고 있음을 발견했다.

이상하다는 생각에 굳어진 손을 편 두영은 제레미가 움켜쥐고 있던 USB를 발견할 수 있었다.

중앙실험실에 있던 컴퓨터를 켠 두영은 암호를 치고 운영체제를 가동시켰다.

일반인들이 흔히 쓰고 있는 윈도우가 아니라 자체적으로 개발한 OS프로그램이었다.

프로그램 구동이 끝나고 컴퓨터를 사용할 수 있게 되자 두영은 USB를 꽂고 폴더 안에 있는 내용을 살폈다.

"전부 특이한 것들이로군.'

기록된 파일 대부분이 심상치 않아 보이는 것들이었다.

"스피브!"

듀크를 통해 이어지는 위성통신망을 가동한 두영은 스티브를 호출했다.

[무슨 일이십니까?]

"자료를 전송할 테니 최대한 빨리 분석 좀 해주십시오."

[알겠습니다.]

"최대한 지급으로 부탁드립니다. 그리고 오늘 멀티온에서 빠져나간 컨테이너가 어디로 갔는지 추적해 주십시오. 소재가 파악되면 저에게 즉시 알려주도록 하고요."

[최대한 서두르겠습니다.]

통신을 마친 두영은 USB에 담긴 데이터를 전송했다. 학교에 있는 터미널을 스티브의 컴퓨터에 공유시켜 놓았던 터라 문제없이 전송을 끝마칠 수 있었다.

자료 전송이 끝난 두영은 USB에 들어 있는 파일 중 가장 관심이 가는 것을 클릭했다.

"블러드타워라……."

피의 탑이라 이름이 붙여진 파일을 열자 하나의 계획서와 각종 자료가 올라왔다.

"으음!"

파일의 내용을 검색하던 두영은 놀라움을 감출 수 없었다.

그 옛날 고신들을 죽이기 위해 만들었다는 혈탑을 이용하기 위한 계획서였기 때문이다.

마틴 회장은 칠대부족이 고신들을 죽이려던 것처럼 지금 신으로 자처하는 이들을 소멸시키기 위한 계획을 꾸미고 있었던 것이다.

"마틴 회장이 진정으로 노린 것은 이것이었구나. 그런데 어떻게 혈탑을 부활시킨다는 것이지?"

혈탑을 만들어내기 위한 자세한 계획은 나와 있지 않았다.

파일에 담긴 내용은 칠대신검에 취한 조치와 앞으로의 행동 계획에 대해서만 나와 있었다.

"어쩌면 각 가문에서 벌어진 일들이 이 계획과 관련이 있을지도 모르겠구나."

써니나 안젤라, 그리고 성준의 가문에서 칠대신검을 노리고 벌어진 의문의 사건과 관련이 깊음을 느끼며 두영은 다시 파일들을 살폈다.

"이건?"

파일을 뒤지던 두영은 멀티온의 설계 도면을 찾을 수 있었다. 건물의 설계 도면을 연 두영은 기갑병기를 생산하는 시설의 위치를 찾을 수 있었다.

"이곳에서 지하로 더 내려가야 하는군. 전용 엘리베이터가… 옳지. 저쪽으로 가면 되는구나."

두영은 지하 생산 시설로 내려가는 엘리베이터의 위치를 확인하고는 USB를 챙겨 들더니 곧장 중앙실험실을 빠져나갔다.

쾅!

엘리베이터에 도착한 두영은 여러 가지 보안 시스템이 걸려 있는 탓에 일일이 해제할 시간이 없었기에 곧바로 발로 문을 부숴 버렸다.

이번에도 엘리베이터 통로를 이용해 아래로 내려갔다.

같은 자동화기가 설치되어 있었지만 두영을 막을 수는 없었다.

지하에 있는 생산 시설로 들어섰지만 일정하게 늘어서 있는 산업용 로버트만 볼 수 있을 뿐이었다. 이곳에서 만들어졌을 기갑병기의 모습은 하나도 보이지 않았다.

"생산한 것은 전부 가져가 버린 모양이로군. 이곳에서 생산한 기갑병기에 대한 단서를 찾아야 할 텐데… 일단 마틴 회장이 빠져나간 곳으로 가보자."

마틴 회장은 생산된 기갑병기들을 비밀 통로를 통해 빼돌렸다. 비밀 통로의 입구는 생산 시설의 마무리 공정이 있는 곳이었다.

그냥 암반처럼 보였지만 거대한 크기의 암반을 통째로 문으로 만든 비밀 통로가 눈앞에 보였다.

"부숴야 하나?"

기감으로 살펴보니 암반의 두께가 3미터가 넘었다.

암반이 깨진다면 지하에 설치된 구조물에도 상당한 영향을 미칠 것이 분명했다. 자칫 잘못하다가는 건물이 무너지고 모든 것이 흙 속에 파묻힐 위험성이 컸다.

"어쩔 수 없지."

두영은 실처럼 가늘게 삼천기를 뽑아냈다.

강기를 칼날보다 더 얇게 뽑아낸 두영은 암벽을 향해 빠르게 삼각형을 그렸다.

암석으로 만들어진 문에 구멍이 뚫렸다.

안쪽으로 모이며 발휘된 삼천기로 인해 삼각형 안쪽의 암석들이 모두 가루가 되어버렸다.

풀썩이는 흙먼지를 뒤로하고 두영은 천천히 안으로 들어갔다. 안으로 들어서자 레일이 길게 이어져 있는 통로가 눈에 띄었다. 궤도차를 이용해 생산한 것들을 옮긴 것이 틀림없었다.

한참을 걸어가니 거대한 엘리베이터가 눈에 들어왔다.

트레이너 정도는 단번에 오르내릴 수 있는 거대한 크기의 엘리베이터였다.

"마틴 회장은 사전에 철저히 준비를 하고 멀티온을 만든 것이 분명하다."

통로나 엘리베이터의 규모를 볼 때 하루 이틀 준비한 것이 아님을 알 수 있었다.

'일단 놈들의 뒤를 쫓자.'

제레미가 연락을 하지 않는다면 네오클래스에서도 행동을 개시할 것이 분명했기에 일단 현장을 떠나야 했다.

지이잉!

들어왔던 곳으로 나가는 것보다는 나을 것 같기에 엘리베이터의 스위치를 누르자 서서히 올라가기 시작했다.

중간쯤 올라왔을 때 스티브로부터 연락이 왔다.

[보스, 트레일러를 포착했습니다.]

"어딥니까?"

[샌프란시스코 공항입니다.]

"샌프란시스코 공항이요?"

[수송기 한 대가 예약되어 있습니다. 출발 시간은 앞으로 두 시간 후입니다. 하지만 아직까지 항로는 알 수가 없습니다.]

"알았습니다. 직접 가보도록 하겠습니다."

트레일러의 위치를 찾아낸 것은 천만다행이었다.

이대로 마틴 회장이 사라져 버린다면 머지않아 큰 위협으로 다가올 것이기에 최대한 빨리 쫓아가야 했다.

위이잉!

탁!

지상으로 올라왔는지 엘리베이터가 멈췄다.

바깥의 동정을 살폈지만 아무도 없는 것 같았다.

대형 엘리베이터가 멈춘 곳은 멀티온 본관 건물 옆에 붙어 있는 별관 건물 지하였다.

주차장과 연결되어 있는 곳으로 이곳에서 트레일러를 통해 기갑병기들을 옮긴 것이 틀림없었다.

건물 밖으로 나온 두영은 이모부가 대기시켜 놓은 차량을 타고 공항으로 향했다.

공항으로 향한 두영은 주법을 이용해 신형을 감추고는 활주로 외곽의 담장을 넘었다.

활주로로 들어선 두영은 서서히 움직이는 자가용 제트기 뒤로 거대한 화물수송기를 볼 수 있었다.

활주로 근처에서 출발 준비를 하고 있는 화물기는 두영이 보고 있는 것뿐이었다.

“저것인가 보군.”

수송기는 아직 화물을 싣고 있는 중이었다. 트럭에서 내려지고 있는 화물을 옮기기 위해서 사람들이 바쁘게 오가는 중이었다.

트럭 옆에는 멀티온에서 온 것으로 보이는 트레일러가 보였는데, 안에 아무것도 없는 것을 보면 가져온 것들을 먼저 실은 것이 분명했다.

“일단 비행기 안으로 잠입을 해야겠다.”

두영은 마틴 회장의 목적이 정확히 뭔지 알아야겠기에 수송기 안으로 잠입하기로 결정을 내렸다.

마틴에게 들키지 않기 위해 주법과 함께 은잠술을 펼친 후 조용히 접근했다.

수송기 옆에서 경계를 서는 병력들이 있었지만 두영의 모습을 발견한 이는 아무도 없었다.

경계병 중 상급자로 보이는 두 사람이 대화를 나누고 있었다.

‘조금 지켜보고 들어가자.’

두영은 화물기로 들어가기 전에 어느 정도 정보를 얻어야 하기에 두 사람의 대화를 엿듣기로 했다.

“보스는?”

“제트기에 탑승해 계신다. 먼저 출발하신다고 하더군.”

“서둘러야겠군.”

“그래야 할 거야. 나머지 물건들을 빨리 싣도록 하고, 출발 준비를 서두르도록 해라.”

“알았다.”

마틴이 있었다면 들킬 가능성도 있었는데 먼저 출발했다니 다행이었다.

'수송기 안만 살펴볼 생각이었는데 이렇게 되면 목적지까지 따라가 봐야겠다.'

두영은 화물이 이동하는 자의 뒤를 따라 안으로 들어섰다.

'곤란하군.'

수송기 안에도 경비병들이 가득했다. 그들 모르게 내용물을 살펴본다는 것은 불가능한 일인 것 같았다.

'나중에 살펴봐도 되니 일단 목적지까지 가보자.'

마틴이 없는 이상 자신을 발견해 낼 자는 없기에 두영은 수송기를 타고 이들이 향하는 목적지로 가기로 했다.

재촉이 있었는지 화물을 싣는 작업이 빨라지기 시작했다. 화물 적재가 끝나자 출입구가 닫히고 서서히 비행기가 움직이기 시작했다.

두영은 화물과 화물의 빈 공간 사이에 은신한 채 비행기가 이륙하기를 기다렸다.

'듀크, 가능하면 텔레파시를 내 목소리로 변형시킨 후 스티브에게 전송해라.'

―알겠습니다.

목소리를 내면 안 되기에 듀크를 시켜 텔레파시로 보내는 음성을 변형시켜 스티브에게 중계하도록 했다.

비교적 간단한 일이기에 잠수함을 찾는 작업과 병행해도 큰 문제는 없었다.

[스티브!]

[예, 보스!]

[수송기 안에 잠입해 있는 중입니다. 발신기 신호가 포착될 테니 수송기의 이동 경로를 한 시간 단위로 추적해 저에게 알려주시기 바랍니다.]

[위험하지 않습니까?]

수송기 안에 잠입했다는 소리에 스티브가 놀라 물었다.

[들킬 걱정은 없으니 염려하지 마십시오.]

[알겠습니다. 추적된 위치 경로를 시간 단위로 알려드리도록 하겠습니다.]

[그럼.]

두영은 곧바로 통신을 끊었다.

위성 추적 장치도 십 분 단위로 오 초간 점멸 신호를 보내도록 맞추어두었다.

혹시나 통신에 사용되는 전파가 포착될 염려 때문이다.

부우우웅!

수송기가 이륙을 했다.

활주로를 떠난 비행기는 공항 주변을 선회한 후 동쪽을 향해 날아갔다.

대부분의 화물이 검은색 금속 케이스에 들어 있었다. 첨단 무기류가 아니면 특수 장비들이 들어 있는 것이 분명했다.

어디로 가져가는지는 모르지만 안의 내용물을 확인해 보고 싶어졌다.

'그냥 있을 수는 없지. 방법이 없을까? 그래, 나노로봇이라면 가능할지도 모른다.'

나노로봇을 이용한다면 케이스 안쪽에 있는 화물이 무엇인지 확인하는 것이 가능할지도 모르기에 두영은 듀크에게 부탁을 하기로 했다.

'듀크, 내 주변에 나노로봇이 얼마나 있지?

―지금 주군 주변에는 총 다섯 기가 있습니다.

'좋아, 그럼 통제권을 나에게 넘겨.'

―알겠습니다. 지금 통제권을 넘깁니다.

'꽤나 희미하군.'

나노로봇의 통제권을 넘기겠다는 대답과 함께 지금까지 느껴지지 않았던 것들이 주변에 있음을 알 수 있었다.

이능력자들도 파악할 수 없을 정도로 미세한 로봇이지만 통제권이 넘어온 후 자신에게 신호를 보내오기에 느끼게 된 것이다.

'지금부터 케이스 안의 내용물이 무엇인지 살펴보자.'

의식하는 것과 동시에 나노로봇들이 움직였다. 케이스의 미세한 틈을 파고들었다.

'음!'

잠시 후 나노로봇들로부터 정보가 전송되어 오기 시작했다.

무기들이 들어 있었지만 예상했던 것과는 많이 달랐다.

'어째서 이런 것들이 들어 있는 거지?

첨단 무기류 대신 도검들이 들어 있었다. 특수 케이스들인 지라 파고들 수 있는 수가 얼마 되지 않았지만 다섯 개가 모두 그러니 안에 있는 케이스 전부 도검류의 무기들만 들어 있는 것이 분명했다.

‘영화를 찍으려고 하는 것은 아닐 테고, 역시 마틴 회장도 피의 제전을 준비하는 것인가?’

혈탑의 부활에 대한 계획을 가지고 있는 것으로 보이는 이상 마틴 또한 칠대부족과 관련이 있는 것이 분명했다.

사람의 키보다 더 큰 다섯 개의 상자를 제외하고 나머지 상자들은 규격이 비슷한 것으로 봐서는 전부 비슷한 무기들이 들어 있는 것이 분명했다.

‘그나저나 저 상자에는 뭐가 들어 있는 거지? 나노로봇들이 전혀 파고들 수 없도록 틈조차 없는데 어떻게 알아볼 수 없을까?’

멀티온에서 트레일러로 옮겨진 것이 분명해 보이는 커다란 금속 상자들은 나노로봇들이 들어갈 틈이 없었다.

닫히는 순간 완전히 밀폐되어 버리는 탓이었다.

‘어쩔 수 없이 나노로봇 하나를 희생시켜야겠다.’

침투할 수 없다면 다른 이들로 하여금 열어보게 할 수밖에 없었다. 나노로봇은 두영의 신호에 의해 케이스 앞에서 스스로 자폭할 것이다. 폭발이 일어나면 분명 화물을 확인하려 들 것이 분명하기에 그 틈을 노린 것이다.

두영은 나노로봇 하나를 상자의 틈에 자리하도록 했다. 화

물칸에 있는 자들의 이목을 끌어야 하기에 화염과 함께 소리
가 나도록 세팅을 했다.

'좋아, 지금!'

몇몇 시선이 상자로 옮겨지는 순간 두영이 폭파 명령을 내
렸다.

펑!

치지지지지!

작은 폭발음과 함께 전하가 흐르면서 작은 불꽃들이 타올랐
다.

화물칸 안에는 몇 개의 비상등을 제외하고 켜진 것이 없기
에 나노로봇의 작은 폭발도 아주 선명하게 보였다.

"무슨 일이야?"

갑작스러운 폭발에 누군가 소리를 질렀다.

타타타!

경비병 중 몇 사람이 빠르게 상자로 다가왔다. 목적지로 배
송되는 화물 중 가장 중요한 화물이라 다들 긴장한 모습이 역
력했다.

"안의 내용물을 확인해라."

화물을 호송하는 자들 중 책임자로 보이는 자가 상자를 열
도록 했다.

두 개의 키가 양옆으로 맞춰지자 상자 우측면의 손바닥 크
기만큼 패널에 불이 들어왔다.

상자를 열도록 한 자가 몇 개의 숫자를 연이어 눌러 암호를

입력했다.

치이익!

유압을 이용한 것인지 김빠지는 듯한 소리와 함께 상자의 문이 좌우로 열렸다.

숨어서 다른 나노로봇을 통해 정보를 전송받고 있던 두영은 내용물을 확인할 수 있었다.

마치 동양의 갑주처럼 전신을 감쌀 수 있는 갑옷들이 중심부에 걸려 있었다. 신발과 건틀렛, 그리고 커다란 검이 벽에 장착되어 있었다.

"물건은 무사하군. 상자에서 오작동이 있었던 모양이니 어서 닫아라."

리더로 보이는 자가 내용물이 무사하다는 것을 확인했는지 상자를 닫도록 했다. 그사이 나노로봇 두 기가 상자 안으로 침투했다.

'정체를 분석하는 데 시간이 걸릴 테니 기다려 보자.'

한눈에 보기에도 심상치 않아 보이는 물건들이었기에 두영은 잠시 쉬며 분석이 끝나기를 기다리기로 했다.

'수송기는 약간 동남쪽으로 기수가 잡혀 있다. 이대로 가면 동남아시아 지역인데……'

동남아시아는 지금 삼묘족을 중심으로 연합이 형성된 상태다. 제로나인의 적극적인 지원과 한국의 협력이 있었기에 이제는 상당한 세력으로 성장해 있었다.

칠대부족에게 충분히 위협이 될 만한 힘이었지만 혈탑을 부활시키는 것과는 관련이 없었다. 피의 제전이 시작된다고 해도 아무런 소용이 없기 때문이다.

그런데 이들은 피의 제전에 필요할 것으로 보이는 무기들을 싣고 가고 있었다. 무엇을 위해 가지고 가는지 두영으로서는 고민하지 않을 수 없었다.

'메우 형이 태국에 있으니 도착하면 좀 더 본격적으로 이들을 조사해야겠다.'

마틴이 칠대부족과 관계가 있는 것도 문제지만 독자적으로 움직이고 있는 세력이라면 상황이 심각했다.

두영은 후자의 경우에 더욱 무게를 두고 있었기에 미국으로 돌아오자마자 태국으로 향했던 메우와 함께 이번 일을 조사해보기로 했다.

'잘하면 안젤라와 써니를 만나볼 수도 있겠군. 성인 누님도 잘하고 계시겠지……'

태국으로 들어간다면 성지로 들어간 이들을 만나볼 수 있을지도 모르는 일이었다.

다른 곳이라면 몰라도 삼묘의 유적을 통해 두영의 힘으로도 성지로 들어갈 수 있었던 것이다.

*   *   *

위이잉!

자가용 제트기 한 대가 활주로에 내려앉은 후, 격납고를 향해 서행하고 있었다.

격납고 안으로 들어온 제트기가 멈추고 사람들이 내리기 시작했다. 검은 옷을 입고 선글라스를 끼고 있었는데 다들 심상치 않은 분위기를 풍기고 있었다.

마지막으로 내리는 자는 마틴이었다.

"드디어 왔군."

습한 공기와 더운 날씨가 목적지에 거의 다 왔음을 알게 해 주었다.

"수송기는 언제 도착할 예정이지?"

"내일 아침 여덟시에 도착할 예정입니다."

마틴의 질문에 동행하던 젊은 사나이가 대답을 했다.

"좋아, 화물을 인수하러 가야겠지. 곧바로 출발할 테니 준비를 하도록!"

"예, 보스! 모두들 출발한다."

격납고 안에는 랜드로버 여섯 대가 대기하고 있었다.

마틴을 비롯한 일행은 차량에 올라탄 후 곧장 격납고를 떠났다.

"세운, 나머지 준비물들은 어떻게 됐나?"

"보안을 위해 연락을 하지 못하도록 했지만 무사히 도착했을 겁니다."

세운이라 불린 젊은 사나이가 대답을 했다.

"오랜 세월 기다려 온 일이다. 차질이 없도록 점검에 최선을 다하도록 해라."

"예, 보스!"

마틴의 말에 세운이 고개를 숙이며 대답을 했다.

세운에게 지시를 내린 마틴은 입을 다문 채 주변 풍경을 응시했다.

아직 전쟁의 여파가 그리 크지 않은 듯 관광 대국답게 거리는 활기차 있었다.

공항을 빠져나온 랜드로버들이 복잡한 방콕 시내를 빠져나갔다.

연이어 지나가는 랜드로버가 조금 특이한 모습이었지만 사람들은 단체 관광차 왔다고 생각할 뿐이었다.

'도착했군.'

무심하게 거리를 지나치는 사람들과는 달리 다섯 대의 랜드로버를 주시하는 이가 있었다.

스티브를 통해 두영의 연락을 받은 메우였다.

마틴이 탄 자가용 제트기는 위성을 통해 포착된 상태였고, 목적지가 태국으로 밝혀지자 보고를 받은 두영이 메우에게 추적을 부탁했던 것이다.

"왔다. 능력자들이 있을지도 모르니 최대한 거리를 두고 추적하도록 해라."

메우는 전사들에게 명령을 내렸다.

그의 지시에 폭풍의 전사들이라는 파유족이 움직였다. 메우 또한 전사들과 함께 마틴의 뒤를 쫓기 시작했다.

특급 능력자라 할지라도 알아차리지 못할 상당한 거리를 두고 움직이고 있었다. 랜드로버가 위성에 포착된 이상 멀리 떨어져 있어도 놓칠 염려는 없었다.

랜드로버는 방콕을 빠져나가 외곽으로 향했고, 메우를 비롯한 파유족의 전사들도 차량을 타고 멀리서 쫓는 추격전이 시작됐다.

그렇게 그들은 밀림으로 향하고 있었다.

두영이 탄 화물 수송기가 태평양을 지나 육지로 접어든 것은 동이 터오는 아침이었다.

이미 스티브를 통해 연락을 받은 두영은 마틴 회장 일행이 베트남 접경 지역으로 가고 있음을 알고 있었다.

'조금 있으면 도착하겠군. 몸이 뻐근하니 좀 풀어두어야겠다.'

오랜 시간 동안 은잠술을 펼치며 한 자세로 있었더니 몸이 불편했다. 수송기가 공항에 착륙하기를 기다리며 두영은 삼천기를 운용했다.

'음, 어째서 태국 쪽으로 가지 않는 거지? 곧장 베트남으로 들어가려는 것인가?'

수송기가 향하는 곳은 태국이 아니었다. 기수는 베트남 쪽으로 향하고 있었다.

'베트남에서 만나기로 한 모양이로군.'

마틴이 탄 자가용 제트기가 착륙한 곳과 다른 곳으로 향하고 있지만 목적지가 같음을 알기에 두영은 계속해서 몸을 풀었다.

어떤 상황에서든지 즉시 움직일 수 있어야 했기에 꼼꼼히 몸을 풀었다.

"모두 준비해라."

리더로 보이는 자가 사람들을 재촉했다. 사람들이 부산하게 움직이기 시작했다.

그들은 금속 케이스에다가 뭔가를 장착하기 시작했다. 금속 케이스들은 사면에 고리들이 달려 있었는데, 케이스에 달린 고리들을 서로 연결하고 있었다.

그리고 맨 위에는 커다란 백 같은 것을 연결해 달고 있었다.

'이런, 낙하산으로 떨어뜨릴 모양이로구나.'

공항에 착륙하는 것이 아닌 것 같았다. 금속 케이스들은 모두 낙하산으로 목적지에 투하할 모양이었다.

낙하산을 이용해 화물들을 떨어뜨린다면 비행기를 착륙시킬 수 없는 오지가 분명했다.

'낙하산이 없어도 문제는 없지만 잘못하면 들킬 수도 있겠군.'

아무리 고공이라도 아무런 상처 없이 안착할 자신은 있지만 모습을 들킬 확률이 높았다.

전력을 기울인다면 은잠술이 풀어지기 때문이다.

'일단 화물과 함께 뛰어내린 후 활강을 해야겠다. 거리를 떨어뜨린 후 내려서면 되겠지.'

화물과 함께 뛰어내린 후 활강으로 거리를 벌린 후 착지하면 들킬 염려는 반으로 줄 것 같았기에 두영은 조심스럽게 낙하산 장착이 끝난 상자에 올라섰다.

자신이 떨어져 나간다면 위치 추적이 곤란하기에 나노로봇 하나를 지정해 상자에 붙어 있도록 했다.

멀리 떨어져 있어도 추적하기 위해서였다.

지이이잉!

운항 도중에 수송기의 출입문이 열리기 시작했다. 대기가 파도를 치고 기압 차로 인해 숨을 쉬기 힘들었다.

덜컹!

차르르!

안전 고리가 풀리고 레일을 따라 상자들이 출입구 쪽으로 밀려 나가기 시작했다.

한 묶음으로 묶여진 화물들이 푸른 창공으로 내던져지고 녹색의 바다를 향해 다이빙을 시작했다.

두영은 상자 위에 올라서 있다가 화물이 출입구를 나서는 순간 옆에 매달렸다.

떨어지는 순간 낙하산이 퍼지도록 되어 있어 튕겨 나가는 것을 방지하기 위해서였다.

펄럭!

낙하산이 퍼지기 시작하며 반발력으로 상자가 잠시 위로 튕겨 올랐다.

촤아아아!

낙하하며 일어나는 공기의 마찰이 귓가에 스쳤다.

'지금이다.'

민들레 꽃씨처럼 낙하산이 허공을 부유하기 시작하자 두영은 잡고 있던 손을 놓았다.

쉬이이익!

스쳐 지나가는 대기의 파공음이 귓전을 울리는 기운데 두영은 사지를 활짝 폈다.

그리고는 공기의 저항을 이용해 다른 곳으로 이동해 갔다. 화물들이 떨어지는 방향과는 조금 떨어진 곳에 도착하자 착륙할 준비를 했다.

"주(呪), 역전사(逆轉斜)!"

호령무를 이용해 신형을 가볍게 할 수도 있지만 충격이 만만치 않을 것이기에 삼천기를 돌려 주법을 펼쳤다.

역전사는 힘의 방향을 바꾸어 버리는 주법 중 하나다.

떨어져 내리는 가속도를 반대로 돌려 추락 속도를 늦추려는 것이다.

텅!

주법이 펼쳐지자 가벼운 진동과 함께 몸이 가벼워졌다. 깃털처럼 가벼워진 몸이 밀림 속의 떨어져 내리다가 나뭇가지 위에 안착했다.

낙하산을 사용하지 않았기에 먼저 도착한 두영은 화물이 떨어지는 곳을 주시했다.

"저들도 내려오는군."

화물의 경비를 맡았던 자들도 낙하산을 타고 내려오고 있었다. 방향을 틀며 화물과 가까운 곳으로 내려오는 모습이 보였다.

“아까 그 공터가 집결지인 것 같은데 가봐야겠군.”

경비를 맡았던 자들이 목표로 한 곳이 공터임을 확신한 두영이 신형을 날렸다.

쾌속한 속도로 날아가는 모습이 마치 비호 같았다. 나무와 나무 사이로 가며 두영은 간간이 방향을 확인했다.

공터에 도착한 두영은 주변을 살폈다.

경비를 맡은 자들이 사방으로 돌아다니며 화물들을 운반하고 있었다.

커다란 화물들을 양팔로 들어 올려 옮기거나 나무가 빽빽한 지역은 분리해 들고 오고 있었다.

상당히 무거운 물건들임에도 힘 하나 들이지 않는 것을 보면 경비를 맡은 자들 또한 능력자가 분명했다.

대부분 근처에 떨어진 터라 공터로 집결하는 데는 채 한 시간도 걸리지 않았다.

오랜만에 필드로 복귀한 라온은 수하들의 움직임을 살피고 있었다.

“후후후, 살 것 같군.”

십여 년 전 삼묘족의 유적을 탈취하는 일이 실패한 이후 사무실에서만 있어온 라온이었다. 그로서는 정말이지 오랜만에 느껴보는 긴장감에 기분이 좋아졌다.

수하들에 의해 화물이 옮겨졌다.

“화물의 이상 여부부터 확인해라!”

　자세히 살펴보지 않아도 분실된 화물은 없어 보였지만 라온
이 명령을 내렸다.

"예!"

　라온의 지시에 따라 그의 수하들이 화물의 수를 확인하기
시작했다.

"이상 없습니다."

"좋다. 이곳에서 마스터를 기다린다. 조별로 경비를 서도록
하고 나머지는 휴식을 취해라."

　화물에 이상이 없다는 수하의 보고에 라온은 휴식을 취하게
하는 한편 다른 것과는 달리 겉면이 녹색인 상자로 다가갔다.

　라온이 녹색 상자로 다가가자 통신을 담당하는 울프가 재빨
리 다가섰다.

"통신할 준비를 해라!"

"알겠습니다."

　울프는 녹색 상자를 열고 재빨리 통신기를 조립했다. 위성
을 이용한 전화기가 달린 통신기가 금방 조립되었다.

　라온은 수화기를 들고 발신 버튼을 눌러 상대를 호출했다.

[도착했나?]

　수화기를 통해 마틴의 음성이 들려왔다.

"예, 마스터!"

[장비들은?]

"안전하게 도착했습니다."

[지금부터 네 시간 후에 도착할 예정이다. 출발 준비를 마치

고 대기하도록!]

"알겠습니다."

보고를 마친 라온은 통신을 끊고 상자가 쌓인 위로 올라섰다.

수하들의 실력을 믿기는 하지만 적이 나타났을 경우 자신이 최후의 보루가 되기 위해서였다.

자신이 소지하고 있는 탄약과 수류탄들을 확인한 라온은 상자 위에 앉아 사방을 경계했다. 그의 수하들 또한 라온을 중심으로 적을 타격하기 가장 좋은 곳에 자리를 잡고는 경계하며 휴식을 취했다.

"스티브님!"

숲에 숨어 경계에 들어간 라온 일행을 바라보던 두영은 스티브를 불렀다.

[말씀하십시오.]

"메우 형에게서 연락 온 것은 없었습니까?"

[지금 마틴 회장을 뒤쫓고 있으니 조만간 만나실 수 있을 겁니다.]

"알았습니다. 메우 형이 오면 인원은 그런대로 될 것 같으니 이곳을 기점으로 놈들이 진짜 목표가 어디인지 살펴봐 주십시오. 혹시 결계가 쳐져 있어 인공위성으로도 파악되지 않는 곳일 수도 있으니 그 점 유념하시구요."

[염려 마십시오. 그렇지 않아도 여러 가지 탐색 방법을 동원해 찾고 있는 중입니다.]

"알았습니다. 그럼 이만 통신을 끊겠습니다."

[무운을 빌겠습니다, 보스!]

통신을 끊기자 두영은 나뭇가지 사이로 은신을 했다.

상당 떨어진 거리지만 능력자들로 구성된 자들에게 무의미
할 수도 있기 때문이다.

먹이를 노리는 밀림의 표범처럼 호령무를 펼쳐 심박 수를
줄이고, 심령을 안정시켜 뇌파의 파동도 알파파로 만들었다.

간혹 동물들이 오가는 것을 빼놓고는 밀림에서의 시간은 조
용히 지나갔다.

눈을 반개한 채 조용히 명상에 잠겨 있던 두영이 어느 순간
눈을 떴다.

누군가 공터로 다가오는 기척을 느낀 때문이다.

파파팟!

바람이 스치는 듯한 소리와 함께 검은 가죽옷을 입은 자들
이 나타났다. 그들은 질주하듯 나무 사이를 헤치고 공터로 다
가서고 있었다.

두영이 숨어 있는 나무 밑으로도 한 명이 지나갔다.

'이 기운은?'

자신을 스쳐 간 자의 기운은 두영도 한 번 느껴본 것이었다.

안젤라와 함께 잡았던 블랙솔저들에게서 느꼈던 기운과 동
일했다.

끝내 다른 길을 걸었던 삼묘족의 배반자들이 즐겨 사용하는
주술의 원천과 같은 종류의 기운이었다.

스슷!

나뭇가지 위에서 두영의 신형이 사라졌다.

삼묘족의 주술을 사용하는 것으로 보이는 자에 대해 확실히 파악하기 위해서였다.

모습을 감춘 채 바람처럼 뒤를 쫓은 두영은 공터에서 모인 자들과 지척 거리를 두고 멈추어 섰다.

마틴과의 거리는 대략 이십여 미터였다.

혹시나 몰라 마틴에게 탐지될 수 있는 간격을 두 배로 잡은 거리였다.

"이동 준비는?"

마틴이 라온에게 준비 상황을 물었다.

"완벽합니다."

"시간만 맞으면 되겠군."

"오늘이 보름이니 만월이 뜨면 곧장 그곳으로 이동할 수 있을 겁니다."

"좋아, 얼마 있지 않아 통로가 열릴 테니 다들 이동할 준비를 하도록."

"예!"

마틴의 지시에 라온은 수하들을 재촉했다.

"세운!"

라온이 지시를 받고 이동 준비를 시작하자 마틴은 세운을 불렀다.

"다른 자들은 어떻게 됐나?"

"곧 당도할 겁니다. 가져올 것들의 부피가 그리 크지 않으니 아마도 헬기를 이용할 확률이 높습니다."

"후후후, 좋아! 이제 새 역사를 시작하면 되는 거군."

"그래야겠지요. 신의 은혜를 배덕으로 갚은 존재들은 그만한 대가를 치를 겁니다. 멸족이라는 이름으로 말이죠."

"그래야 할 거다. 경배를 해야 할 자들이 창조주의 권능을 탐했다면 당연히 대가를 치러야지."

마틴은 알 수 없는 말을 남기며 동쪽 하늘을 바라보았다. 멀리서 기다리던 자들의 기운이 느껴졌기 때문이다.

타타타!

세운도 멀리서 들려오는 헬기 소리에 고개를 돌렸다.

"오나 보군."

"약속 하나는 철저히 지키는 자들입니다. 그렇지만 꿍꿍이가 있는 자들이니 조심하셔야 할 겁니다, 마스터!"

"어차피 나중에는 반드시 제거해야 할 자들이다. 놈들이 움직이기 전에 일망타진하면 될 거다. 그곳으로 가면 도망가도 싶어도 그럴 수 없을 것이다. 그야말로 이제는 독 안에 든 쥐니까."

다가오는 헬기를 바라보는 두 사람의 입가에 비릿한 미소가 흘렀다.

CHAPTER 03
이제는 때가 되었다

TIME
SLICE 타임 슬라이스

거대한 홀!

홀의 중심부에는 별 모양으로 만들어진 대리석의 제단이 위치해 있었다.

별의 중심에는 검은 회오리가 돌고 있었고, 한 곳을 제외하고 꼭짓점마다 한 명이 앉아 있었다.

희다 못해 창백한 안색을 가진 자들!

블랙 파이브라 불리며 암중으로 유럽을 지배하고 있는 자들이 바로 그들이었다.

"로페즈가 당했소."

수선화를 문장으로 삼는 다이트가 침중한 어조로 입을 열었다.

“다크프리즘을 사용한 상태라고 보고를 들었는데 어떻게 된 일입니까?”

블랙 파이브의 일원 중 한 명이자 백합을 문장으로 삼는 가문의 수장인 데미안이 물었다.

“그렇다는 보고이오만 로페즈를 소멸로 이끈 자가 어떤 힘인지는 파악이 안 되는 상태요.”

“그렇다면 큰일이군요. 온전한 상태가 아니라고는 하지만 단번에 소멸로 이끌었다면 분명 그 힘은…….”

“고신들이 등장했다는 말이오?”

튤립을 문장으로 삼는 파트란이 말끝을 흐리자 다이트가 고신에 대해 말을 꺼냈다.

다크프리즘을 착용한 블랙 파이브를 완벽히 소멸로 이끌 수 있는 존재는 고신들밖에는 없었기 때문이다.

“그럴 확률이 높아요.”

파트란이 고개를 끄덕이며 대답했다.

“나도 고신들밖에는 없다고 생각하오. 다른 부족이 로페즈를 제거했다면 다크프리즘이 되돌아와야 하니까 말이오. 오래전 사라진 그들의 힘이 아니고서는 다크프리즘까지 소멸되지는 않았을 테니까.”

라일락을 문장으로 삼는 가문의 수장인 앤트가 파트란의 의견에 동조했다.

“으음, 그렇다면 이제 시작이라는 말인데…….”

앤트의 의견에 다들 고개를 끄덕이자 다이트는 고심에 빠져들었다. 언젠가 올 줄 알았던 최후의 날이 다가왔다는 사실 때문이었다.

다이트가 고심에 빠지자 다른 이들도 입을 다물고 침묵에 빠져들었다. 다이트가 지금 무엇을 고민하는지 짐작하는 까닭이었다.

잠시 후, 생각을 끝낸 것인지 다이트가 입을 열었다.

"좋소. 우리도 이제 블러드타워를 열어야 할 것 같소. 그동안 준비한 것들을 시행하기로 합시다."

"다크프리즘 중 하나가 돌아오지 않았는데 괜찮을까요?"

파트란이 우려를 표명했다.

완벽하지 않은 다크프리즘으로 블러드타워를 열면 어찌 될지 알 수 없었기 때문이다.

"괜찮소. 우리는 그동안 여러 가지 준비를 해왔소. 다른 부족에서 블러드타워를 연다고 해도 그리 큰 염려를 할 것은 없다고 봐도 될 것이오. 그들도 완전한 힘을 얻지는 못할 테니까."

"하지만……."

"이미 다른 스피릿아머를 통해 새로운 힘을 확보해 놓은 상태요. 네 개를 얻어 한 개를 잃었지만 나머지만으로도 마지막 힘은 우리가 얻을 수 있을 것이오."

"그렇군요. 고신들의 힘이 세상에 다시 나타났으니까요."

"그렇소. 여러분도 알다시피 블러드타워는 고신들의 힘이 세상에 존재해야만 열 수 있는 것이오. 그동안 그 존재를 확신하지 못해 열지 못했지만 이제는 아니오. 고신들의 힘이 나타난 이상 이제 우리는 블러드타워를 열고 세상을 관조하는 존재가 될 것이오."

"그렇군요."

"그럼 블러드타워를 여는 것에 동의 여부를 묻겠소. 다들 찬성하는 것이오?"

"난 찬성이에요."

파트란이 손을 들어 다이트의 의견에 찬성했다.

"나도 찬성이오."

"나도 그렇소."

앤트와 데미안도 다이트의 의견에 찬성을 표시했다.

"그럼 만장일치로 블러드타워를 열겠소. 블랙 파이브의 뜻으로 세상의 모든 것은 종말을 향해 치달을 것이오."

다이트가 선언하듯 말하자 나머지 사람들의 눈빛이 빛나기 시작했다. 드디어 모든 것을 건 운명의 일전이 시작됐기 때문이다.

모두가 찬성하자 다이트가 제단 위에 손을 얹었다. 그와 함께 검은 기운이 그의 손을 빠져나와 순백의 제단 안으로 빨려 들어 갔다.

나머지 사람들도 다이트와 마찬가지로 제단에 자신의 기운을 쏟아부었다.

순백의 제단이 검은색으로 물들기 시작하자 중심부에서 휘돌고 있는 검은 기운이 회오리치며 하나의 형상을 만들어가기 시작했다.

　잠시 뒤 검은색으로 물들어 있는 하나의 탑이 만들어지기 시작했다. 그리고 검은색의 탑은 점차 붉은색으로 물들어갔다.

*　　　*　　　*

　블랙 파이브의 네 사람이 블러드타워를 열고 있는 그 시간, 에어리어51에서도 모종의 움직임이 시작됐다.

　스피릿아머의 대용품인 키메라슈트를 만들고 있는 혈탑이 이상을 보이기 시작한 것이다.

　우우웅!

　지하를 향해 거꾸로 서 있는 혈탑이 진동하고 있었다.

　거대하기 그지없는 혈탑의 진동에 사람들이 조심스럽게 밖으로 빠져나가기 시작했다.

　뱀파이어의 혈정을 이용해 키메라슈트를 만들던 마법사들은 물론, 네오클래스의 주 전력이라 할 수 있는 알파 요원들까지 전부 혈탑을 나섰다.

　그들의 안색은 하나같이 침중하기 그지없었다. 마치 올 것이 왔다는 표정이었다.

　사람들이 전부 빠져나가자 혈탑에서 붉은색 광휘가 뻗어 나오기 시작했다.

　핏빛 광휘는 진득한 냄새를 풍기며 사방으로 퍼지며 자신의 몸을 감쌌다.

혈탑이 기이한 변화를 보이며 사람들이 빠져나오기는 했지만 전부 나온 것은 아니었다.

네오클래스의 의장이자 침묵의 사원의 주인인 마트암, 혈탑의 수장이라고 할 수 있는 타론, 그리고 사자의 터널을 지배하는 케루난은 아직도 혈탑 내부에 남아 있었다.

그들은 다들 구겨진 안색으로 혈탑의 최상층부인 비밀의 방에 모여 있었다.

다들 다른 곳에 있다가 혈탑이 변화하기 시작한 후 이곳에 모인 것이다.

"누군가가 혈탑을 열기 시작했소. 고신들의 힘을 가진 존재가 이 세상에 강림한 모양이오."

마트암이 묵직한 어조로 입을 열었다.

'어느 곳에서 고신의 존재를 확인한 것인지 모르겠지만 혈탑이 열리기 시작했다면 이제 최후의 전쟁이 목전이구나. 저놈의 의도를 아직 완전히 파악하지 못했는데 큰일이로군.'

고신이 나타났다는 것은 이미 혈탑의 변화로 알고 있는 사실이었다.

마트암의 입을 통해 들으니 이제 진정한 아마겟돈이 시작됐다는 것을 절실히 느낄 수 있었다.

아직까지 마트암의 무엇을 의도하고 있는지 완전히 파악하지도 못한 상황이었다. 거기다 최후의 전쟁에 대한 준비도 제대로 되지 않고 있었다.

　마트암의 진정한 목적을 알아야만 앞으로의 일을 대비하기 쉬울 텐데 그러지 못했던 것이 새삼 아쉬웠다.

　'후우, 우리로 인해 이제 그 처절했던 피의 제전이 다시 시작되겠구나.'

　그 옛날 자신들로 인해 벌어졌던 피의 제전이 다시 시작된다는 것에 타론은 마음이 무거울 수밖에 없었다.

　"다들 알고 있을 테지만 어느 한곳에서 혈탑이 열리면 다른 곳도 마찬가지로 열리게 되어 있소. 열지 않으면 모든 것을 포기하는 것이 될 테니까 말이오. 이제 우리도 혈탑을 열어야 하는데 다들 동의하는 것이오?"

　"동의하오."

　"저도 동의합니다."

　타론이 동의를 하자 케루난도 동시에 동의를 표시했다.

　혈탑을 열지 않는다면 혈탑을 연 자들에게 자신들의 모든 것을 고스란히 바치겠다는 뜻이기에 동의하지 않을 수 없었던 것이다.

　"좋소. 그러면 혈탑을 열 것이오. 가지고 있는 열쇠들을 모두 풀어주기를 바라오."

　혈탑을 여는 일에는 열쇠가 필요하다. 형상을 가진 열쇠가 아니라 자신들의 의지 속에 담겨 있는 무형의 열쇠만이 혈탑을 열 수 있는 것이다.

　특히나 혈탑의 본체를 구성하고 있는 형상체는 타론이 아니면 만들어낼 수 없는 것이었다.

“음!”

“으음!”

두 사람은 마트암의 요구에 심음을 흘리며 열쇠를 꺼내기 시작했다. 마트암도 두 사람이 시작하는 것을 보고는 곧장 의지의 열쇠를 꺼내기 시작했다.

스스스!

세 사람의 머리 위로 붉은 기운이 만들어지고 있었다.

깊은 의식 속에 잠들어 있는 열쇠가 꺼내져 형상화되어 나타나고 있는 것이다.

조상들로부터 전해지는 열쇠는 점차 형상을 갖추어가기 시작했다. 붉은 기운이 뭉쳐지더니 마침내 결정의 형태로 만들어졌다.

“그럼, 다음 의식을 시작하겠소.”

마트암은 결정이 완성되자 단검 하나를 꺼내 자신의 손바닥에 상처를 냈다. 마트암의 행동에 타론과 케루난 또한 단검을 꺼내 상처를 냈다.

세 사람의 손바닥에서 붉은 선혈이 흘러내렸다.

흘러내린 피는 바닥에 떨어지지 않고 허공으로 솟아올라 붉은 결정이 있는 곳으로 빨려들어 갔다.

피가 빨려들어 가자 붉은색 결정들이 품(品) 자 형으로 앉아 있는 세 사람의 중심부로 천천히 이동하기 시작했다.

치이이익!

서로 모인 세 개의 결정은 마치 물이 끓는 듯한 소리를 내며 천천히 합쳐지기 시작했다.

완전히 끼워 맞춰진 결정들은 탑의 형상을 하고 있었다. 드디어 자신들의 혈탑이 모습을 드러낸 것이다.

"이제 혈탑이 완성되었소. 누가 피의 힘을 가지게 될지는 모르겠지만 최후의 전쟁에서 꼭 승리자가 되기를 바라오."

탑 모양의 붉은 결정을 바라보던 마트암이 두 사람에게 당부를 했다.

이제 시작되는 싸움은 자신들이 가진 존재의 의미를 걸고 행해지는 것이기에 두 사람은 굳은 얼굴로 고개를 끄덕였다.

형상화된 탑에서 붉은 기운이 사방으로 뻗쳐 나왔다.

그리고 세 사람의 몸을 천천히 감쌌다. 혈탑이 만들어낸 공간 안으로 천천히 사라져 갔다.

블랙 파이브와 네오클래스에서 만들어진 혈탑이 열리는 것과 동시에 다섯 군데에서도 같은 일이 벌어지고 있었다.

고신들을 세상에서 추방한 존재들의 근거지가 있는 심처에서도 혈탑이 열리기 시작한 것이다.

엘프들이 떠난 아리안에서도 폐허가 된 써니의 가문의 심처에서도 부족의 피를 갈구하는 혈탑이 열리고 있었다.

그렇게 고신들을 상대하고 세상을 관조하는 자가 되기 위한 혈투가 시작되려 하고 있었다.

*   *   *

타타타타!

공터에 헬기가 내려섰다. 초지를 휩쓰는 바람이 회오리치며 사방으로 흩어졌다.

엔진이 정지하고 사람들이 하나둘 내리기 시작했다.

헬기에서 내린 자들은 조종사까지 포함에 모두 일곱 명이었다.

"하하하, 어서 오시오."

마틴이 웃으면서 그들을 맞았다.

"시간이 늦지 않은 것 같군요."

마틴의 반김에 대답을 한 이는 뜻밖의 인물이었다. 블랙워크를 암중에서 조정하고 있는 블랙캣이었다.

그녀의 뒤에는 워커가 그림자처럼 호위하고 있었다.

"그렇소. 만월이 차오르려면 아직 시간이 많이 남았지요. 그런데 저분들은 누구신지?"

블랙캣이 예상보다 많은 사람들을 데려왔기에 마틴이 블랙캣을 호위하는 자들을 바라보며 물었다.

"제 호위들입니다. 어떤 상황이 발생할지 모르니 저로서도 방비를 해야 하니까요."

"하하하. 하긴 그렇습니다."

블랙캣을 따라온 자들은 워커를 제외하고는 전부 여성으로 구성되어 있었다. 그중 한 명은 마틴도 어디서 본 듯한 얼굴이었다.

'마스터. 맨 왼쪽에 있는 여자는 워싱턴 정가의 탑 로비스트

인 마담Q가 분명합니다. 놀랍군요. 사령사를 지배하는 자들
중에 그녀가 있었다니 말입니다.'

뇌리로 들려오는 세운의 메시지에 마틴도 그녀가 마담Q라
는 것을 확인할 수 있었다.

'후후후, 만만치 않다는 건가?

세운이 꿍꿍이가 있을 거라더니 맞는 것 같았다.

하나같이 특급 능력자로 보였으니 혈탑으로 끌어들여 제거
하는 데 만만치 않은 힘을 들여야 할 것 같았다.

'크크크, 혈탑의 첫 번째 희생양으로 적당하겠지. 아주 잘됐
어. 아주 말이야.'

만약의 사태를 대비해 데려왔겠지만 마틴으로서는 아주 잘
된 일이었다.

혈탑의 힘을 증폭시켜 줄 수 있는 자들이 제 발로 걸어 들어
온 것이나 마찬가지였으니 기분이 좋지 않을 수 없었다.

'으음, 네오클래스와 직, 간접적으로 관련이 있는 자들은 다
온 것 같군.'

속내를 감춘 채 마주한 두 집단을 보며 두영 또한 놀람을 감
출 수 없었다.

듀크를 통해 감시하던 자들 대부분이 장내에 있었기 때문이
다.

'저들은 분명 네오클래스라는 막강한 힘을 이용해 뭔가를
획책해 오고 있었던 것이 분명하다. 만월이 뜨면 통로가 열린
다고 하니 성지와 같이 비틀어진 공간에 혈탑을 만든 것인가?

　숲이 빼곡히 둘러싸인 이곳에서 저 많은 물건들을 들고 다른 곳으로 이동한다는 것은 어려운 일이었다.

　대화한 내용으로 살펴볼 때 비틀어진 공간의 축을 열고 어디론가 가려는 것이 분명했다.

　하지만 두영의 뇌리에는 의문이 가시지 않았다. 권능을 모을 수 있는 혈탑과 관련이 있는 것은 분명하지만 삼묘족의 힘이 없는 한 불가능한 일이었던 것이다.

　'설마!'

　두영은 마틴의 곁에서 웃고 있는 세운을 보며 한 가지 생각이 번개같이 뇌리를 스쳤다.

　마틴과 대화를 나누던 세운이라는 자에게서 삼묘족의 기운을 가지고 있는 자였다. 배반의 길을 걸었던 자들이 눈에 보이는 자뿐만이 아닐 수도 있었다.

　만약 살아 있는 삼묘족이 더 있고 그들의 희생을 바탕으로 혈탑을 부활시키고자 한다면 결코 불가능한 일만은 아니라는 것을 알 수 있었다.

　'저자 하나로는 혈탑을 완벽히 부활시키지는 못할 테니, 어쩌면 비틀어진 공간 안에 살아남은 나머지 삼묘족들이 있을지 모른다.'

　다른 이들을 기다리는 모양새가 아니었다.

　혈탑을 완성하려면 삼묘족의 피가 상당수 필요하다. 마틴 일행이 가고자 하는 곳에 삼묘족이 있을 가능성이 높았다.

　'혈탑이 부활하는 것은 무조건 막아야 한다. 부활하게 되면

피의 제전이 열리고 세상이 완전히 바뀌어 버리니까.'

혈탑이 생기면 지구상에는 대공간 결계가 생긴다.

지구 전역을 덮는 공간 결계가 펼쳐지는 것이다. 대공간 결계가 생기면 세상은 아비규환으로 바뀌어 버린다.

결계 안에 있는 존재들의 의식에 강력한 영향을 끼치는 혈탑의 힘 때문에 다들 살육만을 탐하는 존재가 되어버리기 때문이다.

결계의 영향을 이겨내는 존재가 있을 수도 있지만 그것은 잠시뿐이다. 다른 모든 이가 자신을 죽이려 하기에 살기 위해 어쩔 수 없이 스스로 살육을 저지를 수밖에 없다.

그렇게 시작된 피의 탐닉은 결코 멈출 수 없게 된다. 피를 보기만 하면 광기에 빠져들기 때문이다.

한 명 한 명 죽일 때마다 내부에 차오르는 힘의 유혹을 이기지 못하는 것이다.

형제자매, 부모가 소용이 없다. 오로지 죽여야 할 대상만 있는 것이다. 먼 옛날 칠대부족도 그러한 과정을 거쳐 최강자들을 뽑았다. 지금과 다른 것은 그들은 혈탑을 세우면서 한계를 지었다는 것이다.

부족원 중 피의 제전에 참가할 수 있는 자는 오직 전사만으로 한정 지어 피의 권능을 일깨웠기에 세상에는 그다지 많은 피해를 주지는 않았다.

하지만 지금은 달랐다.

마틴이 준비하고 있는 모습을 보면 그런 한계는 없는 것 같왔다.

　그럴 요량 같았으면 피의 제전에 참가할 자들이 모두 이곳에 있어야 하는 까닭이다.

　이유는 또 있었다.

　첫 번째 피의 제전 당시 칠대부족이 한계를 지을 수밖에 없었던 것은 고신들이 지구에 존재하고 있었기 때문이다. 지구 전체를 아우르는 대공간 결계를 펼치면 고신들이 자신들의 의도를 알 수 있기에 부족의 전사들만으로 한정 지은 것이다.

　하지만 지금은 눈치를 볼 존재들도 없었다. 신이라 칭해지는 자들은 그들의 권역에서만 권능 발휘할 뿐 지구 전체를 아우를 수 있는 힘이 없는 상태다.

　그러니 마음만 먹는다면 지구 전체를 대상으로 피의 제전을 시작하는 것은 그리 어려운 일이 아니었다.

　'메우 형이 빨리 도착해야 할 텐데……'

　시간이 지나 만월이 세상에 모습을 보이고 있었다. 비틀어진 공간으로 들어가기 전에 마틴 일행을 멀리서 쫓고 있는 메우와 전사들이 최대한 빨리 와야 했다.

　마틴 일행이 모여 있는 공터의 모습이 점차 일그러지기 시작했다. 이공간으로 진입하는 통로가 열리고 있었다.

　'주군!'

　막 통로가 열리려는 찰나 메우의 전음이 들려왔다.

　'메우 형, 전사들은 몇이나 온 거지?'

　'저까지 모두 스무 명입니다. 최정예로만 데리고 왔으니 문

제는 없을 겁니다.'

'다행이네. 지금 저들은 이공간으로 진입을 하려고 하고 있으니 놈들이 들어가는 순간 우리도 쫓아 들어가야 돼.'

'이공간이요?

'전에 내가 말했지. 혈탑이라는 존재에 대해서 말이야.'

두영의 전음에 메우는 혈탑이란 존재를 기억해 낼 수 있었다. 아라비아 반도에서의 일을 마치고 미국으로 돌아오는 와중에 메우는 두영으로부터 혈탑에 대해서 들을 수 있었다.

신들을 세상에서 몰아내고 스스로 신이 되려 했던 자들에 대한 이야기는 메우로서는 감히 상상할 수도 없는 놀라운 이야기였다.

'주군, 그 빌어먹을 혈탑을 저놈들이 다시 부활시키려 한다는 말씀입니까?

'그런 것 같아. 아무리 생각해도 저자들은 지구 전체를 대상으로 혈탑을 부활시키려는 것이 틀림없어 보여.'

'죽일 놈들!

세상을 피로 물들이는 저주받은 존재를 부활시킨다는 이야기에 분노가 치밀었다.

'위험할지도 모르니 지금부터 주의해야 될 거야. 전사들에게 주의를 주도록 해.'

'알았습니다.'

오로지 피의 광기만이 난무하는 공간이 혈탑이라 알고 있었기에 메우가 전음을 보내자 전사들은 자신도 모르게 긴장을 하기 시작했다.

　'놈들을 쫓아가 최대한 막아야 할 것 같아. 그러니 놈들이 전부 들어간 후에 우리도 곧장 쫓아가야 해.'

　'알겠습니다. 전사들을 준비시키겠습니다.'

　죽음을 각오해야 하는 일이기에 메우는 빠르게 자신의 휘하에 있는 전사들에게 전음을 보냈다.

　'시작됐어.'

　공간이 비틀리고 난 뒤 사람들이 점차 사라지고 있었다.

　이공간으로 진입하기 위한 통로를 따라 움직이고 있었기 때문이다.

　적재된 화물을 들고 이공간으로 사라지는 이들을 바라보며 두영은 시기를 기다렸다.

　타타탁!

　시간이 지나 공터에 있는 자들이 모두 사라지자 두영은 신형을 드러내고 곧장 공터로 달렸다.

　메우와 전사들도 빠르게 두영의 뒤를 따라 공터로 들어섰다.

　이십여 명에 달하는 사람들이 마치 사라지듯 공터에서 모습을 감췄다.

　혈탑이 부활될 곳으로 진입한 것이다.

　주변의 풍경이 부옇게 변하며 아무것도 보이지 않았다.

　빠르게 걷기 시작하자 거대한 탑이 눈에 들어왔다.

상당한 거리를 두고 있음에도 커 보이는 것을 보면 얼마만한 크기인지조차 짐작이 가지 않았다.

온통 붉은색으로 선명한 탑이었다.

탑은 햇빛을 받아 마치 적색의 루비처럼 요요롭게 빛나고 있었다.

"아무도 없습니다."

먼저 들어왔던 자들이 하나도 보이지 않았다.

거의 간발의 차이로 들어왔는데도 불구하고 보이는 것은 거대한 평원과 중심에 우뚝 선 거대한 붉은 탑뿐이었다.

"메우 형, 실수한 것 같아. 우리가 들어온 통로는 각자 경로가 따로 있는 같으니 말이야."

"경로가 다르다는 말씀입니까?"

"우리가 들어온 통로는 각자 생각에 것에 따라 원하는 곳으로 보내주는 것이 분명한 거 같아. 난 저런 혈탑에 대해 지금까지 이미지의 탑을 생각하고 있었거든."

두영이 생각하는 혈탑은 처음 태양의 아들들과 마주친 지하 석벽에서 머릿속에 그려졌던 이미지였다.

그와 똑같은 혈탑이 평원 위에 서 있었던 것이다.

"그럼 그들은 어디로 간 겁니까?"

"주변에 그들의 기운이 느껴지지 않는 것을 보면 아마도 저 혈탑 안으로 직행했을 거야."

"그럼 열심히 뛰어야겠습니다."

상당히 먼 거리였다. 전력으로 질주한다고 해도 거의 한 시간은 걸려 보이는 거리였다.

"그럴 거야. 그들도 우리가 이곳에 들어왔다는 것을 알았을 테니까."

"무슨……."

메우는 미처 말을 끝낼 수가 없었다. 혈탑에서부터 날듯이 다가오는 자들이 눈에 들어왔기 때문이다.

"전투 준비를 해야겠군."

싸울 시기가 다가왔음을 짐작한 메우와 전사들이 긴장하기 시작했다.

"준비는 해온 거야?"

"물론입니다, 주군! 대제사장께서 축복을 내려주셨습니다."

"스승님이?"

"예, 주군 덕분에 빨리 완성할 수 있으셨답니다. 원래는 최후에나 사용할 생각이었습니다만, 오고 있는 놈들을 보니 지금부터라도 사용해야 할 것 같습니다."

"내 생각에도 그래야 할 것 같아. 그럼 시작하자고."

두영은 안젤라 등을 오렌에게 보내며 스피릿아머의 동력원인 블랙노바를 함께 보냈었다.

그리고 자신이 알고 있는 스피릿아머의 구체적인 설계도를 오렌의 의식 속으로 보냈었다.

스피릿 아머를 처음 완성한 사람이 오렌이고 보면 최상의 생체기갑병기가 탄생했을 것이 분명했다.

"그런데 주군께서는……."

"후후후, 난 있으니까 필요없어. 필요하면 사용할 테니 너무 걱정 말고 놈들에게 당하지 않도록 조심해."

"알았습니다."

태양의 아들들과의 첫 번째 조우 이후 두영은 자신이 지상 최강의 병기를 손에 넣었음을 알았다.

미국으로 돌아와 육체를 완성하고 의식이 깨어난 순간이었다. 타임 슬라이스를 타고 이 시간대로 오면서 입고 있던 슈트가 완전히 자신의 육체와 융합되었다는 사실을 알았다.

실체를 확인한 후 생체병기를 불러내는 것은 그리 어렵지 않았다. 의지만 있다면 언제든지 실체화시킬 수 있는 것이다.

그러한 생체병기가 있기에 두영은 별다른 걱정 없이 자신에게로 다가오는 적을 맞이하기로 했다.

고색이 창연한 검들을 들고 있는 모습들이 마치 판타지나 무협 영화에서나 볼 수 있을 법한 모습들이었다.

메우를 비롯한 삼묘족의 전사들도 마찬가지였다.

어느새 착용한 것인지 붉은색이 선명한 갑주를 전신으로 감싸고 있는 모습이었다.

파파팟!

메우를 비롯한 전사들이 적들을 향해 맞서 나갔다.

콰콰콰쾅!

검과 검이 맞부딪치는 상황이었건만 마치 포탄이 터지듯 사방에서 폭발음이 들리며 대기가 진동했다.

두영도 자신을 향해 다가오는 적을 향해 신형을 날렸다. 두영이 메우의 뒤를 이어 조금 늦게 신형을 날린 것은 이유가 있어서였다.

메우 등이 상대하고 있는 자들과는 달리 삼묘족의 기운을 가지고 있는 것을 보이는 세운이 뒤쪽에 있었던 것이다.

세운의 검에는 푸른 기운이 유형화된 채 불쑥 솟아 있었다. 뭐든지 파괴한다는 검강이 분명했다.

그를 향해 맞서나가는 두영도 어느새 제혼을 꺼내 들고 있었다.

쾅!

검과 검이 맞부딪치고 충격파로 인해 허공에서 부딪친 둘은 동시에 뒤쪽으로 밀려 나갔다.

'대단하군.'

두영이 상대해 보니 만만치 않은 힘이었다.

미래 시대의 자신이라면 감당하기 버거운 힘을 느낄 수 있었다.

"어떻게 이곳에 들어온 것이냐? 너희들은 누구지?"

"오히려 네가 묻고 싶은 말이군. 넌 어떤 존재냐?"

두영의 질문에 세운이 반문했다.

자신들이 온 이곳은 세계를 연결하는 중심축이 있는 곳이었다. 모든 출입구를 폐쇄하고 오직 한 곳만 통로를 열어놨다.

통로라고는 하지만 아무나 들어올 수 없는 곳이었다.

자신들만이 출입할 수 있는 곳에 전혀 알지 못하는 자들이 들어온 것을 확인했을 때는 세운으로서도 깜짝 놀라지 않을 수 없었던 것이다.

"너희들은 칠대부족도 아니고, 스피릿아머도 가지고 있지 않은데 어째서 혈탑을 부활시키려는 것이냐? 이 지구를 멸망시키는 것이 목적인 건가?"

"음!"

세운이 신음을 흘렸다. 오면서도 짐작했지만 상당히 많은 것을 알고 있는 것으로 보였다.

스피릿아머를 가지고 있는 자들, 정확히는 칠대부족의 신기(神器)를 가진 이들의 이목은 모두 따돌렸다고 생각하고 있었다.

하지만 의외의 존재가 자신들이 하고 있는 일을 알았다는 사실이 세운으로서는 의문이 아닐 수 없었다.

"칠대부족이 아닌 자들이 우리의 목적을 알고 있다니 정말 놀랍군. 하지만 혈탑이 부활하는 것은 막을 수 없을 것이다."

"혈탑을 부활시키려던 것이 사실이었군. 세상을 소멸시키려 하다니, 미친놈들. 하지만 너희들 뜻대로는 되지 않을 것이다.."

"혈탑의 부활을 막으려고 온 것인가? 후후후, 하지만 그래 보았자 소용이 없다. 이미 혈탑은 부활했으니까. 너희들은 헛수고를 한 셈이다."

"이미 혈탑이 부활했다는 말인가?"

두영은 마음이 무거워졌다.

안으로 들어온 순간 막대한 기운을 뿌리는 혈탑을 보며 혹시나 혈탑이 이미 부활한 것이 아닌가 걱정했는데 사실이었던 것이다.

"물론, 이곳에 온 지 벌써 하루가 지났으니 말이야."

'벌써 하루가 지났다는 말인가?'

시간이 벌써 그렇게나 흘렀다는 사실을 믿을 수가 없었지만 혈탑이 부활한 것으로 봐서는 거짓은 아닌 것 같았다.

"후후후. 믿어지지 않는 모양이군. 애초부터 이곳은 시간의 흐름과는 상관없는 공간으로 만들어진 곳이다. 네놈들이 우리를 곧바로 쫓아왔을지는 모르지만 혹시나 이런 일이 있을까 봐 대비를 해놓았지. 시간이 우리 편인 이상 막을 수는 없을 것이다."

세운은 비웃듯 두영을 노려보며 말했다.

'어떤 목적에서 그렇게 했는지 몰라도 혈탑을 부활시켰다는 것은 용서할 수 없는 일이다.'

혈탑이 부활한 이상 이제는 돌이킬 수 없다는 사실에 두영은 분노하지 않을 수 없었다.

세상은 이제부터 아비규환 속으로 빠져들 것이기 때문이다.

"삼묘족을 배신한 것도 모자라 세상을 멸망시키려 하다니, 네놈을 결코 용서하지 않겠다."

"헉!"

분노에 찬 두영의 말에 세운이 자신도 모르게 주춤 뒤로 물러섰다.

"너, 너는 누구냐?"

세운이 눈을 부릅뜨며 소리를 질렀다.

"삼묘의 뜻을 저버린 놈들은 알 필요가 없다. 무엇을 원하는지 모르지만 그렇게 되지는 않을 것이니."

자신을 노려보고 있는 모습에 세운은 가슴이 섬뜩했다. 분노로 타오르고 있는 두영의 눈을 감히 마주볼 수 없었다.

'반드시 없애야 한다. 원래대로 되돌리려면 지금은 내가 누구인지 누구도 알아서는 안 된다.'

자신이 삼묘족이라는 사실은 그 누구도 모르는 일이었다. 이번 일을 같이 진행하고 있는 마틴도 아직까지 모르는 상황이었다.

혈탑을 부활시키기 위해 자신을 비롯해 일족은 그동안 형극의 길을 걸어왔다.

아직까지 그 누구도 자신이 삼묘족의 일원이었다는 것을 알아서는 안 되는 일이었기에 세운은 두영을 없애기로 마음먹었다.

파앗!

세운이 살기를 머금은 순간 두영의 신형이 순식간에 사라지며 세운을 덮쳤다.

"헛!"

날카로운 칼날이 자신의 눈앞에 나타나자 세운을 헛바람을 삼키며 빠르게 뒤로 물러났다.

쾅!

세운은 빠르게 검을 쳐냈다. 맞부딪치는 순간 자신의 힘을 뿌렸다.

"이런!!"

굉렬한 폭발음과 함께 제혼이 튕겨 나가 안심하는 순간 사라진 제혼이 다시금 자신의 눈앞에 있었다.

콰콰쾅!

연이어 검을 쳐냈지만 제혼은 항상 그 자리에 있었다. 자신의 힘으로 분명 쳐냈건만 언제나 그 자리였다.

처음 세운은 두영의 검을 피할 수 있다고 생각했다. 피할 수 없을 것 같아 쳐냈지만 아무런 소용이 없었다.

물러난 만큼 제혼이 따라붙고 쳐내는 순간 어느새 자신의 눈앞에 존재하는 제혼은 정말이지 불가사의했다.

쳐내는 것을 포기한 세운은 힘이 떨어지는 것을 방지하기 위해 무작정 피했다.

언제까지나 따라붙을 수 없을 것이라는 생각 때문이었다.

그러던 어느 순간 주변이 조용하다는 것을 인식했다. 오로지 제혼에 집중하고 있었는데 주변이 바뀌어 있었다.

주변은 회색의 공간이었고 두영의 모습도 보이지 않았다. 방금 전까지 격돌을 벌였던 수하들과 붉은 갑주를 입고 있던 전사들의 모습이 하나도 보이지 않았다.

오직 제혼만이 자신을 따라붙고 있었다.

'여긴 어디지?

제혼을 피하며 주변을 살펴본 세운은 자신이 전혀 다른 곳에 와 있다는 것을 알 수 있었다.

모든 것이 사라지고 오직 회색의 빛과 검밖에는 보이지 않는 세상에 자신이 와 있었다.

'이건, 절대 불가능한 일이다. 혈탑의 결계 안에서는 오직 순수한 힘만 사용할 수 있거늘…….'

있을 수 없는 사실에 세운은 경악하지 않을 수 없었다. 혈탑이 만들어낸 공간 안에 새로운 공간이 만들어진 것이다.

혈탑이 부활한 공간은 지구 전역을 덮는 것이다. 오직 피의 제전을 위해 만들어지는 공간이라 결코 다른 형태의 결계를 펼칠 수 없는 곳이었다.

어떻게 자신이 이런 공간으로 오게 된 것인지 세운으로서는 알 수가 없는 노릇이었다.

따라붙는 검을 피해 도망을 치고 있는 세운은 어느 순간 멈추어 섰다. 자신의 눈앞에서 죽일 듯 위협하던 검이 어느새 사라지고 없었던 것이다.

"두려운가 보군."

검이 사라진 후 두영의 목소리가 들렸다.

"네놈은 도대체 누구냐?"

사방에서 들려오는 두영의 목소리에 소리를 질렀다.

"동족을 그들에게 내준 것도 너희들이었나?"

"무, 무슨 소리냐?"

갑작스러운 소리에 세운은 떨리는 목소리로 대답하며 사방을 살폈다.

"삼묘의 피만이 각자에게 부여된 권능을 하나로 모을 수 있다는 사실을 그들에게 알려준 놈들이 바로 너희들이었냐는 말이다.”

“서, 설마! 그럴 리가 없다. 다, 다! 죽었거늘!!”

삼묘의 피로 권능을 모을 수 있다는 사실을 알고 있는 자들은 오직 삼묘족밖에는 없다.

자신을 비롯해 배반의 길을 걸었던 일족을 제외하고 그 사실을 알고 있는 삼묘족은 모두 죽었다.

살아남은 자가 있다는 것은 결코 있을 수 없는 일이었다.

칠대부족이 고신의 뜻을 따르는 삼묘족을 제거할 때 확인사살을 한 것이 자신들이었기 때문이다.

지금 그 사실을 알고 있는 자는 자신과 함께 일족을 배신했던 이들 뿐이다.

동료들 중 그 사실은 발설할 자는 아무도 없었다. 칠대부족이 그 사실을 아는 순간 남는 것은 자신들의 소멸밖에는 없기 때문이다.

“어째서지? 어째서 동족을 배반했던 거지?”

“너, 너도 삼묘의 후예냐?”

“여기! 이 공간 말이야, 어디서 많이 본 것 같지 않나?”

세운의 질문에 두영은 긍정도 부정도 하지 않았다. 그저 세운이 있는 공간을 본 적이 있는지만 물었다.

세운은 두영의 말에 주변을 살피기 시작했다. 그러더니 뭔가를 알아낸 듯 눈을 부릅떴다.

“이 기운은… 영혼의 메아리! 다 죽인 줄 알았는데 살아남은 자가 있을 줄이야. 어떻게……."

영혼의 메아리는 삼묘족이라면 누구나 쓸 수 있는 공간 결계다. 그리고 삼묘의 피를 이어받은 이밖에는 쓸 수 없는 것이기도 하다.

영혼의 메아리는 자신의 의지를 시험하는 공간으로 새로운 존재로 거듭나기 위한 수련의 공간이다.

자신의 영혼을 이용해 펼치는 것이라 개인의 능력에 따라 범위가 천차만별이지만 대부분 일정한 공간만을 점유한다. 영혼의 힘이 가지는 의지력의 한계 때문이다.

세운이 이토록 놀라는 이유는 영혼의 메아리가 혈탑이 세워진 곳에서 펼칠 수 있는 유일한 결계였기 때문이다.

혈탑 또한 비슷한 방법으로 만들어진 결계이기에 영혼의 메아리로 자신을 끌어들였다면 두영이 삼묘의 후예라는 확실한 증거였던 것이다.

"처음에는 몰랐었다. 그렇지만 이곳으로 들어와 알겠더군. 삼묘족이 가진 영혼의 힘을 모아 만들어낸 것이 바로 이 혈탑이라는 것을……. 도대체 원하는 것이 무엇이기에 동족을 배신하고 이런 것을 만든 것이냐?"

혈탑이 부여된 권능을 합쳐 신에 도전하기 위해 만들어졌다는 것은 알고 있었지만 지금까지 누가 만들었는지 궁금했던 두영이다.

그러던 차에 혈탑이 만들어낸 공간 안으로 들어와 알 수 있었다.

삼묘족의 피에 깃든 영혼의 힘을 이용해 혈탑을 만들어낸 이들이 바로 삼묘족임을 확인한 것이다.

거대한 영혼의 메아리의 일종인 혈탑을 만들어내는 것은 칠대부족의 힘만으로는 할 수 없는 일이었다.

삼묘족의 누군가가 혈탑을 만드는 데 협조를 했을 것이 분명했다.

어째서 동족을 멸족시켜 가며 그러한 일을 했느냐는 두영으로서 중요한 문제였다.

신에 가장 가까운 영혼을 소유한 삼묘족이 종족을 배반하고 그런 일을 벌였다면 무엇인가 피치 못할 사정이 있었을 것이라는 생각 때문이었다.

"크크크, 몰랐나, 고신들의 배신을?"

두영이 삼묘족이라는 것을 확신한 세운은 비웃듯 고신들의 배신을 말했다.

"배신?"

두영이 보기에 세운은 창조주라고 할 수 있는 고신들에게 심한 배신감을 느끼고 있었다.

삼묘의 후예라면 결코 가질 수 없는 감정이었다.

'자신들을 창조한 근원에 대해 저토록 배신감을 느끼는 이유가 뭐지? 얼마나 큰 배신감을 맛보았기에 저러는 건지 모르겠구나.'

삼묘족은 창조주와 직접 소통이 가능한 자들이다.

자신들의 근원이나 마찬가지인 고신들에게 저토록 배신감

을 느낄 이유가 없었다.

"고신들이 어떻게 배신을 했다는 말이냐?"

"그래, 배신이었지. 고신들은 우리를 가지고 그저 유희를 즐겼을 뿐이다. 그리고 우리를 가지고 즐기다가 쓸모가 다하자 전부 쓸어버리려 했었다는 것을 말이다."

"무슨 말을 하고 있는 것인지 모르겠군."

세운이 무엇을 말하려고 하는 것인지 알 수가 없었다.

신은 일방적인 존재다. 신들에 대해 창조된 존재들과는 자신의 필요에 의해서만 소통할 뿐이다. 그리고 자신의 뜻에 따라 재단할 뿐이다.

그런 존재가 자기 마음대로 했다고 해서 피조물이 배신감을 느꼈다고 하는 것이 이해가 되지 않았다.

"크크크, 너도 죽어간 삼묘의 영혼들처럼 고신들의 진정한 정체를 모르고 있었나 보군."

"고신들의 정체? 그게 무슨 말이냐?"

"알고 싶은가?"

"물론!"

"그럼 날 제압해라."

고신들을 숭배하고 그들의 뜻에 따라 세상의 영혼들을 관조하는 존재가 바로 삼묘족이다.

어떠한 이유가 됐든 동족을 팔아 고신들을 없애고자 했던 자신들은 삼묘족의 입장에서는 배신자였다.

배신자가 아무리 떠들어봤자 예전에도 그랬듯이 이해줄 리

없다고 생각했기에 세운은 더 이상 할 말이 없는 듯 기운을 끌어올렸다.

'뭔가 있는데 그게 무엇인지 알려주고 싶지 않은 모양이로군. 알아내려면 저자 말대로 제압을 하는 수밖에.'

세운의 말에서 삼묘족의 혈겁에 심상치 않은 내막이 있음을 간파했지만 지금은 알아낼 수 있는 것이 아무것도 없었다.

세운의 말대로 먼저 제압하는 수밖에 없다고 판단한 두영은 삼천기를 끌어올렸다.

'내가 익힌 주법으로는 저자를 상대할 수 없다.'

상대도 삼묘족이다.

오랜 세월을 건너뛰어 생존해 있는 존재라면 상대하기 까다로울 것이 분명했다.

주법을 사용한다면 빠른 시간 안에 결판을 낼 수 없을 것이라 판단한 두영은 미래 시대에 자신이 즐겨 사용하던 방법을 쓰기로 했다.

두영의 몸이 점차 변하기 시작했다.

검은 광택을 흘리는 갑주가 전신을 감싸고 있었다.

타임 슬라이스를 타고 이곳으로 도착할 때 정신체와 융화되었다가 새로운 깨달음을 통해 활성화시킬 수 있었던 파워슈트가 전신에 장착된 것이다.

"으음."

두영이 스피릿아머를 입은 모습을 본 세운이 신음을 흘렸다. 새로운 형태도 물론이거니와 전신에서 풍겨 나오는 기운의 느낌이 한 번도 느껴보지 못한 것이었기 때문이다.

'어떤 것이기에 저런 힘을 내포한 것이지? 칠대부족이 가지고 있는 스피릿 아머와는 다른 기운이다.'

조금 전 자신을 쫓던 검에서 느껴지던 기운과 완전히 다른 힘이었다.

검끝에서 느껴지던 자연의 기운은 간곳이 없고 오로지 파괴적인 기운만이 맴돌았다.

마주하는 순간 모든 것을 소멸시켜 버릴 것 같은 혼돈의 기운이 가슴을 서늘하게 했다.

'분명 이 세계에는 존재하지 않는 힘이다. 일단 이곳부터 벗어나야 한다.'

두영이 삼묘족의 후예라 생각했던 세운으로서는 의아하지 않을 수 없었다.

고신들의 힘을 직접 느껴본 적이 있는 세운이다. 칠대부족의 힘 또한 마찬가지이다.

지구상에 존재하는 모든 힘의 근원을 알고 있는 자신도 알수 없는 두영의 힘에 세운은 일단 몸을 피해야겠다는 생각이들었다.

상대의 의지가 작용하는 공간 안에서 이대로 격돌했다가는 자신이 소멸할 수밖에 없다는 생각이 든 것이다.

쏴아아아!

세운의 강렬한 기세가 세운의 몸에서 뻗어 나왔다.

그동안 감추고 있던 힘을 개방한 것이다.

우르릉!

세운이 개방한 힘으로 인해 영혼의 메아리로 만든 공간이 흔들리기 시작했다.

'이 힘은?'

두영은 세운이 발휘하는 기세 속에서 익숙한 기운들을 느낄 수 있었다.

세운이 뻗어내는 힘에 써니와 안젤라, 그리고 왕성인이 가지고 있던 힘의 잔재가 포함되어 있었다.

분명 칠대신검이 가진 기운을 모은 것이 틀림없었다.

"힘을 감추고 있었군. 칠대부족의 힘을 전부 모은 건가?"

"눈치가 꽤나 빠르군. 날 제압하는 것이 쉽지만은 않을 것이다."

말이 끝남과 동시에 세운의 모습이 바뀌었다.

무지갯빛 광채를 발하더니 이내 거대한 크기로 변했다. 고대에 존재했던 타이탄처럼 거인으로 변모한 것이다.

"대단하군!"

자신의 만들어낸 영혼의 메아리는 의지의 공간이다. 자신을 제외하고 의지에 따라 힘을 발휘할 수 있는 존재는 없다고 해도 과언이 아니라고 할 수 있었다.

그런 공감임에도 세운은 자신의 의지로 새로운 힘을 이끌어낸 것이다.

'역시, 삼묘족인가?'

의지로 사물과 의식 세계를 다루는 이들이 바로 삼묘족이다.

자신의 의지를 극한까지 끌어올려 새로운 존재로 거듭나는 존재인 것이다.

부족 간의 전쟁 이후 자신들의 본분을 되찾아 세상 밖으로 숨지 않았다면 이 세상을 홀로 차지할 수 있었을지도 모를 정도로 삼묘족이 가진 영혼의 힘은 강력한 것이었다.

두영도 영혼의 힘을 일으켰다. 의지로 만들어진 탓에 신체가 커진 만큼 세운의 힘이 증폭된 때문이다.

두영의 신체도 점점 커져 갔다.

거대해지는 크기만큼이나 두영이 만들어낸 영혼의 메아리도 크기를 더해갔다.

“어떻게?”

두영의 변화에 세운은 놀라고 있었다.

자신은 칠대부족의 신기를 통해 힘을 모았기에 가능한 일이지만 삼묘족이라 해도 불가능한 일이었다.

그렇지만 이내 한 존재에 대해 깨달았다. 자신이 동족을 배신하기 전 그토록 함께하기를 소망했던 사라진 한 존재를 떠올린 것이다.

“대제사장이 다시 나타난 것이냐?”

“그렇지 않다면 내가 여기에 있을 수 없겠지.”

두영의 대답에 세운의 표정이 일그러졌다.

“크크크, 이미 늦었구나! 모든 것을 준비했는데… 이제 어쩌겠다는 것이냐? 으아아아!”

세운이 울부짖었다.

스스스!

울부짖으며 눈물을 흘리는 세운의 몸이 점차 줄어들었다. 그의 몸을 감싸고 있던 무지개의 빛무리도 점차 사라져 갔다.

세운이 저항하기를 포기했다는 것을 알아차린 두영도 자신의 힘을 거두어들여 몸집을 줄여 나갔다.

대제사장이 나타났다는 사실 때문인지 모든 것을 포기한 모습이었다.

"크크크, 알고 있나? 고신들은 우리의 진정한 창조주가 아니다."

자조하듯 말하고 있는 세운의 목소리에는 적의라고는 하나도 없었다.

"창조주가 아니라는 말인가?"

"역시 모르고 있었나 보군. 그들은 그저 우리를 미지의 세계로 인도하는 동반자일 뿐 창조주가 아니라는 말이다."

"동반자?"

"삼묘족이 살아가는 목적이 뭐지?"

"인과의 율을 끊고 새로운 존재로 거듭나는 것이 목표가 아니었나?"

"잘 알고 있군. 우린 새로운 존재로 거듭나기 위한 존재다. 다른 말로 하면 신으로 거듭나기 위한 존재들이라고 할 수 있지. 어쩌면 새로운 창조주가 될 수도 있고."

"신으로 거듭나기 위한 존재이기도 하고, 창조주가 될 수도 있다는 말인가?"

“맞다. 인간들도 그런 본성을 가지고 있지만 우리는 그들과는 차원이 다른 존재다. 하지만 고신들은 우리를 속였지. 마치 자신들이 우리를 창조한 존재들인 것처럼 말이야. 그들은 우리를 자신들이 성장하기 위한 도구로 썼다. 마치 장난감 안에 들어가는 건전지처럼 말이야.”

“그것이 무슨 말이냐?”

“고신들은 불완전한 존재다. 한마디로 정의하자면 신조차 되지 못한 반신 같은 존재지. 마치 이무기처럼 말이야. 그들은 우리를 필요로 했다. 신으로 거듭나 창조주로 가는 길을 걷기 위해서 우리를 속이고 우리의 영혼 속에 잠들어 있는 창조주의 파편을 야금야금 갉아먹었지. 그러다가 삼묘족에게서는 더 이상 그들을 지탱해 나갈 힘을 얻기 힘들다는 것을 고신들은 깨달았다. 그래서 끌어들인 것이 바로 다른 차원의 존재들이다.”

“다른 차원의 존재들이라면…….”

“맞다. 바로 칠대부족이지. 차원 틈새를 열 수 있는 힘을 갖추게 된 고신들은 자신들의 힘을 보충할 자들을 찾았다. 그리고 선택했지. 그들 칠대부족을 말이야. 하지만 고신들의 계획은 실패로 돌아갔다. 그들은 우리들과 같이 맹목적인 추종심이 없었을 뿐만 아니라 어리석지도 않았다. 얼마 지나지 않아 그들은 고신들에 의해 자신들이 가축처럼 길러진다는 것을 알았지. 그들은 자신들의 차원으로 돌아가려 했다. 하지만 고신들이 닫아버린 차원의 틈은 그들의 힘으로서는 절대 열 수가 없는 것이었다. 해서 그들은 최후의 선택을 했다. 가축처럼 길러지다가 모든 것을 빼앗기느니 고신들을 없애 버리기로 한 것이지."

"으음!"

거짓을 말하는 것 같지는 않았다. 자신을 속일 이유가 그에게는 없었기 때문이다.

"믿기 힘들겠지만 사실이다. 고신들에게 맞서기 위해 그들은 자신의 힘을 모을 방법을 찾아야 했다. 하지만 방법을 찾을 수 없었지. 그러던 와중에 그들은 나와 동료들을 우연히 만나게 됐다. 우리는 그들로부터 고신들의 진정한 정체에 대해서 들을 수 있었다. 처음엔 우리도 믿을 수 없었다. 하지만 얼마 지나지 않아 그들이 말한 것이 사실이라는 것을 알 수 있었다."

"어떻게 알았지?"

"그들과 헤어진 후 삼묘족의 뛰어난 전사들이었던 우리는 고신들의 부름을 받았다. 바로 칠대부족의 멸족시키는 것에 관한 계시 때문이었지. 우리는 고신들로부터 칠대부족이 가진 힘을 영원히 봉인하는 방법을 전수받았다. 하지만 그것은 힘을 봉인하는 것이 아니었다. 고신들이 그들의 힘을 흡수하기 편하도록 만드는 방법이었지. 우리의 힘을 통해 칠대부족이 가지고 있는 영혼의 에너지를 모으려고 한 것이다."

"그것만으로는 고신들이 삼묘족을 이용했다고는 할 수 없을 것 같은데?"

"그것이 다가 아니다. 혈탑이 어떻게 만들어진 줄 아는가?"

"혈탑이 만들어진 이유가 또 있었나?"

"물론 있다. 고신들도 알고 있었다. 우리를 이용해 칠대부족이 힘을 모으려 한다는 것을 말이다. 고신들은 우리에게 그들의 일에 협조를 하라고 했다. 자신들을 없앨 힘을 모을 수 있도록 말이다. 영혼의 메아리를 확장해 혈탑의 공간을 만드는 방법도 전부 고신들로부터 나온 것이다. 칠대부족의 힘을 봉인하는 방법이 바로 혈탑이었다는 말이다."

"권능의 힘을 모으는 것이 아니라 고신들이 흡수하기 좋도록 봉인하는 것이 바로 혈탑이라는 말이냐?"

"맞다. 혈탑을 만드는 방법을 전수받으며 난 고신들 중 하나와 의식을 공유할 수 있었다. 그리고 알았지. 창조주께서 우리에게 베푼 은혜와 어째서 고신들이 이곳에 있게 됐는지."

"어째서 고신들이 이곳에 있게 된 것이냐?"

"자신을 대신해 조율할 자가 우리에게서 나오기를 바라며 창조주는 이 세계를 만들고 난 후 떠나 버렸다. 삼묘는 창조신의 파편으로서 자라나기 시작했지. 그런 와중에 찾아온 자들이 바로 고신들이다. 어디서 온 자들인지는 모르지만 그들은 태초로부터 태어난 존재들로 차원을 떠돌며 자신들의 힘을 키우는 자들이었다. 혼돈과 파괴의 주재자이며 창조의 힘을 좇는 자들이지. 놈들은 창조주의 행방을 찾지 못하자 우리를 통해 창조의 힘을 얻으려 했다. 그래서 우리 사이로 파고들어 그 막대한 권능으로 신이 되었지. 그런 다음 야금야금 창조주가 남긴 힘을 빼앗아갔다. 하지만 우리는 창조주가 뿌려놓은 씨앗일 뿐이었기에 그들을 만족시킬 수는 없었다. 그래서 다른 부족들을 이곳으로 불러들였다. 그들 또한 창조주가 안배한 씨앗들이었으니까."

"정말 믿을 수 없는 이야기로군."

"그럴 것이다. 나도 사실임을 확인하고 한동안 정신이 없었으니까. 나와 동료들은 고신들의 정체를 확인하고 나서 혈탑을 준비했다. 그들의 뜻을 따르면서 반격을 준비한 것이지. 그 와중에 동족들을 설득하려 했지만 그들은 아무도 우리의 말을 믿지 않았다. 신과 하나가 될 수 있다는 것에 정신이 팔려 버리기도 했지만, 고신들에 의해 영혼이 완전 잠식당한 후였기 때문이지. 그들은 더 이상 돌이킬 수 없었다. 이미 고신들에게 모든 것을 바칠 준비를 한 상태였으니까. 해서 우리는 동족들을 제거하기로 했다. 고신들이 동족들의 힘을 얻게 되면 우리가 준비한 반격은 완전히 쓸모가 없어지는 탓이기도 하지만 동족들의 힘을 추가한다면 우리가 준비하고 있던 반격이 완전해지기 때문이었다. 영혼의 메아리를 나누어 시간의 파편 속에 그들을 영원히 가둘 수 있었으니까."

"타임 슬라이스가 그렇게 해서 만들어진 것이었군."

"알고 있었나? 크크크, 어쩐지… 이제 보니 너 또한 시간의 파편 속에 갇혀 있었던 자로군."

"덕분에."

"우리의 계획은 성공했다. 칠대부족의 힘을 하나로 모으고 찾아가자 고신들이 미친 개떼처럼 달려들더군. 우리가 칠대부족을 속여 권능을 하나로 합한 후 찾아간 것이라고 생각했겠지만 그것이 아니었다. 우리가 만들어낸 신기들은 바로 시간을 조각으로 잘라낼 수 있는 파천의 도구들이었으니까.”

“그럼 고신들 모두 타임 슬라이스로 나뉘어 갇힌 것인가?”

“그렇지. 영원한 시간의 미아가 되어버린 것이지. 하지만!”

“하지만?”

“우리가 미처 생각하지 못한 것이 있었다.”

“미처 생각하지 못한 것이라니?”

“바로 영혼의 메아리로 만든 혈탑 속에 스며든 창조주의 힘이었다.”

“창조주의 힘?”

“그렇다. 우리가 만든 타임 슬라이스는 원래 하나였다. 일곱 신기가 모여 만들어지는 것이었지. 하지만 창조주의 힘과 고신들이 발한 힘으로 인해 타임 슬라이스가 모두 일곱 개가 만들어져 버렸다. 각 신기마다 하나의 시간 조각이 만들어지고 말았던 것이다. 고신들을 가두는 데는 성공했지만 완전하게 가두지 못했으니 우리의 계획은 실패한 것이나 마찬가지였다. 더욱 큰일은 우리가 계획했던 하나를 제외하고 나머지 시간의 조각은 산산이 흩어져 버렸다는 것이다.”

“그것이 어째서 문제가 되는 것이냐?”

“이미 여섯 개의 시간의 조각이 제자리를 찾았다. 그리고 마지막 남은 하나가 이제 자리를 찾으려 돌아오고 있는 중이다.

고신들의 잔재가 남아 있는 마지막 조각이 말이다. 그렇게 되면 이 세계는 소멸하고 만다. 시간의 축이 완전히 어긋나 버려 존재하는 모든 것의 영혼의 끈이 끊어져 버리기 때문이다. 그래서 우리는 지금 또다시 혈탑을 준비하고 있는 중이었다. 마지막 시간의 조각을 영원히 없애기 위해서였지. 하지만 이제는 그것도 틀려 버렸다.”

“그게 무슨 소리지? 혈탑을 완성한 것이 아니었나?”

“후후후, 넌 우리가 고신들을 어떻게 만났다고 생각하는 것이냐?”

“그게 두슨 소리지?”

자신을 바라보는 세운의 눈이 싸늘하게 묻고 있었다. 두영은 그 차가운 빛에 전율을 느꼈다.

CHAPTER 04
이미 모든 짝을 찾은 후였다

TIME
SLICE 타임 슬라이스

신을 영접할 수 있는 존재!

현실 세계로 인도해 그 실체를 보여줄 수 있는 존재는 오직 대제사장뿐이었다.

대제사장이 사라진 후에 삼묘족에게 신들의 실체를 보여준 제사장은 아무도 없었다. 오직 오렌만이 삼묘족에게 신들의 실체를 보여주었던 것이다.

세운을 비롯해 배신의 길을 걸은 삼묘족이 고신들을 만난 것은 오렌이 성지로 모습을 감춘 후였다.

대제사장이 오렌이 아니면 불가능한 일이 일어난 것이다.

"어떻게 고신들을 만난 것이지?"

반드시 확인이 필요한 일이기에 두영이 물었다.

"어느 날 나에게 계시가 내려왔다. 불가능한 일이 우연히 나에게 찾아온 것이지. 처음에는 신들이 나를 선택했다고 생각했다. 하지만 오랜 세월 동안 생각해 본 결과 그것이 아니라는 것을 알았다. 누군가 신들을 불러낸 후에 나에게 암시를 준 것이었다는 것을 알아낼 수 있었지. 지금까지 누가 그런 일을 했을까 알아내지 못했다. 그저 막연히 그만한 능력을 가진 사람은 오래전 세상에서 사라진 대제사장뿐이라고만 생각하고 있었지. 어째서일까? 어째서 대제사장은 자신의 실체를 감추고 나에게 그런 계시를 받게 했을까 궁금하지 않을 수 없었다. 하지만 아무것도 밝혀낼 수 없었지. 지금까지는 말이야."

"그렇다면 지금은 밝혀냈다는 말이냐?"

이유를 알고 있는 듯한 세운의 말에 두영이 눈빛을 빛내며 물었다.

"아직은 어떤 목적이었는지 알 수는 없다. 하지만 타임 슬라이스가 어째서 일곱 조각이 됐는지는 알아냈다."

"무엇을 알아냈다는 말이냐?"

"타임 슬라이스는 시간의 조각이지만 모든 것을 담을 수 있는 무한의 주머니이기도 하다."

"무한의 주머니?"

"그렇다. 타임 슬라이스는 시간의 조각일 뿐이지만 과거와 현재 미래를 함께 담을 수 있는 것이라 차원 전체를 담을 수 있는 것이다. 타임 슬라이스에 갇힌 의지가 작용하다면 그것이 설사 차원이라 해도 담을 수 있다는 뜻이다. 지금 생각이다만 일곱 개의 조각은 아마도 칠대부족이 원래 있었던 차원을 담았을 것이다. 누군가의 의도로 말이다."

"어째서 그런 생각을 한 것이지?"

차원을 담을 수 있다는 말이 믿어지지 않지만 그런 생각을 하게 된 연유가 있을 것이기에 두영이 물었다.

"지금에서야 알게 됐지만 세상에 있는 칠대부족의 모든 권능을 하나로 모은다고 해도 창조주로 거듭나기 위해서 필요한 힘에는 턱없이 부족하다. 그것은 혈탑이 처음 세워지던 시절에도 마찬가지였다."

"누군가가 너희들의 계획을 이용했다는 말인가?"

"그렇다. 우리에게 제거된 고신들이 아니면, 오래전에 사라진 대제사장이겠지. 넌 어떻게 생각하나? 난 고신들은 아니라고 보는데 말이야."

세운의 의견이 타당하다고 할 수 있었다.

고신들은 시간의 조각인 타임 슬라이스에 갇혀 이 세계를 떠났다. 그들이 다른 차원의 힘을 얻기 위해서 일부러 타임 슬라이스에 갇힐 이유는 전혀 없었다.

그럴 만한 이유를 가진 이는 오직 삼묘족의 대제사장인 오렌뿐이었다.

이미 신에 버금가는 능력을 발휘하는 그만이 창조주가 되기 위한 힘이 필요할 뿐이었다.

'제기랄!'

두영은 속으로 욕을 내뱉었다.

써니와 안젤라, 그리고 왕성인 등 스피릿아머를 가진 수호 검주 셋을 오렌이 있는 곳으로 보낸 두영이다.

세운의 말이 사실이라면 스스로 범의 아가리에 집어넣은 것이나 마찬가지였다.

"대제사장을 알고 있나 보군."

일그러진 두영의 얼굴을 바라보던 세운이 고개를 끄덕였다.

"아마도!"

"그렇다면 넌 그의 뜻에 따라 움직여 왔을 것이다. 너는 아니라고 하겠지만 그는 그런 존재다. 타임 슬라이스를 통해 다른 차원의 힘을 얻겠다는 계획이 그가 꾸민 것인지는 확실하지는 않다. 하지만 지금의 상황에서 가장 유력한 자이니 잘 판단하도록 해라. 마지막 조각이 맞춰지지 않은 이상 기회가 있을지도 모르니까."

세운은 두영에게 충고를 했다. 그 옛날 삼묘족과 같이 두영이 대제사장에게 이용당했다는 확신 때문이었다.

"기회라니?"

"혈탑은 지금 하나하나 완성되어 가고 있다. 칠대부족은 고신들이 나타났다고 생각하겠지만 그들이 혈탑을 세울 수 있던 것은 시간의 조각인 타임 슬라이스가 각자의 차원을 가져온 힘 때문이다. 그들이 세운 혈탑은 각자의 차원에서 발상되는 힘으로 인해 가능한 것이었으니 말이다. 마지막으로 남은 시간의 조각이 어느 부족의 차원을 가지고 오는지는 모르겠지만 그것이 완성되면 세상의 모든 힘은 음모를 꾸민 자의 것이 될 것이다."

"혈탑이 세워지는 것만으로도 그런 것이 가능하다는 말이냐?"

"충분히 가능하다. 이번에 만들어지는 혈탑은 오로지 이 차원에 힘을 집중하기 위해 만들어진 것이니까. 그렇지만 아직 그 힘을 얻을 자는 결정이 되지 않았다. 마지막 조각이 맞춰지지는 않았으니 말이다. 내가 기회라고 한 것은 너 정도라면 그 힘을 얻을 수 있을지도 모른다는 뜻이다. 세상이 어떻게 바뀔지는 모르겠지만 그 힘을 얻어 창조주로 거듭날 수만 있다면 세상을 원래대로 되돌릴 수도 있을지 모른다는 말이다."

"으음."

상황이 예상 밖으로 전개되고 있었다.

세운의 말대로 모든 음모의 주역이 오렌일 수도 있고, 아니면 다른 자가 음모의 주재자일 수도 있었다.

그렇지만 단 한 가지 확실한 것은 세상이 멸망으로 치닫고 있다는 사실이었다.

시간의 축이 일그러지기 시작하면 모든 인과 관계가 소멸하고 그 인과 관계의 영향을 받는 모든 존재도 소멸하고 만다.

원래 자식을 낳고 죽은 조상이 자식을 낳기 전에 죽는다면 그의 후손들이 세상에서 사라지는 이치와 같은 것이다.

"그러면 너희들은 이곳에 어째서 혈탑을 만든 것이냐?"

칠대부족이 한 개씩 모두 일곱 개의 혈탑이 만들어져야 정상이다. 다른 혈탑을 만들었다면 이유가 있을 것이기에 두영이 물었다.

“이곳이 일곱 번째 혈탑이다. 아직 돌아오지 못한 타임 슬라이스의 힘이 작용하기 전에 각 부족의 힘을 조금씩 모아 완성한 곳이지. 일곱 개의 혈탑이 완성되면 세상은 피의 공간으로 뒤덮인다. 고신들이 나타난다고 해도 설 자리가 없어지게 되지.”

“불완전한 공간을 만들어 고신들을 다시 한 번 시간의 미아를 만들겠다는 생각이었군.”

“하지만 이제는 그것도 글러 버렸다. 대제사장이 이곳에 있다면 말이다.”

“좋아, 너를 믿을 수 있을지 모르겠지만 일단은 그냥 놔두겠다. 그리고 마틴 회장을 한번 만나봐야겠군. 그도 당신과 같은 생각을 가지고 있는지 알아야 하니까.”

“만날 필요는 없을 거다. 그는 세상을 지배하기 위해 나와 협력한 자일 뿐이니까.”

“그래도 한 번은 볼 필요가 있다.”

“알았다.”

세운의 대답을 들은 두영은 공간 결계를 풀었다. 세상을 온통 물들인 회색빛이 사라지고 주변의 전경이 나타났다.

쾌콰쾅!

메우를 비롯한 삼묘족의 전사들과 세운의 수하들이 싸우고 있었다. 스피릿아머와 같은 형태의 양산형 기갑병기를 착용하고 있는 양측의 싸움은 치열했다.

"모두 멈춰라!"

두영이 기운을 담아 소리를 질렀다. 삼천기의 강력한 힘이 목소리를 타고 장내에 퍼져 나갔다.

갑작스러운 소리에 양측은 뒤로 물러나 두영을 바라보았다.

"싸움은 중단하고 모두들 혈탑으로 돌아가라."

세운이 자신의 수하들에게 소리를 질렀다. 다들 의아한 표정이었지만 명령에 절대 복종하도록 훈련받은 이들이라 곧바로 혈탑으로 돌아가기 시작했다.

"메우 형, 일단 혈탑으로 가야 할 것 같아. 상황이 심상치 않은 것 같으니까."

"알겠습니다, 주군."

파팟!

메우의 대답에 두영이 세운과 함께 혈탑 쪽으로 신형을 날렸다.

'우두머리를 제압하신 것 같은데 무슨 일인지 모르겠군. 일단 혈탑으로 가보자.'

갑자기 사라졌다가 다시 나타나 내린 명령이 이상한 메우였으나 두영의 뜻을 따랐다.

"모두들 주군 말씀대로 곧장 혈탑으로 향한다."

수하들에게 지시를 내리고는 메우 또한 혈탑으로 신형을 날렸다. 삼묘족의 전사들도 곧장 그의 뒤를 따랐다.

두영을 비롯해 삼묘족의 전사들과 싸우고 있던 세운의 수하들이 혈탑으로 오고 있었다.

"무슨 일이 있었던 거지?"

혈탑으로 들어온 적들을 제거하고 오는 것도 아니고, 싸우다가 갑자기 물러나 돌아오고 있었다.

"저 아이는?"

세운의 모습이 보이는 것은 이해할 수 있었지만 바로 옆에서 나란히 달려오고 있는 두영의 모습에 마틴은 의문이 일었다.

양산형 기갑병기를 만들기 위해 연구진에 들어왔던 두영이 갑자기 나타났다는 사실이 마틴을 초조하게 만들었다.

타타탁!

두영과 세운이 혈탑에 이르렀다. 세운의 수하들은 혈탑 밑에 대기하고 있었고, 두 사람은 빠르게 혈탑 상층부로 뛰어올라 갔다.

"오랜만입니다."

"그래, 오랜만이다. 그런데 어떻게 네가 이곳으로 온 것이냐?"

"세상의 멸망을 막기 위해 왔다면 믿겠습니까?"

"네가?"

"그렇습니다."

"후후후, 웃기는 이야기로군. 어차피 운명으로 예정되어 있는 것을 막으려 하다니 말이야."

"그래도 할 수 있다면 해봐야겠지요."

"어떻게 막겠다는 이야기냐? 이제 고신들이 돌아오는 이상 그들은 세상을 심판하려 할 텐데 말이다."

"고신들이 그렇게 하려 한다면 소멸을 시켜서라도 막을 겁니다. 그리고 세상을 지배하려는 자들도 말입니다."

"재미있는 놈이로군. 세운, 네가 저놈을 이리로 데려온 것이냐?"

"스스로 들어온 자요."

"스스로?"

적어도 세운은 이런 상황에서 거짓을 말하는 자가 아니었다. 세운이 자신을 배신한 것으로 생각했는데 그것이 아닌 모양이었다.

"어느 부족이냐?"

칠대부족의 피가 흐르는 자가 아니면 혈탑 안에는 들어올 수 없다. 피로 유전되는 권능의 힘을 가진 자만이 들어올 수 있는 곳이다.

두영도 칠대부족의 사람이라 여겼기에 마틴이 물었다.

"난 혈탑을 세운 그 어느 부족도 아닙니다."

"그런데 어떻게 이 안에 있을 수 있는 거지?"

"후후후, 삼묘의 후예이니 당연히 들어올 수 있는 것이 아니겠습니까?"

"뭐라고?"

마틴이 놀라 세운을 바라보았다. 어떻게 된 일이냐는 의문이 얼굴에 가득했다.

“맞소. 저 사람은 삼묘의 후예요. 그것도 대제사장이 보낸 자가 틀림없소.”

두영의 옆에 있던 세운이 대답을 해주었다.

“대제사장은 오래전에 소멸했다고 하지 않았나?”

“그런 것이 아니었소. 정확히는 모르지만 대제사장이 세상에 출현한 것 같소.”

“확신할 수 있는 것인가?”

“그렇소. 칠대부족을 제외하고 혈탑 안에 들어올 수 있는 존재는 오직 삼묘족뿐이오. 나와 수하들 말고 살아 있는 삼묘족은 없소. 오직 한 사람을 제외하고는 말이오.”

“사라졌던 대제사장이 맞는 것 같군. 그의 힘이라면 누가 되었든 혈탑 안으로 들어가게 할 수 있을 테니까.”

“그것보다는 문제가 생긴 것 같소.”

“문제?”

“아무래도 우리의 의도가 누군가의 손에서 놀아난 것 같소.”

“누군가의 손에서 말인가?”

“그렇소. 솔직히 나도 어떻게 된 일인지 모르겠소. 고신들이 다시 나타난 것인지 대제사장이 나타났는지 도저히 알 수가 없소. 하지만 분명한 것은 혈탑이 우리 뜻대로 조정되지 않을 것이라는 것이오.”

“어째서 그런 생각을 한 거지?”

“나를 보시오.”

"뭘 보라는 것……."

마틴의 음성이 중간에서 끊어졌다. 변해가고 있는 세운의 모습 때문이다.

세운의 모습이 희미해져 가고 있었다. 마치 물에 풀린 물감처럼 본래의 모습이 사라져 가고 있었던 것이다.

"혈탑을 구성했던 우리의 본질이 사라져 가고 있소. 누군가가 개입하지 않았다면 이런 일은 일어날 수 없는 일이오."

"으음, 그렇겠군."

피의 제전이 아직 시작되지도 않았는데 누군가가 혈탑을 이용해 힘을 흡수하고 있었다.

혈탑을 본질을 구성하는 삼묘족이 제일 먼저 영향을 받아 사라져 가고 있는 것이다.

칠대부족은 아직 모르겠지만 피의 제전을 벌여 점차 혈탑의 힘과 동화하기 시작하면 그들도 저렇게 사라져 갈 것이 분명했다.

"나에게 원하는 것이 무엇이냐?"

마틴이 두영을 향해 물었다.

"한 가지 물어볼 것이 있습니다."

"뭐지?"

"당신도 타임 슬라이스를 통해 이곳으로 온 존재입니까?"

"음!"

"맞군."

"어째서 그런 생각을 하게 된 거지?"

"당신에게서 인과율이 느껴지지 않았으니까요."

"세상을 관조하는 눈을 가지고 있나 보군. 너 또한 타임 슬라이스를 타고 온 존재냐?"

"맞습니다."

"크크크, 역시!"

"그런 것 같군요. 저 사람이 생각한 것과는 다르게 잘라져 나갔던 시간의 조각들은 이미 제 짝을 모두 찾은 것이 틀림없는 것 같군요."

두영의 대답에 마틴이 괴소를 흘리며 얼굴이 일그러졌다.

"무슨 소리를 하는 것이냐?"

알 수 없는 두 사람의 대화에 세운이 물었다.

"당신 예상과는 달리 이미 이 세상은 타임 슬라이스가 모두 맞춰졌다는 것입니다."

"그럴 리가 없다. 그랬다면 고신들이 벌써 세상을 멸망시켰을 것이다."

믿을 수 없다는 듯 세운이 고개를 저었다.

"그럼 한 가지 물어보겠습니다. 다른 부족의 힘을 모은다고 혈탑이 완성될 수 있을까요? 스피릿아머에 담긴 힘을 모으고 삼묘의 힘이 보태어진다고 해도 혈탑을 만들어내는 것은 불가능한 일입니다. 혈탑의 본질은 삼묘족의 힘인 영혼의 메아리로 만들어낼 수 없는 것이니까 말입니다."

두영의 질문에 세운은 대답을 할 수 없었다. 부족한 영혼의 메아리로는 두영의 말대로 혈탑을 만들어낼 수 없었던 것이다.

"맞는 소리다, 세운. 혈탑은 차원의 힘으로 만들어지는 것이다. 너희 삼묘족이 만들어내는 영혼의 메아리는 그저 차원의 힘을 불러오는 매개체에 지나지 않으니 말이다."

마틴이 두영의 말에 살을 덧붙였다.

"그것이 사실이냐?"

"사실이다. 용족의 모든 권능을 짊어진 자로서 하는 말이니 믿어도 될 것이다."

"네, 네가 용족이라는 말이냐?"

"이 세계에 살아남은 유일한 용족이지. 드래곤이라고 불리기도 하고."

"그, 그럴 수가!!"

어처구니없다는 듯 세운은 말을 잇지 못했다.

세운은 아직 만들어지지 않은 혈탑은 용족의 것이라고 생각하고 있었다.

용족의 차원은 타임 슬라이스라 해도 한꺼번에 담기 힘든 힘이 넘쳐 나기 때문이었다.

그런데 자신과 협력하던 마틴이 용족이라니 도저히 믿을 수 없었다.

"처음 고신들에 의해 이곳으로 불려왔을 때 나 또한 새로운 존재로 거듭날 것이라 믿었다. 시간이 지나자 뭔가 잘못됐다는 것을 알 수 있었지. 그렇지만 음모가 있다는 것을 알았을 때는 이미 늦어 있었다. 그 당시 우리는 혈탑 안에서 피의 제전을 벌이고 있었으니까. 다른 용족들을 죽여 힘을 얻어가면서 고신들이 우리를 이곳으로 불러들인 이유를 알 수 있었다.
놈들은 우리가 힘을 모으기를 기다리고 있었던 것이다. 동족
들의 모든 힘을 흡수하고 난 후에 고신들을 찾아갔지만 그들
의 힘을 당할 수는 없었다. 그때 무엇인가 또 다른 힘이 작용
을 했다. 덕분에 살아남기는 했지만 타임 슬라이스에 담겨 이
세상을 떠나야 했지. 나는 원래 내가 존재했던 차원으로 돌아
갈 수 있었다. 그 당시 내가 있던 현재는 원래 차원의 타임 슬
라이스였으니까. 하지만 나는 곧바로 돌아와야만 했다. 이곳
의 시간이 우리 차원의 시간과 맞물리는 순간, 내가 살던 차원
을 지탱하는 힘이 점차 사라지고 있었기 때문이다. 누군가 내
가 살던 차원의 힘을 빼앗으려 한다는 사실을 알았기에 막아
야 했던 것이다. 음모를 막아내지 못하면 이곳은 물론이고 내
가 존재했던 차원도 소멸해 버리고 마니까 말이다."

　고신들이 타임 슬라이스에 갇혀 이 세계를 떠난 것이 아니
라는 사실에 세운은 할 말을 잃었다.

　"그, 그럴 리가 없다. 분명 고신들은 타임 슬라이스를 통해
다른 차원으로 흩어졌거늘!"

　"아직도 진실을 모르고 있군. 다른 부족들은 모르겠지만 그
당시 난 타임 슬라이스에 갇혀 이 세계를 떠났었다. 그러니 적
어도 하나는 남아 있었다고 봐야 할 것이다."

　"크크크, 그럴 수가! 어떻게 이런 일이!!"

　자신이 잘못 알고 있었다는 것을 알아차린 세운은 간신히
붙잡고 있던 의식의 끈이 끊어진 것인지 거의 사라져 가고 있

었다.

"안 된다. 이래서는 안 돼!!"

의식을 붙잡으려 해도 소용이 없었다.

이제는 권능의 힘이 혈탑 속으로 완전히 빨려들어 가버린 것이다. 세운은 그렇게 이 세상에서 존재의 의미를 상실했다.

"안타깝군."

마틴의 목소리가 씁쓸해 보였다.

진정한 흉수를 알지 못하고 이용만 당한 세운을 진정으로 불쌍하게 여기는 모습이었다.

"진정한 음모의 주재자가 누구라고 생각합니까?"

"지난 천여 년 동안 생각해 봤지만 그가 누구인지 알 수 없었다. 하지만 오늘에서야 결론을 내릴 수 있을 것 같다."

"그게 누굽니까?"

"오래전에 세상에서 모습을 감춘 삼묘족의 대제사장! 그가 아니면 이런 일을 꾸밀 수 있는 자는 이 세상에 없다."

이미 인간의 반열을 초월한 대제사장의 힘이 아니고서는 이런 식으로 전개될 수 없다고 생각하는 모양이었다.

'그럴 리가! 저들의 말처럼 스승님이 정말로 음모의 주재자라면 나에게 모든 것을 주었을 리가 없다.'

확신하고 있는 두 사람과는 달리 두영은 오렌이 정말로 그런 음모를 꾸몄다고는 생각되지 않았다.

'일단 확인을 해봐야 한다. 정말로 스승님이 정말로 그랬다면 이 세상은 아무런 희망이 없을 테니까.'

두영은 누구보다 오렌의 힘을 잘 알고 있었다.

자신도 새로운 세계로 접어들었지만 스승인 오렌의 경지가 어디인지는 도저히 파악할 수 없었다.

자신은 상대도 되지 않는다는 것은 굳이 싸워보지 않아도 알 수 있었던 것이다.

이곳에 와서 혈탑을 만들어낸 자들이 전부 덤벼도 자신의 상대가 되지 않는다는 것을 알았다.

제일 강하다는 용족의 후예인 마틴을 만나본 후 알게 된 사실이다. 전력을 기울여야 하겠지만 충분히 상대할 자신이 있었다.

그렇지만 오렌은 감당이 되지 않았다.

비록 성지에서이기는 하지만 신에 가까운 능력을 지닌 오렌은 그야말로 난공불락의 요새나 마찬가지였다.

마틴의 생각과 같이 오렌이 음모를 꾸미지 않았기를 바라는 수밖에는 없었다.

"물어볼 것이 있습니다."

"무엇이냐?"

"피의 제전이 시작되는 것은 언제부터입니까?"

"앞으로 일주일 후 정도다. 일곱 개의 혈탑이 공조를 하는데 그만한 시간이 필요하니까 말이다. 모든 혈탑이 공조를 시작하면 블러드 필드가 펼쳐지고, 모든 전사들이 하나로 모이게 된다. 그때부터가 진정한 피의 제전이라고 할 수 있지."

"그렇군요. 그러면 혹시 지금이라도 혈탑을 없앨 수는 없는 겁니까?”

“불가능하다. 이미 공조를 시작했기 때문이다. 그리고 지금 혈탑을 없애면 공간축이 파괴되어 블랙홀이 만들어지게 된다. 모든 것이 블랙홀로 빨려들어 가게 되니 어려운 일이다.”

‘이미 쏘아진 화살이로구나. 그럼 스승님을 만나는 수밖에 없는 것인가?’

혈탑을 멈출 수 없다면 한시라도 빨리 오렌을 만나 확인을 해야 했다. 어찌 되었든 해결책을 찾기 위해서는 그 방법밖에는 없다는 생각이 들었다.

“혈탑을 나갈 수 있는 방법은 없습니까?”

“이곳을 나가려고 하는 것이냐?”

“이렇게 앉아서 당할 수는 없는 노릇이니 나가봐야 할 것 같습니다.”

“이곳에 구축한 결계를 능가하는 힘을 지니지 않는 한은 어려운 일이다.”

“그래도 나가봐야 할 것 같습니다. 어쩌면 밖에서 벌어지는 일이 더 중요할 수도 있으니까 말입니다.”

“으음!”

뭘 하려고 하는지 알 수는 없지만 허튼소리를 하는 것으로 보이지는 않았다.

자신이 포섭하려고 한 대상이었을 정도로 뛰어났던 두영이다.

그리고 이제 삼묘족의 일원이라는 것이 밝혀진 마당이다.

무시하지 못할 정도로 강해 보이기도 했다.

자신의 차원을 원상태로 회복하기 위해서는 무엇이라도 해야 했기에 마틴은 두영이 하고자 하는 대로 내버려 두기로 했다.

"무엇을 하려고 하는지 모르겠지만 내가 하려고 하는 일을 방해하지는 않을 것이다."

마틴은 힘은 보태줄 수는 없지만 방해는 하지 않겠다는 뜻을 밝혔다.

이미 혈탑이 완성된 이상 두영으로서도 어떻게 할 방법이 없다고 여긴 것이기도 하지만 자신의 일도 방해하지 말라는 뜻이기도 했다.

"알았습니다. 그럼 저는 저대로 막아보도록 하겠습니다."

두영은 마틴을 향해 고개를 숙여 보인 후 혈탑을 내려왔다.

"괜찮으신 겁니까?"

아래서 기다리고 있던 메우가 안도의 표정으로 두영을 맞았다.

"괜찮아. 일단 이곳을 나가야 하니까 아까 그곳으로 가야겠어, 메우 형."

"알겠습니다. 모두들 이동한다."

"그럼 가자고."

두영이 앞서 나가고 메우와 그의 수하들이 뒤를 따랐다.

'무슨 일이 있는 것이 분명하다. 저런 표정이라니……'

굳은 표정으로 달려나가는 두영의 모습이 심상치 않았다.

두영과 만난 후 처음 보는 표정이다. 상황이 심상치 않게 전개됨을 인지한 메우 또한 마음이 심란할 수밖에 없었다.

잠시 후 두영과 메우 일행은 처음 혈탑의 결계 안으로 들어왔던 곳으로 갈 수 있었다.

결계가 완성되어 가고 있는지 밖의 전경이 점차 희미해지고 있었다.

"아직 늦지 않았구나."

아직 결계가 완전하게 완성되지 않았음을 확인한 두영은 급히 자신의 손가락을 깨물었다.

손가락에 선명하게 피가 솟아오르자 두영은 허공에 글자를 쓰기 시작했다.

손가락을 따라 붉은 핏방울이 허공에 맺히며 글자가 만들어지기 시작했다. 삼천신기가 가득 들어 있는 핏방울로 허공에 '개(開)' 란 글자가 완성되자 두영은 언령을 발휘했다.

"혈법(血法)! 명(命)! 개(開)! 차앗!"

기합 소리와 함께 허공에 떠 있는 글자가 찬란한 빛을 발했다.

우우웅!

혈탑의 결계와 두영이 발휘한 언령이 부딪치며 주변의 전경이 흔들리기 시작했다.

치이이익!

삼천신기가 가득한 글자가 앞으로 뻗어나가며 혈탑의 결계를 녹이고 있었다. 공간와 결계가 형성한 물리적인 벽이 사라지고 있는 것이다.

사라진 결계의 벽 너머로 푸른 수림이 모습을 드러냈다. 바깥으로 나가는 길이 열린 것이다.

"메우 형, 어서 나가!"

"어서 밖으로 빠져나가라! 어서!!"

땀을 흘리며 결계를 열고 있는 두영을 바라보던 메우가 수하들에게 소리를 친 후 곧바로 결계를 빠져나갔다.

팟!

모두 빠져나간 것을 확인한 두영도 곧바로 신형을 날렸다.

두영이 결계를 빠져나오는 순간 녹아내리던 결계의 막이 곧바로 원형을 회복했다.

"휴우!"

결계를 빠져나온 두영이 한숨을 내뱉었다.

조금만 더 늦었거나 방해를 받았다면 못 빠져나올 뻔한 순간이었다.

"주군, 이제 어디로 갑니까?"

"태국으로 가야겠어."

"태국으로요?"

"그래, 스승님을 만나 확인할 것이 있어."

"알겠습니다."

혈탑이 만들어낸 결계로 들어와 적으로 보이는 자들과 대화를 한 뒤에 내린 결정이라 메우는 마음이 심란했다.

자신의 스승이기도 한 오렌을 만난다는 일이 그저 사제 간의 만남만은 아닐 것이라는 추측밖에는 할 수 없었다.

　두영이 태국으로 향하고 있을 무렵, 세상이 미쳐 버린 듯 전쟁은 확산 일로에 있었다.
　점령지에서 암암리에 일어나고 있는 학살전쟁이 소셜네트워크에 의해 세상으로 널리 퍼지기 시작하면서부터였다.
　자국의 국민들이 학살당하는 장면이 알려지면서 분노를 불러일으켰고, 이는 군으로도 전해져 핵무기를 제외한 각종 첨단 무기와 중화기들이 거리낌없이 사용되었다.
　테러 또한 잇달았다.
　점령지 내의 학살로 인해 이대로 있다가는 언제 죽을지 모른다는 불안감의 팽배가 점령군에 대한 저항으로 이어지고 있었다.
　그중 테러가 가장 빈번하게 일어나는 곳은 역시나 세계의 경찰국가라 칭해지는 미국이었다.
　가장 많은 지역에서, 가장 많은 군인들이 전쟁을 수행하고 있었기 때문이다.
　미 국방성에서는 다른 지역의 전쟁 수행 상황보다는 자국 내의 테러 행위를 방지하는 데 힘을 집중해야 하는 상황까지 발생하자 전시 계엄령까지 내린 상황이었다.
　"어떻게 처리하고 있는 것인지 말해보시오."
　대통령인 콜먼의 싸늘한 질문에 국방장관인 에브린은 안경을 치켜 올리며 불안감을 감추지 못했다.

"말해보라는데 뭘 하고 있는 것이오. 설마 대비책을 세우지 않은 것이오?"

"아, 아닙니다. 이미 계엄을 선포했고, 군을 파견해 중요한 시설을 보호 중에 있습니다. CIA와 FBI 등에서도 테러에 대한 경계 수준을 강화하고 있는 만큼 테러 조직은 조만간 일망타진될 것입니다."

"공공시설은 어찌 대처를 세웠소?"

"경찰 병력을 최대한 동원하고 순찰을 강화하고 있습니다. 특히나 지하철과 공항, 그리고 대형 백화점 등 사람이 밀집하는 장소는 상시 대비 태세를 구축했습니다."

쾅!

에브린의 보고에 콜먼이 책상을 내려쳤다.

"그런데 어째서 연일 테러가 발생하는 것이란 말이오! 우리 미국이 그렇게 무능력한 국가요?"

에브린의 보고대로 전시 태세에 맞추어 각종 조치가 이미 내려진 상태였다.

하지만 각지에서 테러가 잇따르고 있는 상황이다.

철저한 경계를 뚫고 일어나고 있는 상황이라 콜먼으로서는 불같이 화를 낼 수밖에 없는 상황이었던 것이다.

"죄송합니다, 대통령 각하! 하지만 지금 보고드린 병력으로는 테러를 막을 수 없는 상황입니다."

"그것이 무슨 말이오? 동원된 인력이 얼만데 그까짓 테러를 막을 수 없다는 말이오?"

"지금 테러를 자행하고 있는 자들은 보통 인간과는 다른 자들입니다."

"그것이 무슨 헛소리? 보통 인간이 아니라니!"

"전에도 보고를 드린 적이 있습니다만 대통령께서도 에어리어51에 대해서는 아실 겁니다."

"에어리어51이라면 첨단 무기를 최종 테스트하기 위한 연구소가 아니오?"

취임과 동시에 보고받은 사항이다.

지금은 상용화할 수 없는 미래의 최첨단 무기를 연구하는 곳이라는 대략적인 보고와 함께 개발된 무기들의 화력 시범도 참관했던 콜먼은 다른 것이 있음을 직감했다.

"그렇습니다. 그곳에서는 최신 무기를 시험하기도 하지만 특별한 인간들에 대한 연구도 진행 중입니다."

"혹시, 초능력자들을 말하는 것이오?"

"쉽게 말씀드리자면 그렇습니다. 우리도 보통 사람과는 다른 특별한 능력을 보유하고 있습니다. 몇몇 작전에는 그들이 투입되기도 했습니다. 지금 테러를 자행하고 있는 자들은 우리가 보유하고 있는 능력자들과 같은 자들입니다."

"그러니까 보통 인간의 능력으로는 막을 수 없는 초능력자들이 테러를 자행하고 있다는 말이오?"

소설이나 영화에서나 있을 법한 이야기였다. 믿을 수 없는 이야기였기에 콜먼은 에브린에게 지금 보고한 것이 사실인지 묻지 않을 수 없었다.

"그렇습니다."

"허어, 그런 것을 지금까지 내가 모르고 있었다는 말이오?"

에브린은 자신의 오른팔이나 마찬가지인 사람이다.

정치적 동지로서 오랜 세월 함께해 온 이가 자신에게 이런 비밀을 감추고 있었다는 사실이 믿어지지 않는지 허탈한 웃음을 지었다.

콜먼은 심한 배신감을 느꼈다.

"에브린, 그런 비밀을 어째서 감추었는지는 나중에 따지기로 하고, 이렇게 테러가 일어나는 것을 보면 우리도 초능력자들을 동원하지 않았다는 이야기인데 어찌 된 일이오?"

자신에게 보고를 하지 않았어도 그런 전력이 있었다면 사전에 동원해야 정상이다.

하지만 에브린의 보고로 볼 때 동원하지 않은 것이 분명했기에 의문스럽지 않을 수 없었다.

"에어리어51이 폐쇄됐습니다. 특히 능력자들을 양성하는 구역은 완전히 폐쇄되어 연락은 물론 누구도 접근할 수 없는 지역으로 바뀌었습니다."

"그것이 무슨 소리요?"

"저희도 진상을 파악하고 있는 중에 있습니다만 도무지 알 수 없는 상태라……."

"답답하니 상세히 좀 말해보시오, 어서!"

화가 난 콜먼이 에브린을 재촉했다.

"우선, 이 동영상을 보십시오."

동영상을 준비한 듯 에브린이 노트북을 앞으로 밀었다. 동영상은 유튜브로 되어 있어 시작 버튼을 누르자 영상이 흐르기 시작했다.

동영상이 플레이되자 거대한 출입구를 지키고 있는 경비병사들이 다급하게 움직이는 모습과 목소리가 들려왔다.

"어떻게 된 일이야? 출입구가 왜 막혔어?"

"모르겠습니다."

"상부에 보고하고 원인을 파악해 봐!"

소령 계급장을 지닌 상관의 지시에 병사가 다급하게 컴퓨터를 조작하고 있었다.

우르릉!

잠시 후 지진 같은 진동이 일었다. 지하로 보이는 듯한 곳이어서인지 병사들의 얼굴들이 겁을 집어먹은 듯했다.

쾅!

"으아아악!"

"크악!"

폭발음과 함께 거대한 문이 날아갔다. 병사들도 폭발에 휘말려 사방으로 흩어지며 연신 비명을 질러댔다.

"에브린! 저게 뭔가?"

폭발의 여파가 가라앉고 출입문이 열린 안쪽의 모습에 콜먼이 다급히 물었다.

문이 부서져 나간 안쪽에는 마치 투명한 젤리처럼 보이는 붉은 물질로 가득 차 있었던 것이다.

“저희도 저것이 무엇인지 파악을 못하고 있습니다. 우선 영상 좀 더 보십시오.”

“아, 알았네.”

놀라 자리에서 일어났던 콜먼은 의자에 앉으며 동영상을 주시했다.

“저, 저런 일이!!”

날아간 병사들의 몸이 부서져 나가고 있었다.

마치 먼지처럼 부서지며 투명한 붉은 젤리 안으로 빨려들어가는 중이었다.

치이이익!

기괴한 영상을 끝으로 동영상은 끝이 났다.

“저것이 무엇인가?”

“모릅니다. 접근하는 모든 생명체를 빨아들이고 있습니다. 어쩌면 지금 수행하고 있는 전쟁이나 테러보다 저것이 더 위험할지도 모릅니다, 각하!”

“무슨 소리인가?”

“모든 무기를 사용했습니다. 미사일은 물론 실험 중이던 레일건까지 사용해 봤지만 저 물질을 파괴시키지 못했습니다. 오히려 더욱 커져 가고 있습니다. 불어나는 속도로 볼 때 네바다 사막을 완전히 잠식하는 데는 하루, 미국 전역을 잠식하는 데는 오 일 밖에는 걸리지 않을 것 같습니다.”

“핵무기는 사용해 봤소?”

“각하의 재가를 얻어야 하는 일이기도 하지만 지금 우리가 보유하고 있는 핵무기는 모두 사용 불가능합니다. 영해를 돌고 있는 핵잠의 핵무기를 이용하려고 했지만 발사와 동시에 요격을 당하고 잠수함까지 파괴되는 터라 요격할 수 없었습니다."

"허어!"

"그뿐만이 아닙니다, 각하!"

"이 영상을 보십시오."

에브린은 다른 동영상을 틀었다. 위성에서 지구를 관찰한 모습이 담긴 동영상이었다.

"저건?"

"그렇습니다. 에어리어51에 있는 물질 같은 것이 총 여섯 곳에서 더 나타났습니다. 유럽과 러시아, 중국, 태국 접경 지역, 일본, 브라질에 같은 현상이 나타났습니다. 그것들도 무섭게 세력을 확장하고 있는 중입니다."

"저것이 도대체 무엇이기에……."

"알 수 없는 물질입니다만 저것들이 확산하고 있는 속도로 볼 때 최소 오 일, 최대 일주일 안에 지구 전역을 덮을 것이 확실합니다."

"막을 수는 없는 건가."

"방법이 없습니다. 무기를 사용하면 더욱 빨리 몸집이 불어나는 터라 지금으로서는 가만히 놔두는 것 밖에는 손을 쓸 수 없는 상태입니다.

"과학자들은 뭐라고 하고 있소?"

"아무도 저 현상이 무엇인지 알아낸 이가 없습니다."

"어떻게 이런 일이……."

기괴한 형상이 벌어지고 있건만 아는 이가 하나도 없다.

거기다가 대처 방법도 전무했다. 에브린의 말처럼 지금 일어나고 있는 세계대전은 아무것도 아닐 수 있었다.

어쩌면 인류가 멸망할지도 모르는 일이 벌어지고 있는 것이다.

"혹시 모르니 각국에 연락을 취하시오. 저것의 정체가 무엇인지 알고 있는 곳이 있을지도 모르니까 말이오. 그리고 전력을 동원해 대처 방법을 찾으시오. 어서!"

"예, 각하!"

에브린이 보고를 마치고 급하게 집무실을 나섰다.

다른 경로로 정체를 알아보게 시킨 사항을 확인하기 위해서였다.

에브린이 떠난 후에 콜먼은 머리를 두드리며 생각에 잠겼다.

세계대전에 알 수 없는 기괴한 형상까지 자신의 집권기에 최악의 상황만 일어나는 것 같아 골치가 아픈 콜먼이었다.

집무실로 나서 상황실로 가고 있는 에브린도 골치가 아프기는 마찬가지였다.

콜먼의 것과는 다르지만 그의 머릿속은 지금 바쁘게 돌아가고 있었다.

'혈탑이 저렇게 변할 줄은 전혀 예상 밖이다. 어떻게 해서든

지 막아야 한다. 그렇지 않으면 모든 것이 소멸할 것이다. 모든 것이……'

국방장관이자 네오클래스의 일원이기도 한 에브린은 아무런 방법이 없음에 절망하고 있었다.

혈탑을 만드는 일이 진행되고 있다는 것을 알고 있었다.

하지만 이런 식으로 일이 진행될 줄을 그로서도 예상 밖의 일이었다.

지배하기 위해 만들어진 혈탑이다.

폭주해 세상을 집어삼키기 시작한 일을 전혀 고려 대상이 되지 않았던 일이다.

'그분들이 어떻게 됐는지 알 수가 없는 상황이다. 그렇다면 다른 이들이라도 모아 이 상황을 타개해야 한다.'

마트암을 비롯해 혈탑의 수뇌 세 사람과는 완전히 연락이 두절되었다.

그리고 대부분의 동족들이 혈탑으로 들어가 있는 상황이다.

남아 있는 이들은 세계대전이 치러지는 동안 이면에서 다른 종족의 능력자들을 상대하고 있는 알파요원들 뿐이었다.

우선 그들을 불러 모아서라도 대처 방법을 짜야 했다.

'어쩌면 알파요원들만으로 상황을 해결하기가 어려울 수도 있다. 우리가 이런 상태라면 다른 부족도 마찬가지일 것이다. 그들로서도 속수무책으로 지켜보고 있을 테니 최악의 경우에는 손을 잡아서라도 막아야 한다.'

최후의 상황까지 염두에 둔 에브린은 빠르게 백악관을 벗어나 펜타곤으로 향했다.

이미 연락을 해둔 네오클래스의 간부들이 도착했을 터였기에 그가 탄 자동차는 신호를 무시하고 달려가고 있었다.

펜타곤 지하에 있는 종합상황실에 도착한 에브린은 어수선한 분위기를 느낄 수 있었다.

심각하게 전개되기 시작한 전쟁과 아울러 세계 곳곳에서 벌어지고 있는 이상 현상에 다들 촉각을 곤두세우고 있었다.

"어떤가?"

에브린은 자신이 대통령에게 보고를 하는 동안 상황의 변동이 있었는지부터 먼저 체크했다.

"빠른 속도로 확장하고 있습니다. 이미 네바다 사막을 거의 삼키고 얼마 안 있으면 도시 지역으로 확산될 것 같습니다."

인공위성에서 보내오는 화면을 주시하고 있던 상황장교가 굳은 어조로 보고를 했다.

"정체에 대해서는?"

"아직 이렇다 할 만한 성과가 없습니다. 조사를 위해 네바다 사막으로 가 있던 과학자들도 당한 터라 파악할 방법이 없습니다."

"으음!"

에브린이 신음을 흘렸다.

이상 현상을 만들어내고 있는 붉은 젤리 모양의 괴물체의 정체를 파악하기 위해 일단의 과학자들을 파견했지만 그들도 당한 모양이다.

"라인은 전부 열었나?"

"알파요원들에게 대기 명령을 내려놓은 상태입니다. 외곽으로 이동하며 명령을 기다리고 있는 중입니다."

"통신을 열게."

"예!"

상황장교가 통신을 열었다.

"어떻게 됐나?"

[정체를 파악하려고 해봤지만 워낙 강력한 힘이라 가까이 접근도 못하고 이동 중에 있습니다. 정말이지 무서울 정도로 빠른 속도입니다.]

"미안한 부탁이네만 누군가 한 명 정도 저것과 부딪쳐 볼 수 있겠나?"

[음!]

에브린의 부탁에 통신기에서 신음이 흘러나왔다.

지금 상태에서 빠르게 커져 나가고 있는 괴물체를 상대한다는 것은 아무리 알파요원이라 할지라도 무모한 일이었기 때문이다.

"기갑슈트를 착용한 상태에서 한번 부딪쳐 보면 저것을 상대할 수 있는지 판가름할 수 있을 것 같아서 부탁하는 거네."

아무리 알파요원들이라도 무리한 일이라는 것을 알기에 에브린은 부탁을 했다.

[알겠습니다. 요원 중 한 명을 보내겠습니다.]

“고맙네.”

승낙한다는 대답에 에브린은 진심으로 감사했다. 그로서도 무리라고 생각하고 있었기 때문이다.

*　　　*　　　*

파파팟!

일단의 사람들이 네바다 사막을 질주하고 있었다. 그들의 뒤로는 거대한 붉은 기운이 쫓아오고 있었다.

푸른색 창공이 붉은빛으로 물들이며 빠르게 확산되고 있는 모습은 무척이나 기괴했다..

“자드키엘, 네가 한번 부딪쳐 봐라!”

빠르게 달리는 가운데 에브린과 통신을 끝낸 시파엘이 자드키엘을 향해 소리를 질렀다.

“알겠습니다.”

“아무래도 혈탑이 폭주한 것 같으니 키메라슈트를 착용하고 가보도록 해라.”

“예!”

팟!

대답과 함께 자드키엘이 일행을 이탈해 붉은 기운을 향해 달려갔다.

달려가는 와중에 자드키엘의 모습이 점차 변하기 시작했다. 붉은 기운을 흘리는 갑옷이 그녀의 전신을 감싸고 있었다.

뱀파이어의 혈정과 마법의 조화가 만들어낸 기갑병기인 키메라슈트였다.

여성의 실루엣을 확실히 보여주는 붉은 갑옷 형태의 키메라슈트가 온몸을 완전히 감싸자 자드키엘의 신형이 빛살과 같이 혈탑에서 시작된 붉은 기운을 향해 쏘아져 나갔다.

슈아앙!

자드키엘의 신형이 점차 빨라지며 대기를 진동시키는 파열음이 울려 퍼졌다.

엄청난 속도로 달려가자 자드키엘의 신형이 흐릿해지며 붉은 빛으로 화했다.

쾅!

가속을 더한 자드키엘의 신형이 음속을 돌파한 듯 소닉붐이 일어났다.

콰쾅!

뒤이어 붉은 기운과 정면으로 충돌하자 대기가 흔들릴 정도로 엄청난 폭발이 일어났다.

충돌이 일어났지만 자드키엘은 소멸하지 않았다. 오히려 혈탑이 만들어낸 결계를 뚫고 안으로 들어가고 있었다.

붉은 기운을 그보다 더 붉은 기운이 가르며 나아가는 모습이 장관이었다.

"다들 키메라슈트를 착용하고 자드키엘을 따라 안으로 들어간다."

자드키엘의 모습을 바라보던 시파엘이 명령을 내렸다.

혈탑이 뿜어내는 붉은 기운에 소멸되지 않는다는 것을 확인했기에 내린 명령이었다.

파파팟!

이십여 명에 달하는 알파요원들이 일제히 방향을 바꿔 결계를 향해 달리기 시작했다.

'반드시 확인해야 한다.'

혈탑의 폭주로 인해 예상치 못한 상황이 발생했다. 다른 혈탑도 마찬가지라면 문제가 심각했다. 칠대부족이 아닌 다른 누군가가 이렇게 만들었을 확률이 크기 때문이다.

시파엘로서는 안에서 어떤 상황이 벌어졌는지 확인을 해야만 했다.

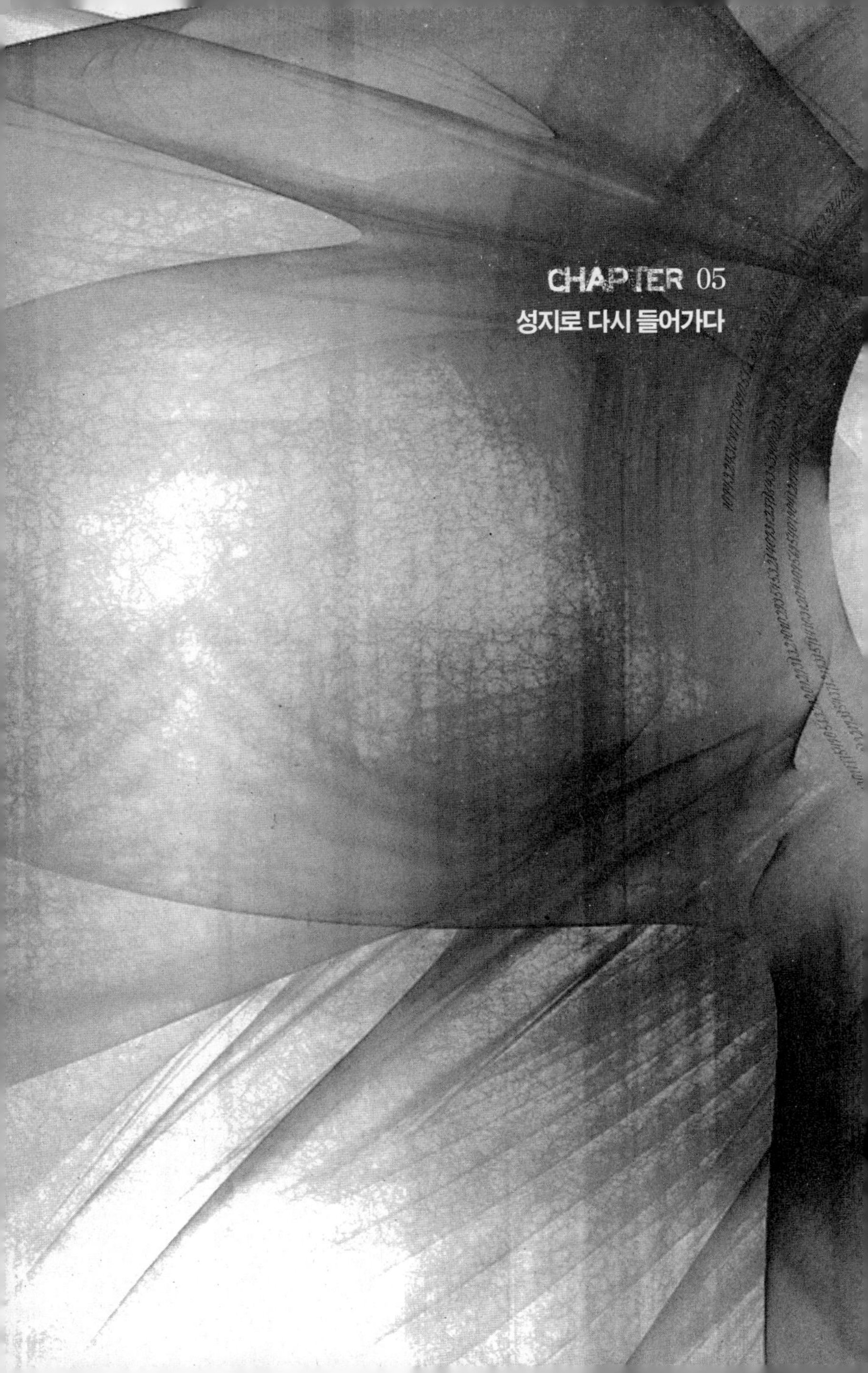
CHAPTER 05
성지로 다시 들어가다

TIME SLICE 타임 슬라이스

혈탑의 결계를 빠져나온 두영은 같이 온 전사들에게 지시를 내렸다. 곧바로 이동해 삼묘족과 합류한 후 한국으로 이동하라고 지시를 내렸다.

혹시나 한국에 있는 세력들과 합류해 만약의 사태에 대비하게 한 것이다.

전사들과 헤어진 후 어머니와 아버지가 운영하고 있는 리조트로 갔다. 그곳에 있는 유적에서 오렌이 있는 성지로 들어갈 생각이었다.

엄청난 속도로 밀림을 뚫은 두영은 메우가 준비한 경비행기를 이용해 곧바로 치앙라이로 향했다.

치앙라이 공항에서 내린 두영은 공항을 빠져나온 후 사람들의 눈을 피해 리조트를 향해 달렸다.

차보다는 달려가는 것이 훨씬 빨랐기 때문이다.

리조트에 도착한 두영은 을씨년스러운 모습에 눈살을 찌푸렸다.

'두 분이 애써 가꾸신 곳인데……'

세계대전이 발발한 여파인지 리조트는 한산하기 그지없었다.

어머니와 아버지는 이미 한국으로 돌아가 있었고, 종업원들도 각자의 집에 있었기에 관리를 위해 남아 있는 한 명만을 제외하고는 사람이라고는 하나도 없는 상태였다.

두영은 리조트를 관리하기 위해 남아 있는 직원에게 자신이 왔음을 이야기하고는 곧바로 삼묘족의 유적지로 향했다.

삼묘족의 유적지는 변함없이 그대로였다.

"메우 형은 여기서 기다리고 있어."

"대제사장님과 아직도 연락이 되지 않는 겁니까?"

유적지로 오는 동안 두영은 여러 번 오렌과 연락을 시도했다. 그렇지만 아무리 해도 연락이 되지 않았기에 메우가 걱정스러운 듯 물었다.

"별일 없을 거야. 일단 성지로 가보자고."

"예."

두영이 오석처럼 생긴 작은 문 앞에 섰다. 반질반질한 겉면에 손을 대고 삼천신기를 불어 넣었다.

백선기(白鮮氣), 흑요기(黑撓氣), 찬황기(燦黃氣)가 차례로 문

안으로 스며들자 단단한 문이 찰랑거렸다. 성지로 들어가는
길이 열린 것이다.

두영은 주저없이 몸을 들이밀었다. 물에 잠기듯 두영이 사
라져 갔고 메우도 뒤를 이어 문 안으로 들어갔다.

"으음!"

안으로 들어선 메우는 굳어 있는 표정으로 서 있는 두영을
보며 신음을 흘렸다.

어째서 두영이 저런 모습으로 서 있는지 자신 또한 잘 알고
있기 때문이다.

성지의 모습이 완전히 변해 있었다. 폭격을 맞은 듯 울창했
던 수림들은 황폐화되어 있었다.

그저 숲이 파괴된 것이라면 그럴 수도 있다고 생각하겠지만
성지의 나무들은 그 하나하나가 뜻이 있는 것이었다.

세상과의 인연이 모두 끊어지고 인과율과도 단절된 성지를
구성하는 가장 기본이 되는 축이 바로 숲이 이루는 나무다.

보통 나무가 아니라 한 인간의 영혼이 완전체로 성장했을
때 가지는 영력만큼이나 강력한 영기를 가진 영체인 것이다.

세상의 그 어떤 무기로도 상처 하나 낼 수 없는 숲이 망가져
있다는 것은 성지에 감당하기 힘든 변고가 발생했다는 것을
뜻했다.

"주군!"

메우 또한 굳어진 표정으로 두영을 불렀다.

"스승님께 가보자고, 메우 형!"

"가시지요."

두 사람은 서둘러 성지의 중심부로 향했다.

검은 기둥들로 둘러싸인 삼묘의 성지 안쪽은 밖과는 달리 온전한 모습이었다.

"스승님의 기운이 느껴지지 않는군요."

"아니, 그렇지 않아."

존재감이 확실한 오렌의 기운이 하나도 느껴지지 않기에 말을 꺼냈지만 그렇지 않다는 두영의 말에 메우는 고개를 갸웃거렸다.

'이상하다. 대제사장님이 계시면 내가 분명히 알 수 있을 텐데…….'

누구보다 오렌의 기운을 잘 알고 있는 메우였다.

두영의 말에 다시 한 번 살펴봤지만 성지가 텅 비었다는 것만 확인할 수 있을 뿐이었다.

'뭘 하시려는 거지?'

오렌의 기운에 대해 물어보려던 메우는 두영이 성지의 중심부로 가자 궁금증을 속으로 삼켰다.

두영은 성지의 중앙으로 가고 있었다.

성지로 오기 전부터 그랬지만 무척이나 굳은 표정이었다.

푹!

"주(呪)! 현현(顯現)! 삼체신기(三體神氣)!"

두영은 성지의 중심부에 양손을 박고는 삼신기를 불어 넣었다. 손상된 성지의 영기를 회복시키기 위해서였다.

주법을 통해 삼신기의 기운이 성지의 중심부로 흘러들어 갔다. 희끄무레한 빛이 두영의 몸을 감싸고 성지를 중심으로 퍼져 나갔다.

우우우우웅!

성지를 둘러싸고 있는 검은 기둥들이 잘게 떨리며 진동하기 시작했다.

빛무리가 기둥들의 밑동에 머물기 시작했다. 기둥들은 삼신기의 기운을 흡수하고 있었다.

스르르르!

기둥들이 스스로 움직이기 시작했다.

체스 판의 말이 움직이듯 각자의 길을 따라 기이한 진로를 그리며 움직이는 기둥들의 모습은 괴기스럽기 그지없었다.

'저 기둥들은 세상과 이곳을 단절시키기도 하지만 연결점이라고도 그러셨는데…….'

검은 기둥들은 영천주(靈天柱)라는 것들이다. 성지를 떠받치는 중심이기도 하지만 세상과 단절시키는 역할도 하는 것이다.

또한 초월한 영혼들이 세상과 연결되는 연결점이기도 하다.

영천주들이 움직인다는 것은 초월한 영혼들에게 이상이 생겼다는 것을 의미한다.

언제나 그 자리에서 새로운 세계로 나가기 위해 기다리는 존재들이기에 변함이 없어야 하는 것이다.

불변체로서의 영체로 성장해야 할 초월자의 영혼과 세상을

연결시키는 접점이 변화한다는 것은 세상이 변화한다는 것과
다를 바 없었다.

'이제 끝나나 보구나.'

영천주들이 움직임을 멈추었다. 그와 함께 두영의 몸에서
발해지던 삼천기의 빛도 사라졌다.

"후우!"

숨을 깊게 들이마신 두영이 몸을 일으켰다.

"어떻게 된 일입니까?"

"아직은 모르겠어, 메우 형. 스승님께서는 뭔가에 쫓겨 성지
의 비밀스러운 곳에 숨으신 것 같으니 들어가서 물어봐야지."

"비밀스러운 곳이요?"

"그래, 메우 형. 날 잘 따라와."

두영은 조심스럽게 걸음을 내디뎠다. 메우도 사방을 경계하
며 뒤를 따랐다.

스스스!

기둥 사이로 움직이는 두 사람의 신형이 안개가 꺼지듯 성
지의 중심부에서 사라졌다.

"여기가 어딥니까?"

몇 걸음 옮기자마자 땅과 하늘만 있는 공간으로 들어온 자
신을 발견한 메우가 물었다.

"무한의 공간!"

"무한의 공간이요?"

"그래. 초월자들의 영혼이 때를 씻어내는 곳이지. 그나저나

스승님을 어떻게 찾아야 하지? 여기는 생각보다 꽤나 넓은데 말이야."

'넓긴 넓어 보이는구나. 사방을 둘러봐도 황무지 같은 땅과 하늘밖에는 보이지 않으니 말이야.'

두영의 말대로 지평선과 하늘만 보일 뿐이다.

반으로 나뉜 세상처럼 언덕 같은 것도 하나 없이 그저 평평한 땅과 푸른 하늘만이 눈에 들어올 뿐이었다.

"메우 형, 스승님을 찾아야 하니까 잠시 호법 좀 서줄래?"

"알겠습니다."

말이 끝나기가 무섭게 두영이 자리에 앉아 가부좌를 틀었다.

두영이 주법을 시전하려고 하는 것 같기에 메우는 빠르게 뒤에 서며 주위를 경계했다.

"뇌혈주(腦血呪)! 통(捅)! 신감(神鑑)!"

'저것은!!'

호법을 서고 있던 메우의 눈이 더할 나위 없이 커졌다. 두영이 발휘하고 있는 주법 때문이었다.

뇌혈주는 혈법이 최고의 경지에 이른 자만이 쓸 수 있는 수법이다.

보통의 혈법이 피를 매개체로 하는 것과는 달리 뇌에 모여 있는 혈기를 사용하는 탓에 매우 위험한 수법이기도 했다.

두영의 머리를 중심으로 아지랑이 같은 기운이 흘러나오기 시작했다. 붉은 아지랑이는 천천히 피어올라 마치 원반처럼 뭉쳐졌다.

뭉쳐진 모습은 어딘지 성지로 들어오는 유적지의 문을 닮아 있었다.

'대제사장님이시구나.'

원반의 표면에 오렌의 얼굴이 나타났다. 어딘지 고통스러운 표정이었다.

얼굴이 작아지며 전신이 드러나기 시작했다.

'어떻게?'

전신이 드러난 오렌의 모습은 놀라운 것이었다.

오렌의 몸 전체에 검이 꽂혀 있었다.

한두 자루가 아닌 모두 반투명한 일곱 자루의 검이 빼곡하게 오렌의 몸에 박혀 있었다.

팟!

원반처럼 생긴 혈기의 덩어리가 사라졌다. 혈법이 중단된 것이다.

"우웩!"

두영이 핏덩어리를 토해냈다. 심한 정신적 충격으로 인해 내상을 입은 것 같았다.

"괜찮으십니까?"

"별거 아니야."

두영은 괜찮은 듯 입가에 묻은 피를 닦았지만 그리 좋은 상황은 아니었다.

신감이라 일컬어지는 영혼의 거울은 모든 것을 관조할 수 있지만 엄청난 정신력을 필요로 하는 것이다.

중간에 다른 영혼의 파장이 끼어들거나 하면 뇌에 직접적인 타격이 갈 수도 있는 수법이었다.

신감을 펼치며 두영은 수많은 영혼의 간섭을 받았다.

무한의 공간 안에 잔상으로 남아 있는 초월자들의 영혼으로 인한 결과였다.

하나하나가 강력한 영체인 초월자들의 영혼이다. 무한의 공간에 남아 있는 것이 그들이 남긴 잔상이라고는 하지만 타격을 받지 않을 수 없었다.

"대제사장님을 찾으신 겁니까?"

"찾은 것 같아. 저리로 가자고."

두영이 메우를 인도했다. 천천히 걸어가는 두영의 뒤를 따라 메우도 걸음을 재촉했다.

두 사람은 한참을 걸었다. 그저 걸을 뿐이었다.

'꽤 시간이 지난 것 같은데……'

오직 땅과 하늘밖에는 없는 공간이라서 그런지 시간의 흐름을 알 수 없었지만 메우는 적어도 이틀은 걸었다는 것을 알 수 있었다.

그동안 두영은 아무런 말도 없었다.

무심히 걷는 것 같았지만 눈빛을 빛내며 뭔가를 찾는 모습 때문에 메우는 말을 걸 수조차 없었다. 그저 두영의 뒤에 서서 따라 걸을 뿐이었다.

"메우 형, 이제 다 온 것 같아."

갑자기 두영이 멈추어 서서는 한곳을 바라보았다.

"대제사장님을 찾으신 겁니까?"

자신의 눈에는 아무것도 보이지 않았다. 두영의 시선이 걸려 있는 곳에는 지난 시간 동안 보아왔던 땅과 하늘밖에는 아무것도 없었다.

"그래, 찾았어. 잠시만 기다려 봐."

메우의 질문에 대답한 두영은 손을 앞으로 내밀어 무엇인가를 찢는 듯한 동작을 취했다.

공간이 갈라지며 땅과 하늘만 있던 모습이 바뀌었다.

예수가 못 박혔다는 십자가처럼 양팔을 옆으로 벌린 채 허공에 매달린 오렌의 모습이 나타났다.

영혼의 거울에 나타났던 모습처럼 오렌의 전신에는 검이 박혀 있었다.

두 다리와 양팔, 하단전과 중단전, 그리고 정수리에 검이 박혀 있었다.

"스승님, 괜찮으신 겁니까?"

"크크크, 이제야 왔구나."

대제사장의 권능을 발휘할 수 있는 모든 힘의 통로가 막힌 상태에서도 오렌은 웃음을 지으며 두영을 맞았다.

"예."

"늦는 줄 알았다. 난 괜찮으니 걱정하지 마라."

"누굽니까?"

"꽤나 궁금한가 보구나."

"혈탑을 스승님이 만드신 것이 분명하니 저로서는 그럴 수밖에요."

"알고 온 모양이구나."

"잘은 모릅니다. 오래전 혈탑이 만들어질 때 배신의 길을 걸은 자들과 칠대부족 말고 다른 이가 관여됐다는 것과 혈탑을 만들 수 있는 힘을 발휘할 수 있는 것은 오직 스승님뿐이라는 것 말고는 말입니다."

"크크크, 그렇다면 다 안 것이나 마찬가지다."

오렌은 혈탑을 만드는 과정에 자신이 관여했음을 순순히 시인했다.

"어째서 그리하신 겁니까?"

심한 배신감을 느꼈지만 두영은 침착하게 물었다.

"행정부에서는 나에게 한 가지 요구를 했었다. 우주 개척을 위해 필요한 병기들을 만들어달라고 했지."

"예?"

혈탑이 세워졌던 과거의 이야기를 들려주어야 하건만 자신이 살았던 미래의 이야기를 꺼내자 두영은 당혹스러웠다.

"혈탑이 세워진 것은 고대의 일이지만, 그 시작은 너와 내가 살고 있던 시기에 일어났다."

"우리가 살던 시대에 말입니까?"

"그렇다. 행정부에서는 여러 가지 것들을 나에게 주었다. 그 당시 그들이 나에게 준 것은 지구연방이 만들어지기까지 정복했던 행성들에서 얻은 고대의 유산들이었다. 자신들로서도 정체를 알 수 없는 엄청난 에너지가 내재된 유산들이라고 했지. 혈탑이 세워진 것은 바로 그것들 때문이다."

"무슨 유산들이기에 그것들 때문에 혈탑이 세워진 겁니까?"

"많은 시간을 연구했다. 그리고 그 유산들이 가진 힘의 정체를 파악할 수 있었지. 그것들은 창조주의 힘이 담긴 것으로 바로 시간을 여행할 수 있는 열쇠들이었다."

"타임머신인가요?"

"아니다. 타임머신은 그저 시간의 축을 따라 이동하는 것이지만 그것들은 차원의 벽마저도 넘을 수 있는 것들이었다. 수많은 시간의 가지들을 넘나들 수 있는 엄청난 물건들이지. 너도 아는 것들이다. 너도 아들놈의 부탁으로 간 곳에서 하나 얻었지 않느냐?"

"그 이상한 공간에서 얻은 그것이 시간을 넘나들 수 있는 열쇠였다는 말입니까?"

"맞다. 네가 얻은 그랜드홀 또한 시간의 벽을 넘을 수 있는 힘을 간직한 것이다. 네가 이 시간대로 온 것도 바로 그것 때문이고."

"알겠습니다. 그것은 그렇다 치고, 어째서 혈탑을 만드신 겁니까?"

시간의 벽을 넘어 타임 슬라이스를 타고 현재로 온 것이 그랜트홀 때문이라고 했지만 아직 혈탑을 만든 이유에 대해서는 듣지 못했기에 두영이 물었다.

"그래, 행정부에서는 그것들을 가지고 최강의 무기를 만들어달라고 했었다. 꽤나 자세한 설계도를 함께 주면서 자신들이 생각하는 최강의 무기를 요구했다. 그들이 그런 요구를 한것은 지구연방이 정복해 가는 행성들의 저항이 거세어졌기 때문이라고 했다. 당시에 개발된 무기로는 상대가 되지 않을 만큼 강력한 적들이니 무기가 필요하다고 말이다. 해서 만들어진 것이 스피릿아머였다. 우주 최강의 병기가 만들어진 것이다."

"스피릿아머가요? 하지만 그 당시에 그런 무기가 있다는 것은 들어본 적이 없습니다. 만약 그것이 사용됐다면 제가 모를리가 없습니다."

"후후후, 파워슈트의 원형이 바로 스피릿아머였다. 모두 아홉 기가 만들어졌지. 내가 행정부에 납품한 것은 모두 일곱 기였다. 두 기는 내가 만들기는 했어도 성능을 완전히 파악할 수없어 남겨두었었다."

"그럼, 칠대신검이?"

"그래, 바로 그것들이 내가 처음 만들어낸 스피릿아머다. 스피릿아머가 어떻게 사용될지는 처음엔 몰랐었다. 놈들이 준설계도를 연구하고서야 알 수 있었지. 행정부에서 요구한 것이 무기가 아니었다는 것을 말이다."

"무기가 아니었다니 무슨 말씀이십니까?"

"납품하고 얼마 지나지 않아 세상이 변하기 시작했다. 내가알고 있는 그런 세상이 아니었다. 다른 이들은 전혀 모르고 나

만이 알게 된 세상은 내가 스피릿아머를 납품한 때와는 전혀
달랐다. 세상의 역사가 완전히 다르게 변해 있었던 것이다. 행
정부에서는 내가 납품한 스피릿아머를 이용해 시간의 문을 열
고 역사를 바꾼 것이었다.”

“그것이 무슨 말씀입니까?”

“난 남아 있는 스피릿아머 두 기 중 하나를 항상 착용하고
있었다. 덕분에 시간의 흐름을 비껴나 있었기에 세상이 변했
다는 것을 알 수 있었다. 그리고 그 덕분에 내가 행정부에서
받은 행성의 유산들이 시간의 문을 열 수 있는 열쇠라는 것을
알 수 있었지.”

“그럼 이곳으로 스피릿아머를 보낸 것이 바로 행정부라는
말입니까?”

“그렇다. 행정부에서는 내가 납품한 스피릿아머로 타임 슬
라이스를 만들었다. 시간의 문을 여는 열쇠로서의 기능을 상
실했던 유산들이 스피릿아머로 부활하자 제 기능을 발휘할 수
있었기어 가능한 일이었다. 행정부에 있는 자들이 곧장 시간
의 축을 변경시키기 위해 스피릿아머를 고대의 시간대로 보냈
다. 그들이 바로 이곳에서 고신들이라 불리는 존재들이었다.
그뿐만이 아니었다. 그들은 유산을 얻었던 행성의 사람들까지
끌어들였다. 새로운 존재로 거듭나기 위해서 말이다.”

“그러니까 고신들이 행정부 사람들이라는 겁니까?”

“맞다. 시간의 벽을 정복하자 그들은 신이 되고자 했다. 난
그들을 막아야 했다. 그리고 그들과 마찬가지로 내가 착용하

고 있는 스피릿아머를 이용해 이곳에 올 수 있었다."

"스승님께서 그들을 막기 위해 이곳으로 온 것이라니 믿을 수가 없군요."

"믿어라. 모든 것이 사실이니까. 그들은 이곳을 거대한 에너지 저장고로 만들고 있었다. 정복한 일곱 개의 행성에 살고 있는 모든 생명체의 에너지를 모아 신이 되려 하고 있었다."

"그게 가능한 겁니까?"

"가능하다. 내가 만들었지만 스피릿아머는 신의 권능을 가지게 되었으니까 말이다. 놈들은 내가 만든 스피릿아머에다가 싸이킥포메이션들을 이용해 거대한 에너지를 쌓고 있었다. 신이 되기 직전이었지. 해서 난 그들을 믿고 있는 삼묘족 사람들 중 일부에게 그들의 정체를 흘렸다. 그들이 칠대부족을 설득하고 그들이 가진 피의 힘을 모아 만들어진 것이 혈탑이다. 혈탑을 이용해 난 놈들이 가진 것과 같은 형태의 스피릿아머를 만들어낼 수 있었다. 그리고 놈들이 축적한 에너지들을 빼내었다. 그것이 놈들이 신이 되는 것을 방해할 수 있는 유일한 길이었으니까 말이다."

"혈탑을 만들고 피의 제전을 벌여 그들이 가지고 있는 스피릿아머와 같은 것을 만들고 그들이 축적한 영혼의 에너지들을 빼돌리려 하셨다는 말씀입니까?"

"크크크, 그랬었지. 하지만 그 일은 실패한 것이나 마찬가지였다. 놈들을 제거하지 못하고 오히려 부작용만 낳았을 뿐이다. 놈들이 오직 파괴와 소멸만 생각하는 괴물로 변질되어 버린 것이다. 해서 난 다른 방법을 생각해야 했다. 내가 가지고 있던 두 기의 스피릿아머로 놈들을 직접 제거하기로 한 것이다. 해서 내가 살던 시간대에 남아 있던 스피릿아머를 영혼의 힘으로 불러들이기로 했다."

"제가 이곳에 온 것이 바로 스승님 때문이라는 겁니까?"

"그렇다. 라본행성에서의 임무도 내가 계획한 것이다."

"라본행성에서의 그 임무도 스승님께서 맡기신 거라는 말입니까?"

"그렇다. 난 시간을 거슬러 올라가기 전에 마지막 스피릿아머를 라본행성으로 보냈다. 라본행성은 지구를 포함해 지구연방이 정복했던 여덟 개 행성의 모체인 곳이기에 그곳에다 감추면 놈들이 찾지 못할 것이라 생각한 것이지. 놈들도 그랜드홀을 노리고 있는 것이 분명했으니까 말이다. 그곳에 타임 슬라이스를 만들고 최후의 안배를 했다. 내가 가지고 힘으로 놈들을 제거할 수 없다면 최후의 순간에 불러들일 수 있도록 한 것이지. 그리고 다른 이유도 있었다. 마지막 스피릿아머를 이용해 창조신의 파편을 모으도록 한 것이다. 바로 고신이라 불리는 존재들을 막을 힘을 얻기 위해서였다."

"어째서 절 선택하신 겁니까?"

"후후후, 네가 가지고 있던 데이터베이스를 누가 만든 것이라고 생각하느냐?"

"가문 대대로 내려온 데이터베이스를 말하시는 겁니까?"

"그래, 흐트러지지 않은 역사를 담고 있는 그 데이터베이스 말이다."

"그러면 그것도……."

"맞다. 내가 만들어 세상에 뿌린 것이다. 인류라 불리는 휴
먼족의 모든 것이 담겨 있는 라본행성과 이곳 지구의 아카식
레코드를 바로 그 데이터베이스에 담아놓았었다. 놈들을 없애
고 원래의 시간으로 되돌리기 위해서는 반드시 필요한 것이었
으니 말이다. 그런데 내가 이렇게 되고 말았구나. 라본과 함께
한 축을 이루던 지구의 근원을 망치고 말았으니 말이다."

"놈들이 이곳에 왔다 간 겁니까?"

"그래, 얼마 전 놈들이 이곳에 왔다. 놈들은 내가 자신들을
막고 있었다는 것을 이미 알고 있었다. 그리고 내가 준비하고
있던 것들도 모두 알고 있었다. 내 몸에 꽂혀 있는 것들이 보
이느냐?"

"스피릿아머의 힘이 느껴지는군요."

"맞다. 신의 권능 중 일부지. 네가 보낸 아이들이 가지고 있
는 스피릿아머는 그저 껍데기일 뿐이다. 나에 의해 만들어진
가짜지. 진정한 스피릿아머는 놈들이 가지고 있지. 놈들은 내
가 자신들을 상대하기 위해 힘을 모으고 있다는 것을 알고 있
었다. 너에게 전해주기 위해 지구의 근원인 창조신의 파편으
로부터 영혼의 에너지를 모으고 있다는 것을 이미 알고 때를
기다리고 있었던 것이다. 놈들은 내가 모은 것들을 빼앗아갔
다. 지금도 이곳들을 이용해 빼앗아가고 있는 중이다."

"빼앗아가 봐야 원하는 존재가 될 수도 없을 텐데 어째서 그

러는 것입니까?"

"될 수 있다. 자신들이 원하는 존재는 아니지만 창조신의 다른 면인 파괴와 혼돈을 주관할 수 있게 될 테니까."

"그러면……."

"그래, 놈들은 모든 것을 소멸시키고 다시 시작하려 한다. 전처럼 영혼의 힘이 있는 존재들만 희생시키는 것이 아니라 라본과 지구의 근원을 통해 모든 차원을 소멸시키고 새로운 차원을 만들 수 있는 방법을 찾은 것이 분명하다."

"으음! 그럼 제가 어떻게 해야 합니까?"

"놈들이 다 빼앗아가기 전에 마지막 남은 힘을 너에게 주겠다. 바로 이 지구의 근원이 나에게 전해준 힘이다. 라본의 모든 힘을 얻은 너이기에 일부만으로도 복원할 수 있을 것이다. 네가 지구의 근원을 완벽히 복원해 내면 놈들을 막아내고 세상을 원래의 시간대로 돌려놓을 수 있을 것이다. 너에겐 변하지 않은 아카식레코드가 있으니까 말이다."

"전 선택의 여지가 없겠군요. 세상을 소멸시키지 않으려면 말이죠."

"미안하다. 하지만 나도 어쩔 수 없는 선택이었다."

"알겠습니다. 스승님께서는 그저 최선을 다하셨을 테니 원망은 하지 않겠습니다."

"크크크, 고맙구나."

두영이 고마운지 고통 속에서도 오렌의 얼굴에 미소가 맺혔다.

“그럼 이만 내가 가지고 있는 힘을 가져가거라. 네가 보낸 아이들은 그놈들이 데리고 갔으니 반드시 구해내도록 해라. 너와는 좋은 인연이 될 것이다.”

“예, 반드시 구해내야죠.”

“시간이 없다. 일부나마 얻으려면 어서 와서 내 머리에 손을 얹어라.”

“예.”

오렌의 재촉에 두영은 신형을 띄워 올렸다. 그리고는 정수리에 꽂혀 있는 검을 잡았다.

스르르!

정수리를 제외한 여섯 개의 검이 오렌의 몸속으로 사라졌다. 그와 함께 검이 꽂혀 있는 오렌의 몸도 사라져 갔다.

“부탁한다.”

다리부터 사라져 가고 머리만 남았을 때 오렌이 부탁의 말을 남겼다. 그리고는 이내 먼지처럼 사라져 갔다.

두영이 잡고 있던 검만 남았다.

전보다 더 뚜렷한 형상이었다. 두영이 잡고 있던 검도 천천히 사라져 가기 시작했다. 두영의 몸속으로 흡수되는지 검 자루부터 천천히 위쪽으로 올라가며 손바닥 속으로 자취를 감추었다.

“으으으!”

검이 완전히 사라지고 신음과 함께 두영의 몸이 떨리고 있었다. 일부이기는 했지만 지구에 남겨진 창조신의 파편을 흡수하고 있었기 때문이다.

우르르릉!

무한의 공간도 흔들리고 있었다. 혼돈의 회오리마냥 땅과 하늘이 일그러지고 하나로 합쳐지고 있었다.

＊　　　　＊　　　　＊

쿠르르릉!

혈탑이 진동하기 시작했다.

새로운 권능자의 탄생을 기다리고 있는 가운데 혈탑이 흔들리며 결계가 진동하자 모두들 안색이 변했다.

블랙 파이브를 구성하는 가문들의 식솔들이 전부 모여 있는 상황이었다.

가문의 일원 중 조금이라도 피의 권능을 물려받은 자들은 하나도 남김없이 모여 있었다.

이대로라면 새로운 피의 권능자가 탄생하고, 그들 통해 부활할 것을 의심치 않고 있었는데 이상이 생긴 것이다.

블랙 파이브의 수장들은 모두들 어리둥절한 표정을 지었다.

자신들의 계획에는 전혀 없었던 이상 현상에 사방을 살피기 시작했다.

파파파팟!

진동이 있은 후 지표면을 뚫고 빛이 솟구치기 시작했다.

혈탑을 감싸며 솟아오른 빛들은 이내 모든 것을 휘감아 버렸다.

본래의 차원이 가지고 있던 힘이 분출하며 영혼의 메아리로 이루어진 혈탑을 집어삼키기 시작한 것이다.

"무슨 일이냐? 어떻게 된 것인지 알아봐라!"

"연유를 알 수 없습니다."

"어찌 이런 일이……."

다이트를 비롯해 블랙 파이브의 수장들이 수하들을 재촉했지만 아무것도 알아낼 수 없었다.

혈탑을 이루는 본질이 다른 차원의 힘임을 모르는 그들로서는 원인을 알아낸다는 것은 요원한 일이었다.

콰지지직!

빛으로 이루어진 물체들이 지표면을 뚫고 솟아올랐다.

빛을 발하는 기이한 구조물들이었다.

그것들은 서로 연결되어 혈탑을 감싼 채 창공을 향해 거대한 빛줄기를 뿜어내기 시작했다.

"도대체 저것은 뭐지?"

혈탑의 지하에서 나타난 것은 그들로서도 상상하지 못한 것들이었다.

사람들은 모두가 어리둥절한 채 허공으로 쏘아 올려진 빛을 바라보며 서 있었다.

"크… 으!! 힘이 빨려들어 간다."

이상이 생겼다는 것을 제일 처음 느낀 것은 다이트였다.

자신이 가진 힘의 근원인 음차원의 마나가 자신의 의지에 반해 빠져나가고 있었다.

그것뿐만이 아니었다. 빠져나간 음차원의 마나가 혈탑을 감싼 구조물들로 스며들더니 빛줄기를 따라 빨려 올라가고 있었던 것이다.

"어떻게 해서든지 저 빛을 막아라! 아예 부숴 버려라!"

다이트가 수하들을 향해 소리를 질렀다.

쾅! 콰콰쾅! 콰쾅!

수많은 검은 빛줄기들이 빛으로 휩싸인 구조물에 부딪치며 굉음을 토해냈다.

"저, 저것이 어떻게 된 일이냐?"

수하들의 공격은 헛된 노력에 불과했다.

다이트의 수하 중 십여 명이 빛줄기를 향해 공격을 하고, 그들의 힘이 부딪치며 폭발을 일으키는 순간 이상 현상이 나타났다.

공격한 자들의 신체가 마치 녹아 없어지는 듯 순식간에 사라져 버린 것이다.

"이이이!"

수하들이 뿜어낸 음차원의 마나가 그대로 빨려 올라갔다. 그들에게 깃들어 있던 힘들은 물론 육체까지 흡수해 버리는 것을 보며 다이트는 몸을 떨었다.

"어떻게 하면 좋겠소?"

옆에서 상황을 지켜보던 데미안이 침중한 어조로 물었다.

다른 가문의 수장들 또한 마땅한 대처 방법을 몰라 다이트를 주목했다.

그들도 자신들의 힘이 빛으로 이루어진 물체들에게 빨려들어 가는 것을 느끼고 있었다.

저항을 하고 있기는 하지만 아무런 소용이 없었다.

빨려들어 가는 속도만 늦출 수 있을 뿐 점차 힘이 감소하고 있었다.

마스터를 능가하는 힘을 가진 존재들이었지만 혈탑 주변에 펼쳐진 빛의 결계에서 발생하는 힘을 막아내기에는 역부족이었던 것이다.

"모르겠소. 어째서 이런 현상이 벌어지는 것인지 나도 정말 모르겠소."

삼묘족의 피를 이어받고 음차원의 마나를 받아들여 스스로 블랙 파이브가 된 이가 다이트였다.

다른 수장들의 힘을 얻어 혈탑을 만들어낸 것도 그였지만 원인을 알 수 없었다.

혈탑을 감싸고 있는 것들은 다이트와는 전혀 상관이 없었던 것이다.

"생각을 해보시오, 생각을!! 뭔가 방법을 찾아야 하지 않느냔 말이오."

데미안이 불같이 화를 내며 다이트를 재촉했다.

혈탑의 근간을 이루는 영혼의 메아리를 만들어낸 이가 바로 다이트였다. 자신들은 힘만 보탰을 뿐이다.

"우리가 만든 혈탑은 우리가 존재했던 차원의 힘이 담겨 있소. 원래대로라면 우리는 그 힘을 흡수해 새로운 존재로 거듭날 수 있어야 하는데 오히려 빼앗기고 있는 중이오. 어째서 이런 현상이 벌어지는지 나 또한 원인을 알 수 없어 답답할 뿐이오. 크으으!”

“어떻게 이런 일이…….”

“우리 모르게 누군가 음모를 꾸미고 있었다는 것인가? 도대체 누가!!”

다이트의 자포자기에 다른 가문의 수장들은 망연자실한 표정을 지었다.

힘을 독차지하기 위해 다이트가 음모를 꾸민다고 생각할 수도 있었지만 상황을 보면 그런 것도 아니었다.

지금 다이트의 몸은 거의 반투명한 모습이었다.

자신들의 힘이 빠져나가는 속도보다 다이트가 힘을 빼앗기는 속도가 훨씬 더 빨랐다.

스스로 소멸당하기 위해 이런 일을 할 이유가 전혀 없었던 것이다.

“아… 아악!”

“크악!”

“으아아! 살려줘!!”

주변에서 들려오는 비명 소리에 블랙 파이브의 수장들은 주변을 돌아보았다.

수하들의 신형이 하나둘 먼지처럼 사라지고 있었다.

자신들을 지탱하던 힘이 모두 빨려들어 갔기에 하나씩 소멸되고 있었던 것이다.

'먼저 간 로페즈가 이렇게 부러울 줄이야!'

적과 마주 싸우다가 소멸한 것으로 보이는 로페즈가 한없이 부러웠다.

로페즈는 적을 상대하다가 장렬히 소멸했지만 자신들은 적이 누군지도 모른 채 소멸을 맞이할 것이기에 억울한 생각마저 들었다.

"그토록! 그토록 오랜 세월을 준비해 왔는데 이런 결과라니… 크크크!"

다이트의 입에서 자조 섞인 웃음이 흘러나왔다.

번쩍!

콰르르르르!

빛의 세기가 더 강해졌다. 혈탑이 진동하며 파르르 떨고 있었다.

갑작스러운 변화에 모두들 혈탑을 주목했다.

빛의 구조물들이 완전히 드러나고 강렬한 빛이 혈탑이 만들어낸 공간을 완전히 감쌌다.

"으아아악!"

"크윽!"

"으으!"

"악!"

소멸되지 않고 남아 있던 각 가문의 수장들도 비명 소리와 함께 빛 속에 파묻혀 버렸다.

빛이 회오리치기 시작했다.

혈탑의 뿌리부터 시작해 하늘 끝까지 마치 거대한 토네이도처럼 휘돌고 있었다.

휘이이잉!

거대한 빛의 폭풍이 혈탑을 벗어나기 시작했다. 다이트가 혈탑을 만들기 위해 펼친 영혼의 메아리를 찢고 세상으로 나가기 시작한 것이다.

대지는 물론 창공까지 퍼져 나간 빛의 폭풍은 지구 전체로 퍼져 나가기 시작했다.

세상 곳곳에서 이런 변화가 동시에 일어났다. 괴이한 변화가 시작된 곳은 모두 일곱 군데였다.

남극과 북극을 제외한 모든 지역이 혈탑이 뿜어내는 빛에 휘감겼다.

아래위만 껍질이 깎이지 않은 사과처럼 지구는 혈탑이 뿜어내는 광휘로 휘감겼다.

*　　　*　　　*

두영의 얼굴에 눈물이 맺혔다.

뜻을 이루지 못하고 소멸해 버린 오렌의 의식을 읽었기 때문이다.

그동안 오렌이 겪어왔던 모든 기억이 하나도 남김없이 자신의 의식 속에 들어와 있었다.

　어긋나간 역사의 수레바퀴를 제자리로 돌리고, 차원의 소멸을 막기 위해 고군분투했던 오렌의 처절한 노력에 저절로 고개가 숙여졌다.

　오렌의 말대로였다. 두영이 살아가던 시대는 행정부라는 거대한 괴물에 의해 유지되던 세상이다. 얼굴조차 밝혀지지 않은 칠인위원회에 의해 모든 것이 좌지우지되는 세상이었다.

　다른 행성을 점령하며 그곳에서 얻은 유산으로 하나같이 괴물이 되어간 자들!

　인간의 한계를 넘어서 초월자로 변신한 그들이 마지막으로 원한 것은 신이 되는 것이었다.

　그들은 원하는 대로 신이 될 수 있었다.

　세상을 다스리고 자신의 뜻대로 모든 것을 주관할 수 있는 위치에 선 그들이지만 거대한 벽이 가로막았다.

　지구연방이 점령한 행성에서 발견한 창조주의 유산을 통해 신과 같은 능력을 보유하게 되었지만 그들 앞에 나타난 벽은 초월자라 하더라도 도저히 넘을 수 없는 것이었다.

　그들은 자연히 깨달았다. 신과 같은 능력을 가지게 된 자신들이 언젠가는 소멸하고 만다는 것과 창조주가 남긴 피조물에 지나지 않는다는 것을 알게 된 것이다.

　그들은 창조주와 같은 존재로 거듭나기를 원했고, 그러기 위해서 하나의 프로젝트를 실행했다.

　그들이 주목한 것은 타임 슬라이스였다.

창조주의 파편이라고도 불리는 타임 슬라이스를 통해 무한의 권능을 얻으려 했던 것이다.

타임 슬라이스는 시간의 축을 비껴가 인과율을 벗어날 수 있게 만들어준다.

인과율을 벗어난 후 창조주가 남긴 각각의 파편을 온전히 얻을 수 있다면 새로운 존재로 거듭 태어나 영생불멸의 존재가 될 수 있다는 것을 알아낸 것이다.

그들은 오렌을 통해 스피릿아머를 만들었다.

서로를 경계하느라 각자 스피릿아머를 하나밖에 가지지 못하기에 그들은 나머지 두 개의 스피릿 아머를 오렌에게 맡겼다.

비밀을 알아내지 못하리라 생각했겠지만 그것은 그들의 오산이었다.

천재적인 머리를 가진 오렌은 타임 슬라이스의 비밀을 찾아내고 그들의 계획을 일부나마 엿보았던 것이다.

오렌은 칠인위원회가 각자의 타임 슬라이스를 이용해 시간여행을 통해 뭔가를 하고 있다는 것을 금방 눈치챌 수 있었다.

스피릿아머를 착용하고 있었던 터라 변화해 버린 역사 속에서 혼자만이 온전함을 유지할 수 있었던 때문이다.

오렌은 비밀을 파헤쳤고, 타임 슬라이스를 이용해 칠인위원회의 음모를 추적했고, 모든 사실을 알아낼 수 있었다.

그들이 지구연방의 생명체의 영혼을 이용해 창조주로 거듭

나려는 것을 파악하고 그들을 막기 위해 지금까지 고군분투해
온 것이다.

오렌은 이를 위해 수천 년이라는 시간을 혼자 보내기도 했
고, 타임 슬라이스를 이용해 시간대를 넘는 과정에서 영혼이
해체되는 고통을 수도 없이 견뎌내기도 했다.

보통의 인간으로서는 도저히 견딜 수 없는 고난과 역경을
딛고 최후의 수를 준비한 것이다.

오렌이 준비한 것은 바로 자신이었다.

올바른 인과율과 칠인위원회에 맞설 수 있는 힘을 자신의
희생을 통해 전달한 것이었다.

이제는 자신의 차례였다.

칠인위원회의 음모를 막고 소멸을 향해 달려가고 있는 세상
을 구원할 막중한 사명감이 생긴 것이다.

"메우 형, 이제 나가자. 늦었을지도 모르지만 막을 수 있는
데까지는 막아봐야겠어."

"알겠습니다, 주군."

메우 또한 오렌과 두영의 대화를 들은 터라 굳은 표정으로
대답했다.

밖으로 나가는 순간부터 모든 것을 건 최후의 전쟁을 시작
해야 하기 때문이다.

두 사람은 조심스럽게 무한의 공간을 빠져나왔다.

무한의 공간에는 어느 곳에서나 밖으로 나갈 수 있도록 접
점이 있는 탓에 성지 안으로 돌아오는 것은 그다지 어렵지 않

았다.

무한의 공간에서 나온 두영과 메우는 변해 버린 성지의 모습을 볼 수 있었다.

성지의 힘을 조율하고 유지하게 하는 오렌의 힘이 사라진 것 때문인지 검은 기둥들은 이제 하얀색으로 변해 있었다.

이미 주변의 나무들은 이미 바짝 말라비틀어져 있어 성지라고 할 수 없었다.

두 사람은 말없이 성지를 나섰다.

리조트 뒤편에 있는 삼묘족의 유적에 도착한 두영은 결계를 만들었다.

유적지 안으로 들어오는 침입자를 막기 위해서였다.

"주군, 어디로 가실 겁니까?"

"일단 아군부터 챙겨야 할 것 같아서 곧바로 미국으로 갈 생각이야."

결계를 완성한 두영은 곧장 미국으로 가기로 했다. 갈 수 있을지 모르겠지만 일단 스티브 일행과 합류해야 했다.

"그곳으로 가실 생각이시군요."

"이번에 싸울 자들을 보면 여러 가지 도움이 필요할 테니까, 한 사람이라도 아군이 필요하니까."

"비행기를 준비시키겠습니다."

"최대한 빨리 준비하도록 해줘."

메우가 전화를 걸었다.

"공항으로 가시면 곧바로 타실 수 있을 겁니다."

비행기가 준비되었다는 소리에 두영은 곧바로 공항으로 향했다.

자동차보다는 달려가는 것이 나았기에 두 사람은 곧바로 공항으로 향했다.

'듀크!'

두영은 듀크를 호출했다.

─말씀하십시오.

'상황은 어때?'

─일곱 군데에서 발생한 이상 현상은 계속 세력을 확장해 거의 지구 전역을 덮다시피 했습니다. 주군께서 계신 지역도 조금 있으면 영향권 안에 들어갈 것 같습니다.

'지금 미국으로 향할 생각인데……'

─혹시 비행기를 이용하실 생각이면 그만두시길 바랍니다.

'왜?'

─이상 현상의 영향으로 인해 비행기가 뜨지를 못합니다. 영향권 밖에 있던 비행기들도 지금 전부 추락하고 있습니다.

'으음! 알았어. 미국으로 갈 수 있는 방법을 마련해 줘!'

"메우 형, 잠시 멈춰!"

"왜 그러십니까?"

"지금 비행기가 뜨지 못하는 상황이야. 조금 기다려 봐야 할 것 같아."

"예?"

상황을 알 수 없는 메우로서는 이상한지 의문을 표시하더니 곧바로 핸드폰을 꺼내 들고는 어디론가 연락을 취했다.

"주군 말씀이 맞는 것 같습니다. 중간에 연락이 끊겼습니다만 이륙했던 비행기들이 추락하고 있답니다. 우리가 타고 가려고 했던 비행기도 엔진이 완전히 정지해 버리고 말입니다."

"아마 핸드폰으로도 이제는 연락이 안 될 거야."

"혹시, 혈탑의 영향 때문입니까?"

"그래, 맞아. 혈탑은 모든 인공적인 힘을 거부하게 되어 있으니까."

혈탑이 완성되고 영향권 안에 들면 인공적인 힘은 모두 거부된다. 오직 자신의 힘만이 사용할 수 있는 상태가 되어버리는 것이다.

비행기가 뜨지 못한다면 미국으로 갈 길이 막막할 수밖에 없는 두영으로서는 마음이 답답했다.

그나마 위안이 되는 것은 듀크의 능력은 제한을 받는 것이 아니라는 것이다.

듀크의 기본 구성은 스피릿아머와 같다. 행성의 근원적인 힘을 사용하기에 혈탑의 영향을 받지 않기 때문이다.

초조하게 기다리는 가운데 듀크로부터 연락이 왔다.

―주군, 좌표를 입력받으실 수 있겠습니까?

'워프가 가능한 건가?

―시험해 본 결과 공간 좌표가 약간 왜곡이 되는 것을 빼놓고는 이상이 없었습니다. 에너지 문제가 있기는 하지만 가능

할 것 같습니다.

'좋아, 그럼 나와 메우 형을 이동시켜 줘.'

—알겠습니다. 곧바로 시작하겠습니다. 장거리 워프라 충격이 있을지도 모르니 대비하시기 바랍니다.

'알았어.'

두영은 워프가 가능하다는 소리에 마음이 놓였다.

"메우 형, 곧바로 갈 수 있는 방법이 생긴 것 같으니까 이상하게 생각하지 말고 마음을 단단히 먹어."

"알겠습니다."

두영이 헛소리를 할 리 없기에 메우는 내기를 돌리며 마음의 준비를 했다.

"시작됐어."

눈앞이 흐려졌다. 주변에 있던 풍경이 사라지고 빛 속으로 날아가는 듯한 느낌이 들었다.

다시금 시야가 확보되었을 때는 다리 아래로 거대한 고층 빌딩들이 눈에 들어왔다.

"조심해!"

두영의 경고가 아니더라도 메우는 조심하고 있었다.

자신이 지상이 아니라 허공중에 있다는 것을 느낀 후 곧바로 오렌으로부터 받은 생체기갑병기를 가동시켰다.

쿵!

갑작스러운 발동으로 인해 완전하게 적응하지 못한 탓인지 메우는 빌딩 옥상에 거칠게 착륙했다.

가속도로 인해 메우가 내려선 콘크리트 바닥에 쩍쩍 금이
가 있었다.

"어서 가자!"

다른 것은 그대로지만 세상은 변해 있었다. 하늘은 파란색
대신 온통 붉은 기운으로 물들어 있었다. 이미 이곳도 혈탑이
뿜어대는 기운의 영향권 안에 들어와 있었던 것이다.

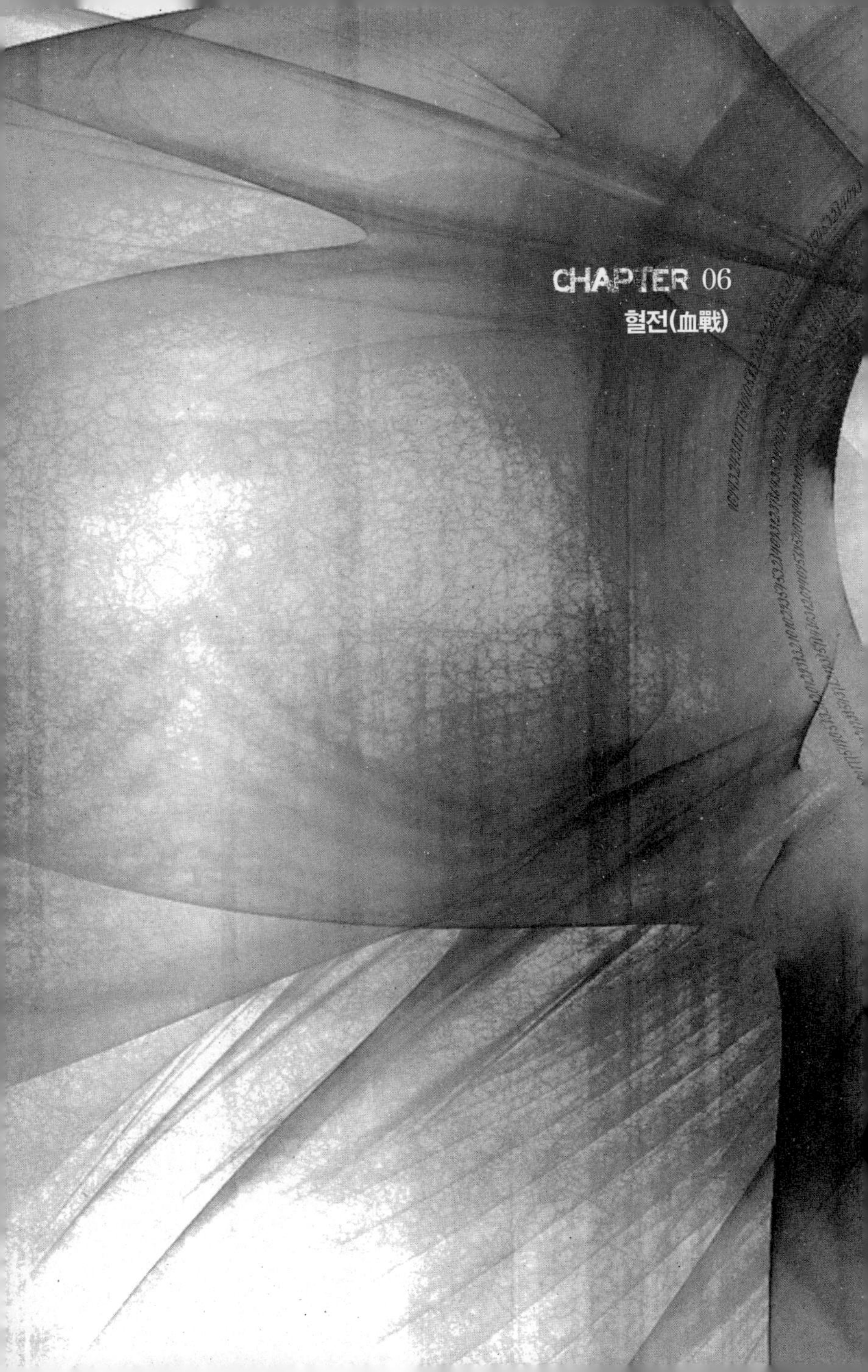
CHAPTER 06
혈전(血戰)

TIME
SLICE 타임 슬라이스

파팟!

두 사람은 빌딩 옥상에서 몸을 날려 거리로 내려왔다.

옥상에 내려설 때와는 달리 아무런 소리도 나지 않고 사뿐히 내려선 두 사람은 아비규환이 된 지옥도를 볼 수 있었다.

깨진 유리창, 식칼 등 날카로운 무기를 들고 있는 사람들과 몽둥이 같은 둔기를 든 사람들이 서로를 죽이고 있었다.

온몸에 피를 뒤집어쓰고는 눈에 보이는 상대를 찾아 무차별적으로 죽이고 있었다.

권능의 힘이 작용하는지 다른 사람을 죽인 자들의 힘이 증가하고 있었다.

다른 자들을 죽일수록 살아날 확률이 높다는 것을 본능적으로 아는 것인지 아무 거리낌 없이 사람이 사람을 죽이고 있는 중이었다.

'이제는 돌이킬 수 없게 됐구나.'

피를 뒤집어쓴 자들은 하나같이 적색의 눈동자를 하고 있었다. 피의 제전이 부르는 광기에 휩싸인 것이다.

어느 순간이 지나면 축적된 권능으로 인해 광기가 사라질 것이다. 대략 십여 명 정도를 제물로 바치면 권능이 제자리를 잡기 때문이다.

하지만 그렇게 되면 인류의 90퍼센트는 세상에서 사라질 것이 분명했기에 두영은 씁쓸한 마음을 감출 수 없었다.

혈탑이 벌이는 피의 제전을 막는다고 해도 그 상태에서 인류 문명은 커다란 후퇴를 한 것이나 마찬가지이기 때문이다.

그렇다고 막는다는 보장도 없었다. 미래 시대에 세상을 지배했던 자들이 얻은 힘은 지금의 자신으로서도 막을 수 있다는 보장이 없을 정도로 강대했기 때문이다.

"세상이 미쳐 버렸군요."

"그렇겠지. 다른 이를 죽인다는 것이 곧 내가 사는 세상이 되어버렸으니까."

"우리에게도 오는군요."

두영과 메우를 발견한 자들이 탐욕스러운 눈빛으로 다가왔다. 두 사람의 몸에서 뿜어지고 있는 기운을 느낀 때문이다.

자신들에게 느껴지는 갈증을 단번에 해소시켜 줄 수 있다는 느낌을 본능적으로 알아차린 사람들은 서로를 공격할 생각도

하지 않고 다가오고 있었다.

"메우 형, 죽이지는 마. 죽인다면 우리도 피의 제전에 휩싸이게 되니까 말이야."

"그럼 피해야 합니까?"

"그래. 아직은 피해야 돼. 권능의 힘이 정착되고 난 뒤라면 괜찮겠지만 지금 상태라면 무조건 미쳐 버리니까."

"그럼 곤란해지기 전에 빨리 가야겠군요."

"그래, 가자고."

파팟!

두 사람은 신형을 날렸다. 달려들고 있는 사람들을 피해 최대한 빠르게 스티브가 있는 곳으로 향했다.

'무사해야 할 텐데……'

사람들이 광기로 미쳐 있었다. 스티브를 비롯해 사람들이 걱정되지 않을 수 없었다.

만약 결계의 영향으로 서로 간에 살상이 일어났다면 참담한 상황을 면할 수 없었기 때문이다.

"메우 형, 옥상을 따라가는 것이 낫겠어."

"그렇겠군요."

두 사람을 향해 몰려드는 자들이 많아졌다. 멀리서도 두 사람의 기파를 인식했기 때문이다. 사람들에게 치어버릴 정도로 많은 자들이 몰려들고 있었다.

퍼퍼퍼퍽!

두 사람은 앞에 보이는 빌딩의 벽면을 발로 찍어가며 옥상으로 올라갔다. 쫓아온 자들은 멍하니 바라보거나 따라오려고 빌딩을 오르려 하고 있었다.

이십 층이 넘는 건물 옥상으로 빠르게 올라온 두 사람은 옥상에서 옥상으로 건너뛰며 스티브의 아지트로 향했다.

옥상을 통해 이동하고 있는데도 따라오는 자들이 있었다.

이미 수십 명을 죽인 듯 권능을 사용하게 된 자들이 몰려들고 있었다.

'이미 권능을 사용하게 된 자들이로군.'

기감을 열어보니 따라오고 있는 자들이 한둘이 아니었다. 시야에 잡히는 자들뿐만이 아니라 상당수의 사람들이 자신들의 뒤를 따르고 있었다.

'우리가 가진 기운을 감지하고 있는 것이 분명하다. 기갑슈트를 착용한 상태에서는 기파가 발산되니 아마도 그것을 따라오는 것 같구나.'

이대로 스티브의 아지트로 가다가는 아무것도 되지 않을 것 같았다.

"메우 형, 기파를 감춰!"

두영은 기파를 감추도록 했다.

"알겠습니다."

호령무를 익히고 있는 메우는 기파를 감추는 것도 익숙하기에 두영이 말하자마자 자신에게서 발산되고 있는 기운을 감추었다.

'역시!'

예상대로 권능이 약한 자들은 종적을 잃어버린 듯 우왕좌왕
하기 시작했다.

파파팟!

옥상을 건너뛰며 자신들을 보고 있던 자들만 쫓아오고 있었
다.

“메우 형, 지금 우리에게 오고 있는 자들을 제거해야겠어.”

“피의 제전에 휘말린다고 그러지 않았습니까?”

“저자들은 괜찮아. 이미 몸 안에 권능이 자리 잡고 있으니
죽여도 우리가 미치지는 않을 거야. 내가 우측에 있는 세 놈을
맡을 테니까 메우 형은 좌측에 있는 둘을 맡아. 이미 인간이
아니니 사정을 봐주지 마, 메우 형!”

“알겠습니다.”

“차앗!”

“핫!”

파팟!

두 사람은 발을 내딛는 것과 동시에 기합을 지르며 허공으
로 몸을 띄워 올린 후 한 바퀴 회전하며 쫓아온 자들의 뒤로 내
려섰다.

퍽!

착지와 동시에 두영의 신형이 날려 다리를 휘둘렀다. 묵직
한 타격음이 쫓아오는 자의 얼굴에서 흘러나오며 머리가 반쯤
부서졌다.

피와 함께 뇌수가 튀어 오르는 것을 볼 사이도 없이 두영은

또다시 신형을 날렸다.

펙!

우직!

도끼를 내려치듯 위에서 아래로 내려찍는 발길질에 목뼈가 부서져 나가며 머리가 내려앉은 사나이가 옥상 바닥에 주저앉았다. 일격에 즉사한 듯 사나이는 움직이지 않고 있었다.

퍼퍼퍽!

두영이 두 번째 사나이를 해치우는 것과 동시에 묵직한 타격음이 들려왔다.

세 명이 동시에 쓰러지고 있었다.

생체기갑병기를 통해 권경을 뿜어낸 터라 등을 뚫고 들어간 기운이 심장을 터뜨려 버린 탓에 모두가 즉사였다.

메우와 자신이 뿜어낸 기운으로 인해 쫓아오는 자들이 있나 주변을 살폈지만 아무도 없었다.

느끼기는 했겠지만 쫓아온 자들을 제거하자마자 기운을 감추자 종적을 잃어버린 모양이었다.

"가자, 메우 형!"

"예!"

두 사람은 또다시 옥상을 뛰어넘으며 이동을 시작했다. 옥상을 뛰어넘을 때마다 기운의 일부가 발산되기는 했지만 곧바로 감추며 이동했다.

그렇게 이십여 분을 이동한 두영은 다행히 피의 광기에 젖은 자들의 추적을 뿌리치고 스티브의 아지트에 도착할 수 있었다.

"응?"

아지트 주변이 흰 막에 둘러싸여 있었다. 결계가 펼쳐져 있는 것이 분명했다.

밀려오는 혈탑의 결계가 강력한 때문인지 흔들리고 있었지만 근근이 버텨 나가는 것 같았다.

"난 안으로 들어가 볼 테니 메우 형은 이 주변을 한번 살펴 봐 줘."

"예!"

메우에게 부탁을 한 후 두영은 곧장 지하로 내려갔다.

결계를 지나쳐 왔지만 사람의 이동은 자유로운 듯 흰 빛은 꺼지지 않았다.

혹시나 몰라 모습을 감추고 지하로 내려온 두영은 칼마와 성준이 지키고 있는 스티브와 사람들을 볼 수 있었다.

성준과 칼마는 흰 빛을 뿜어내고 있었는데 두 사람을 사이에 두고 스티브와 맥글레인, 그리고 써니가 동생으로 여기고 있는 제로나인이 있었다.

가르시아가 보이지 않는 것이 이상했지만 소울컨주리에 의해 영혼체의 상태인 가르시아는 혈탑의 영향을 받지 않을 것이기에 바깥에 있다고 하더라도 그리 염려하지 않아도 될 것 같았다.

'저 두 사람이 결계를 쳐서 지금까지 혈탑의 영향을 막고 있었구나.'

칼마와 성준은 땀을 흘리고 있었다. 힘겹게 결계를 유지하는 것이 분명했다.

'듀크!'

—예, 주군.

'너도 이곳으로 이동해 오고 주변 지역에 결계를 쳐줘.'

—알겠습니다.

'모습을 보여도 상관이 없으니까 최대한 빨리 와!'

—3분 후 도착할 수 있을 것 같습니다.

'알았어.'

3분 정도는 견딜 수 있을 것 같아 보였기에 다행이었다. 지금 결계를 깰 수는 없는 노릇이었다.

그렇다고 자신이 결계를 펼칠 수도 없었다.

많은 시간 결계를 펼치느라 기력이 쇠한 상태라 자신이 결계를 펼치던 간섭장으로 인해 칼마와 성준이 크게 다칠 수 있기 때문이었다.

그리고 자칫 결계가 깨져 혈탑의 영향을 받으면 자신도 손을 쓸 수 없기에 그저 지켜보는 수밖에는 없었다.

시간이 초조하게 지나갔다.

—도착했습니다. 지금부터 주변 지역을 차단하겠습니다.

'좋아, 완료되면 이야기해 줘.'

—먼저 지하 기지부터 차단을 시작하겠습니다.

듀크의 전언이 끝나기가 무섭게 주변에 있는 혈탑의 기운이 썰물처럼 빠-져나가기 시작했다.

“크윽!”

“윽!”

대치하고 있던 힘이 사라지자 힘의 균형을 잃은 성준과 칼마가 신음을 내뱉으며 주저앉았다.

두 사람이 펼치는 결계 안에 있던 사람들이 어리둥절한 표정을 지어 보이더니 쓰러져 있는 두 사람에게로 다가갔다.

“괜찮은 건가?”

“크으, 내상을 약간 입은 것뿐이니 괜찮습니다.”

맥글레인의 질문에 성준이 일어서며 대답을 했다.

힘의 균형을 잃어서 내기가 흔들린 것을 제외하고는 큰 부상이 없었기에 성준을 이내 신색을 되찾았다.

“어떻게 된 거죠? 우리를 압박하던 힘이 갑자기 사라지다니 말입니다.”

성준이 일어서고 있는 칼마를 향해 물었다.

“나도 모르겠다. 그냥 갑자기 사라져 버렸다. 더 이상 견디기 힘들었는데 우리로서는 잘된 일이지만 어떻게 된 일인지…….”

갑작스럽게 벌어진 일이어서 그런지 칼마는 말끝을 흐리며 주변을 경계했다.

“괜찮은 거냐?”

두 사람이 주변을 살피는 것을 본 두영이 모습을 드러내며 물었다.

“언제 온 거냐?”

“방금 전에 도착했다.”

“네가 없애 버린 거냐?”

“그래, 이 지역 일부만 혈탑의 영향에서 벗어나 있다.”

“후우, 그럼 조금 쉬어도 되겠군.”

두영의 대답에 한숨을 내쉰 성준이 근처에 있는 의자에 가서 주저앉았다.

“보스, 무사하셨군요.”

성준과의 대화에서 주변 사정을 어느 정도 파악한 스티브가 인사를 했다.

“여러 가지 일이 있었습니다만 다행히 무사할 수 있었습니다.”

“다친 사람들은 없는 겁니까?”

“제때 피할 수 있어서 그런지 없는 것 같습니다.”

“다행이군요.”

“그런데 이것이 어떻게 된 일입니까? 어제부터 갑자기 세상이 미쳐 돌아가기 시작했으니 말입니다.”

“혈탑 때문입니다. 혈참이 폭주를 일으켜 사람들을 미치게 만들고 있는 중입니다.”

“아니, 어떻게?”

“그러니까, 혈탑은…….”

두영은 지금까지 알아낸 것들을 상세히 설명했다.

고신들이 미래 시대에서 온 칠인위원회라는 것을 숨기기는 했지만 칠대부족이 혈탑을 만들었고, 그 안에 고신들의 음모가 숨어 있음을 알려주었다.

"그러니까 칠대부족이 혈탑을 세우는 이면에는 고신들의 입김이 스며들어 가 있었고, 그로 인해 세상이 피의 제전이라는 것이 휩싸여 버린 것이란 말입니까?"

"그렇습니다. 이제 대부분의 인류가 죽어 나갈 것입니다. 최소한 90퍼센트고, 최대로 잡으면 지구에 사는 인류 중 0.1퍼센트만이 살아남을지도 모릅니다. 우리가 놈들을 막지 못한다면 인류가 멸종할 수도 있고요."

"그런 일이 있었다니 큰일이군요. 그러면 어떻게 대처를 하는 것이 좋겠습니까. 통신은 완전히 두절됐고 인공위성도 완전히 먹통이니 말입니다."

"으음!"

'듀크!'

스티브의 질문에 신음을 흘린 두영은 듀크를 호출했다.

―결계의 영향력이 미치는 곳은 지상으로부터 10킬로미터까지입니다. 그 위로는 영향력이 없으니 비록 몇 개에 불과하겠지만 인공위성을 가동시킬 수 있을 겁니다.

'지표까지 감시할 수 있는 건가?'

―가능합니다. 보통 때라면 전부 가동할 수 있지만 지표까지 감시 대상에 넣어야 하는 터라 몇 개만 가능한 겁니다.

'몇 개지?'

―결계의 힘을 뚫고 감시를 해야 하는 터라 최대 열 개를 넘을 수는 없습니다.

‘좋아! 그럼 혈탑이 세워진 곳을 중심으로 인공위성을 가동하도록 하고, 나머지 세 개는 통신을 담당하도록 해줘. 연결이 되면 이곳 모니터에 상황을 띄워주고.’

—알겠습니다. 십분 후에 모니터링 할 수 있도록 준비하겠습니다.

인공위성을 가동할 수 있다는 소리에 몇 가지 지시를 내린 두영은 듀크와의 통신을 끊었다.

“조금 뒤 통신망이 완전하게 회복될 겁니다. 혈탑의 상공에서 감시하고 있는 인공위성으로부터 영상도 수신하게 될 테니 감시를 철저히 해주시기 바랍니다.”

“염려 마십시오.”

두영의 말에 스티브는 한 점 의혹도 없이 모니터 앞에 가서 앉았다.

“어떻게 된 일이냐?”

다른 사람들도 스티브 곁으로 다가가 다들 맡은 자리에 앉자 쉬고 있던 성준이 물었다.

‘고신들이 돌아왔다. 그것도 아주 오래전에 말이다. 혈탑을 만들도록 칠대부족을 부추긴 것도 바로 그놈들이다.’

‘어째서지?’

두영의 전음에 성준도 전음으로 대답을 했다.

‘신이 되려고 한다더군. 그나저나 수련하러 떠났던 사람들이 실종됐다.’

‘뭐라고? 누나가 사라졌다는 말이냐?’

자신의 누나가 사라졌다는 소리에 성준이 놀라 물었다.

'그래. 아무래도 고신들의 소행인 것 같다.'

'큰일이구나. 고신들이 가만히 내버려 두지 않을 텐데……'

누나뿐만이 아니라 써니와 안젤라도 같이 실종되었다는 소리였기에 걱정이 되는지 성준이 말끝을 흐렸다.

'최대한 찾아보겠지만 힘들 것 같다. 아직 놈들의 거점이 어디인지 알아내지 못했거든.'

'그럼 어떻게 할 생각이냐?'

'일단 네바다 사막으로 갈 생각이다.'

'네오클래스가 있다는 그곳으로 말이냐?'

'그래.'

'어째서냐?'

'그곳에 생체기갑병기를 가진 자들이 들어갔다. 알파요원들이라 불리는 능력자들이니 그곳은 이제 피의 제전이 막바지에 다다랐을 것이다. 잘하면 고신들 중 하나를 볼 수 있을지도 모른다.'

'너, 설마!'

'그래, 한번 부딪쳐 보려고 한다. 놈들의 힘을 알아야 상대할 수 있을 테니까.'

'하지만 그들은 신으로 불리는 자들이다. 네가 상대할 수 있을 리 만무하다.'

전설처럼 전해지는 자들이다.

　감당하기 힘든 능력을 지닌 칠대부족도 상대할 수 없을 정
도로 강한 존재들이었다.
　피의 제전을 통해 힘을 모았음에도 그저 지구에서 쫓아낸
것밖에는 할 수 없었던 존재들이라 성준은 두영이 감당할 리
없다고 생각했다.
　'걱정 마라, 나도 그리 약한 편은 아니니까.'
　'그렇지만……'
　'나도 생각이 있어서 나서는 길이다. 그나저나 너도 움직여
야 할 텐데 어떻게 할래?'
　'나도 말이냐? 하지만 이 상태로 갔다가는 피의 제전에 휩
쓸릴지도 모른다.'
　'걱정 마라, 준비를 해왔으니까.'
　'준비?'
　'내가 주는 생체기갑병기를 착용하면 피의 제전에서 휩쓸
리지 않고도 움직일 수 있다. 넉넉히 준비를 해왔으니 여기 있
는 사람들 모두 착용할 수 있을 거다.'
　두영은 오렌의 기억을 통해 생체기갑병기가 있는 곳의 좌표
를 알고 있었다. 듀크를 통한다면 언제든지 소환할 수 있기에
보급은 문제가 없었다.
　'사실이냐?'
　'시험도 끝났다.'
　'좋다. 이 안에만 있는 것이 답답했는데 함께 가도록 하자.'
　'알았다. 잠시 기다려라.'

워프게이트를 이용해 생체기갑병기를 가져와야 했기에 두영은 전음을 끝내고 밖으로 나갔다.

'듀크!'

—예, 주군!

'내가 알려주는 좌표에서 생체기갑병기를 이곳으로 워프시켜라. 워프되어 오는 오차 범위는 어떻게 되지?'

—생물체가 아니니 그리 오차 범위가 크지 않을 겁니다. 최대로 잡았을 때 500미터 이내로 워프시킬 수 있을 겁니다.

'그러면 배리어 안쪽이겠군. 좋아, 좌표 이미지를 보낼 테니 보관되어 있는 생체기갑병기를 모두 워프시켜라. 아래에 생체기갑병기가 없는 사람이 모두 열한 명이니까, 그 숫자만큼 나를 주고 나머지는 듀크가 보관해.'

—예, 주군. 워프 좌표를 보내십시오.

듀크의 말에 두영은 오렌의 기억 속에서 얻은 좌표를 전송했다.

—찾았습니다.

잠시 뒤 좌표를 통해 목표물을 찾은 듀크가 보고를 해왔다.

'곧바로 워프시켜.'

—지금 워프 됩니다.

말이 끝나기가 무섭게 전방에서 공간이 비틀리는 것이 느껴졌다. 대기하고 있던 두영은 빠르게 신형을 날려 상체기갑병기를 소환할 수 있는 자켓을 취했다.

—생체기갑병기 중. 열한 개입니다. 나머지는 제가 보관 중

입니다.

'좋아, 네바다 사막에 있는 에어리어51을 집중 감시해 줘. 전에 들어갔다는 알파요원들이 지금 어떤지도 살펴봐서 알려 주도록 하고.'

―알겠습니다, 주군.

두영은 듀크와의 통신을 끝내고 곧장 지하 기지로 내려왔다.

자켓형으로 만들어진 생체기갑병기를 사람들에게 나누어 준 두영은 얼마 안 있어 에어리어51에 갈 것임을 이야기했다.

"위험합니다."

제일 먼저 반대하고 나선 이는 스티브였다.

"압니다. 하지만 가야 합니다. 써니와 안젤라, 그리고 성연 누나를 찾으려면 말입니다."

"써니가 놈들에게 붙잡혀 가기라도 했다는 겁니까?"

"예, 세 사람을 수련시키고 계신 스승님께 다녀오는 길이었습니다. 스승님은 고신이라 불리는 존재들에게 살해당하셨고, 세 사람은 놈들에게 끌려간 것이 분명합니다. 해서 에어리어51에 가보려고 하는 겁니다. 놈들이 어디로 끌고 갔는지 알아내야 하니까요."

써니가 끌려갔다는 이야기에 인상이 구겨진 스티브였다.

하지만 그로서는 동생의 안위만 걱정할 때가 아니었다.

동생도 문제지만 지금 상황이 더 큰일이었다. 세상이 변했다. 지금은 일상적으로 느껴오던 그런 세상이 아니다.

감히 넘볼 수도 없는 존재들이 세상을 집어삼키고 있는 중이었다.

자신이 보기에 세상을 구할 일말의 가능성이라도 있는 이는 앞에 있는 두영뿐이었다.

아무런 준비도 되지 않은 상태에서 적진에 뛰어든다는 것은 그야말로 계란으로 바위를 치는 격이었다.

스티브로서는 단 하나 남은 희망을 그런 식으로 잃고 싶지는 않았다.

"피의 제전이 시작된 지금 이미 늦었을지도 모릅니다. 그러니 좀 더 준비를 하고 가십시오. 고신들이라는 존재들이 그런 음모를 꾸미고 있었다면 이미 준비를 끝냈다는 이야기라고 할 수 있습니다. 만반의 준비 없이 갔다가는 이 세상이 소멸할 수도 있습니다."

"아닙니다. 일단 살펴보겠습니다. 놈들에 대해서 알아볼 것도 있으니까요."

"그럼 다녀오십시오. 그동안 놈들의 움직임에 대해 상세히 알아놓도록 하겠습니다."

"그럼, 부탁드립니다."

두영은 스티브에게 부탁을 한 후 곧장 메우와 함께 에어리어51을 향해 떠났다.

밖으로 나온 두영은 듀크에게 부탁해 곧장 에어리어51 근처로 워프해 갔다. 혈탑이 있는 곳이 바라보이는 곳에 도착한 두영은 자신이 에어리어51에 가 있는 동안 스티브드의 안전하게 지키도록 듀크에게 부탁하는 것도 잊지 않았다.

"대단하군요, 주군!"

거대한 사막 위에 붉은 회오리가 한자리에서 휘돌고 있는 모습을 보며 메우가 감탄성을 터뜨렸다.

"그런 것 같아. 이 정도의 힘은 성지에서도 느껴보지 못한 건데 말이야."

정말이지, 엄청난 힘이었다.

죽어가는 사람들의 숫자만큼 혈탑의 힘이 늘어나는지 뻗어나오고 있는 기세가 장난이 아니었다.

'그냥은 들어가지 못할 것 같으니 나도 스피릿아머를 착용해야겠다.'

맨몸으로 들어갔다가는 거대한 힘에 휩쓸릴 것 같아 보이자 두영은 스피릿아머를 불렀다. 오렌의 의도에 의해 자신의 몸과 융합된 그랜드홀이었다.

검은색 갑옷 형태로 휩싸인 두영의 몸에서 강렬한 투기가 흘러나왔다.

전사가 전장에 들어서기 전에 전투를 위해 피워 올리는 강력한 투기였다.

'대단하다. 역시 주군이시다.'

두영이 뿌리는 투기 때문인지 혈탑을 중심으로 빨려들고 있는 붉은 기운이 빠르게 갈라지고 있었다.

자신이 가지고 있는 힘을 전부 개방한다면 가능한 일이었지만 이처럼 숨 쉬듯 간단하게는 불가능한 일이었기에 메우는 감탄한 표정으로 자신의 주군을 바라보았다.

"메우 형, 준비해. 조심하고."

"걱정하지 마십시오."

"그럼 가자고."

팟!

두영은 손에 솟아나듯 제혼이 모습을 드러냈다. 메우 또한 등 뒤에서 자신의 무기를 꺼냈다. 양쪽에 날카로운 날이 있는 무기였다.

'라본에서 본 것과 같구나.'

스르릉!

양쪽에 날이 달린 금강저의 중간 부분이 늘어나며 커다란 창으로 변했다.

붉은색의 생체기갑병기에 검은색의 묵창을 든 메우의 모습은 상당히 위압적으로 보였다.

"내가 먼저 앞장서서 갈 테니까 메우 형은 내 뒤를 따라와."

"주군, 제가 먼저 가겠습니다."

"아니야. 메우 형이 지금 몰아치고 있는 기운을 뚫고 가면 도착하기도 전에 지쳐 쓰러질 거야. 나에게는 아무것도 아니니까 그냥 뒤를 따라오는 것이 좋을 것 같아. 형 실력은 혈탑에서 보자고."

"알았습니다."

두영의 이야기가 맞는 소리였다. 지금도 상당한 압박을 느끼고 있는데 안으로 들어가면 갈수록 더할 것이 분명했다.

안으로 들어가기도 전에 지쳐 쓰러진다면 삼묘족의 전사로서 수치스러운 일이었다.

두영은 앞장서서 천천히 걸어갔다. 두영의 발걸음을 따라 붉은 기운이 갈 길을 잃고 죽죽 갈라졌다.

혈탑이 뿌리는 기운을 뚫고 한참을 걸어가자 거대한 구조물들이 보였다. 역삼각형으로 된 탑을 가운데 두고 빙 둘러 투명한 일곱 개의 기이한 구조물들이 서 있었다.

'내가 심상으로 보았던 혈탑의 모습과는 다르구나.'

태양의 아들들을 처음 보았던 곳에서 심상으로 전해졌던 혈탑과는 완전히 달랐다.

'종족마다 형태가 다른 혈탑을 만든 것인가?

사막의 지하에서 보았던 것도 그렇고, 마틴과 세운이 만들어낸 혈탑도 다른 모양인 것을 보면 각 종족마다 모양이 다른 혈탑을 만든 것이 분명했다.

'메우 형, 이제부터 조심해. 주위에 기척이 느껴지니까.'

'알겠습니다, 주군.'

혈탑 주변으로 상당수의 기척이 느껴졌다. 하나같이 꽤나 강력한 힘을 소유한 자들이었다.

'알파요원들인가?

숨어 있는 기척 중 하나가 흘리는 기운은 두영의 기억에 있는 것이었다.

태양의 전사들이 운용하는 기간트와 전투를 벌였던 자드카엘의 기운을 두영이 기억해 낸 것이다.

'알파요원들이 이 근처에 있는 것을 보면 혈탑 안으로 들어가지 못했다는 이야기인데… 어째서지? 피의 제전이 시작되면 저들도 필요할 텐데.'

혈탑의 목적은 권능을 끌어 모으는 것이다. 그리고 그 힘을 흡수해 새로운 존재로 거듭나는 것이다.

칠대부족은 고신들을 제치고 신의 권좌를 자치하기 위해, 삼묘족의 배신자들은 신을 응징하기 위해, 그리고 고신이라 불리는 칠인위원회는 창조주가 될 수 있는 힘을 모으기 위해 만들어진 것이다.

그렇다면 권능의 힘을 가지고 있는 이들을 반드시 혈탑 안으로 끌어들여야 한다.

알파요원들을 이렇게 들어가지 못하게 했다는 것은 혈탑이 폭주했다는 것만으로는 설명이 되지 않았다. 무엇인가 다른 이유가 있는 것이 분명했다.

두영이 생각에 잠겨 있는 사이 두 사람 앞으로 누군가 나타났다. 알파요원들의 수장인 시파엘이었다.

"네놈들은 누구냐?"

시파엘은 혈탑의 바로 앞까지 뚫고 온 두영을 바라보며 살기 어린 목소리로 물었다.

자신들이 착용하고 있는 키메라슈트와 같은 생체기갑병기를 착용하고 있는 두영과 메우에게 경계심을 느낀 것이다.

"네오클래스의 알파요원들인가 보군."

"우리를 알고 있다니 예사 놈은 아니로구나. 다른 부족에서 보낸 놈들은 아닌 것 같고…….”

혈탑의 힘이 부르고 있다면 다른 부족이 여기에 올 리는 없었다. 피의 제전이 부르는 소리를 거부할 수 없기에 혈탑에 들거나 근처에 있는 것이 정상이었다.

“네놈들은!!”

사피엘이 긴장한 모습으로 살기를 뿜어내기 시작했다. 두영과 메우가 고신들이 보낸 자들이라는 생각이 들었기 때문이다.

사방에서 살기가 일어났다. 사피엘의 살기를 느낀 알파요원들이 일제히 자신의 힘을 개방한 것이다.

능력자들이 뿌리는 살기가 두영과 메우에게 집중했다. 강렬한 기운의 파장이 포위하듯 두 사람을 둘러쌌다.

“후후후, 드디어 나타나신 건가, 고신의 후예여?”

“고신이라니 웃긴 이야기로군.”

“부정하는 것인가?”

“알아서 생각해라.”

“오랫동안 기다려 왔다. 이 세계에서 쫓겨나며 돌아온다는 말을 남길 때부터 말이다.”

스르릉!

살기와 함께 사피엘의 손에 검이 쥐어졌다. 그리고 그가 착용하고 있는 키메라슈트로부터 혈탑의 기운보다 더 붉어 보이는 핏빛 기운이 흘러나오기 시작했다.

듀크의 보고로 알파요원들이 입고 있는 마법과 뱀파이어의 혈정으로 만들어진 것이었다.

뱀파이어의 혈정으로 만들어져서 그런지 혈기가 짙었다. 마치 진한 피비린내를 맡는 것 같은 기분이었다.

'이들과 테밸릿 행성인들과는 무슨 관계인 거지?'

로페즈와 한번 상대해 봤던 두영은 네오클래스와 블랙 파이브라 불리는 다크프리즘을 사용하는 자들과 관계가 있음을 확신할 수 있었다.

'놈들이 어떤 관계인지는 나중에 알아보기로 하고, 지금은 싸움에 집중하자.'

일촉즉발의 상황이었다. 다른 것을 생각할 시간이 없었다.

스스스!

전투가 개시될 것이라는 생각이 일자마자 두영의 몸이 흐릿하게 사라졌다. 죽음의 천사라 일컬어지던 미래 시대의 전투 기술이 발휘된 것이다.

아무런 기척도 없이 사라진 두영의 모습에 사피엘은 당황한 듯 주변을 살폈다. 포위하고 있던 알파요원들도 마찬가지였다.

완벽하게 기척을 감춘 탓에 아무런 기운도 감지하지 못한 때문이다.

전투의 달인이라 자부하던 자신들의 이목을 완벽히 속인 두영으로 인해 경각심을 가진 알파요원들의 기세가 한층 더 강해졌다.

서걱!

무엇인가 갈라지는 듯한 소리가 들려왔다.

고개를 돌린 사피엘은 뒤쪽에서 포위망을 구축하고 있던 수하 하나가 목이 잘린 채 쓰러지는 모습을 볼 수 있었다. 그와 함께 빠르게 사라지는 기척도 느껴졌다.

찰나에 불과한 순간이지만 사피엘은 분명히 두영의 기척을 느꼈다.

'대단한 놈이다. 하지만 공격을 하는 순간 기척을 드러내니 그때를 노리면 된다.'

전투가 개시되면 모든 생각이 하나로 이어지기에 사피엘의 생각은 자연스럽게 알파요원들에게 전해졌다.

서걱!

쾅!

또 한 명의 목이 잘리자마자 옆에 있던 알파요원의 검이 두영이 흘린 기척을 쫓았고, 타격을 가했는지 강렬한 폭발음이 터졌다.

'아직 포위망을 빠져나가지 못했다.'

콰직!

두영이 포위망을 빠져나가지 못했다고 확신하는 순간 섬뜩한 소리가 귓전을 울렸다.

메우가 내지른 금강저의 날이 알파요원의 가슴을 꿰뚫고 있었다.

'이런!! 이놈들은 키메라슈트의 약점을 알고 있는 놈들이다.'

키메라슈트를 착용하면 극단의 회복력을 가지게 된다. 그 어떤 상처라도 찰나에 회복된다.

하지만 단 두 가지! 목이 잘리거나 심장이 파괴되면 회복력이 작용하기 전에 소멸되어 버리고 마는 단점을 가지고 있었다.

목을 자르거나 심장을 꿰뚫는 것은 보기보다 어려운 공격이다.

특히나 알파요원같이 특수한 능력을 가진 이들에게 그렇게 죽이는 것은 극도의 위험을 각오하지 않고는 실행할 수 없는 일이었기에 의도적이라고 생각할 수밖에 없었다.

"어서 금제를 풀어라. 지금 이 상태로는 상대할 수 없는 놈들이다."

다급한 마음에 사피엘이 소리를 질렀다.

피의 제전에서 사용하기 위해 금제해 놓았던 것을 풀지 않으면 몰살을 당할 수도 있기에 사피엘은 명령을 내릴 수밖에 없었다.

스아아아!

형체를 가지고 있던 알파요원들의 모습이 혈탑에서 뿜어지는 붉은 기운과 동화되어 공기 중으로 사라지고 있었다.

아니, 사라지는 것이 아니었다. 동화된 기운들이 사피엘을 중심으로 뭉치고 있었다.

알파요원들은 자신들이 가진 힘을 하나로 합쳐 새로운 모습으로 거듭나고 있었다.

거대한 그림자가 혈탑 근처에 생겨났다. 사피엘의 몸집이 십여 미터가 넘게 커졌다.

휘익!

사피엘은 몸집이 커지자마자 거대한 검을 휘둘렀다.

쾅!

거대한 검은 땅을 후려쳤고, 거대한 폭발음과 함께 사방이 진동했다.

검이 내려친 자리에서 멀리 벗어나지 않는 곳에 두영의 모습이 드러났다.

사피엘이 내려친 단면적은 얼마 되지 않았지만 검 주위에 흐르는 기운이 일대를 덮은 탓에 충격을 입은 두영이 어쩔 수 없이 모습을 드러낸 것이다.

"후후후, 대단하다는 것을 인정하지만 너희 두 놈은 이제 사라져 주어야겠다."

사피엘의 목소리가 웅웅거리며 사방으로 퍼져 나갔다.

권능의 힘이 담긴 서피엘의 언령은 날카롭게 두영과 메우의 의식을 파고들었다.

'크으! 대단하다. 이것이 권능이 합쳐진 힘인가?

의식을 흩어놓고 피를 차갑게 만드는 힘이었다. 자신도 모르는 사이에 투지가 떨어지고 알 수 없는 공포가 스멀거리며 밀려왔다.

'이런! 메우 형이 위험하다.'

정신을 차린 두영은 사피엘이 발한 언령으로 인해 몸을 떨고 있는 메우를 볼 수 있었다. 이대로 두었다가는 정신적인 타격으로 인해 목숨이 위험할 수도 있었다.

'메우 형! 어서 피해!'

두영은 삼천기를 실어 메우에게 전음을 보냈다.

언령의 힘으로 잠식되어 가던 메우의 의식이 빠르게 돌아왔
다.

'주, 주군!'

'내가 상대할 테니까 어서 피해. 여기에 있다가는 죽어.'

'죄송합니다.'

자신이 있으면 두영이 마음 놓고 싸울 수 없다는 것을 인지
한 메우가 몸을 피하려 했다.

휘이익!

쾅!

메우를 향해 사피엘의 검이 움직였지만 두영이 제혼을 던져
검의 진로를 비틀었다.

"으아악!"

검이 주는 압력에 튕겨진 메우가 비명을 지르며 멀리 날아
갔다.

"이 새끼!"

메우가 당하는 모습을 본 두영은 눈이 뒤집혔다. 친형제처
럼 생각하는 메우였기에 두영의 분노는 극에 달했다.

부아앙!

지금까지와는 달리 두영의 몸에서 폭풍처럼 기운이 휘몰아
치며 혈탑의 기운을 밀어냈다.

"너 이 새끼! 죽었다고 복창해라!"

팟!

두영은 신형을 빠르게 움직여 메우가 떨어뜨린 창을 집어

들었다.

제혼으로는 사피엘을 죽이는 것이 불가능하다는 판단에 상대적으로 크기가 큰 무기를 집어든 것이다.

치지지직!

금강저를 드는 것과 동시에 검은 뇌전이 두영의 몸에서 흘러나왔다. 두영이 일부러 의도하지 않았음에도 알아서 튀어나온 것이었다.

검은 뇌전은 두영이 들고 있는 금강저와 크기만 다를 뿐 같은 모양을 하고 있었다.

갑작스러운 형상에 깜짝 놀라 검은 뇌전을 바라본 두영은 그 안에서 오래전 한 번 보았던 형상을 볼 수 있었다.

'저건 라본행성에서 보았던 바로 그것이다.'

라본행성의 알 수 없는 유적에서 자신이 챙겨 넣었던 금강저가 이런 형태로 나탈날 줄은 미처 몰랐던 두영은 잠시 멍하니 있었다.

휘이익!

두영의 머뭇거림을 놓칠 사피엘이 아니었다. 거대한 검이 두영을 향해 날아왔다.

음차원의 마나를 간직한 사피엘의 검은 이미 검으로서의 역할을 벗어났다. 거대한 에너지 덩어리가 응축된 그의 검은 권능을 간직한 파괴의 손짓이었다.

쾅!

거대한 폭발음이 대지를 흔들었다.

혈탑에서 뿜어내는 붉은 기운과 세상에서 흘러들어 오는 권능의 힘이 맞부딪쳐 발생한 회오리가 일순 정지했다.

"어?"

단번에 소멸시킬 수 있을 것이라 기대했던 사피엘은 자신의 검을 막고 있는 창을 볼 수 있었다. 수하의 심장을 후벼 팠던 양날의 창이 자신의 검을 막고 있었다.

치지지지!

검은 번개가 창으로 따라 흐르고 있었다.

아니, 창에서 흐르는 번개가 사피엘의 검신에 흐르는 음차원의 마나를 붙들고 있었다.

인간이라면 도저히 있을 수 없는 일이었다.

"고신의 힘인가?"

웅웅거리는 사피엘의 목소리가 장내에 퍼졌다.

"지랄은! 고신의 힘이라니! 차앗!"

두영은 욕설을 내뱉으며 양날의 창인 금강저를 휘둘려 사피엘의 검을 뿌리쳤다.

팟!

두영의 신형이 뒤로 튕기듯 물러나며 허공으로 떠올랐다.

휘리리!

우우우웅!

금강저가 원을 그리며 휘도는 사이로 대기를 휘감고 강력한 기운을 발산했다.

"받아라! 차앗!"

두영이 사피엘을 향해 금강저를 휘둘렀다.

삼천기가 흘러든 유형의 기운어 사피엘을 향해 빠른 속도로 날아갔다.

콰! 콰콰쾅!

창이 휘돌 때마다 유형화된 기운이 총알이 쏘아지듯 사피엘을 향해 몰아치며 거대한 폭발을 만들었다.

숨 쉴 사이 없이 몰아치는 두영의 공격은 한 방향에서만 진행된 것이 아니었다. 빠른 속도로 사피엘의 주변을 돌며 무차별 난사가 이루어졌다.

사피엘도 방어만 하지 않았다. 공격이 최선의 방어라고 생각하는 듯 그의 검에서도 유형화된 기운이 두영을 몰아쳤다.

콰콰쾅! 콰쾅!

두 사람의 공격이 허공에서 부딪치며 퍼져 가는 파장으로 인해 거리가 점점 벌어졌다.

하지만 벌어진 만큼 두 사람이 뿜어내는 기운의 크기는 점점 더 커져 갔다.

거대한 크기의 사피엘과 두영이 벌이는 사투는 무척이나 살벌했다. 둘 다 공격 일변도로 상대를 쓰러뜨리려 했기에 심각한 내상을 입고 있었다.

생체병기인 스피릿아머를 착용하고 있는 두영도 그렇고, 수하들과 융합된 사피엘의 입가에는 내상으로 인해 흘러나온 피가 선명히 보였다.

콰콰쾅!

"차앗!"

"이얍!"

기합성과 함께 최후의 일격을 가하기 위해 멀어졌던 두 사람이 동시에 상대를 향해 날았다.

붉은 기운이 사피엘의 전신을 감싸고 두영의 전신도 검은 번개가 감싸고 있었다.

쾅!

힘과 힘이 부딪쳤다. 권능과 권능이 부딪쳤다. 폭발의 여파로 발생한 거대한 뭉게구름이 피어오르고 주변에 흐르는 붉은 혈기들이 사라져 버렸다.

뭉게구름이 가라앉고 사피엘의 모습이 보이기 시작했다. 검을 바닥에 꽂고 한쪽 무릎을 꿇은 사피엘은 보통 인간의 모습으로 돌아와 있었다.

사피엘뿐만이 아니었다. 자드키엘을 비롯해 그의 수하들이 여기저기 땅바닥에 나뒹굴고 있었다. 정신을 잃은 듯 가는 숨을 쉬고 있었다.

"컥!"

사피엘이 심각한 내상을 입은 듯 토혈을 했다. 붉게 흘러내리는 자신의 피를 바라보는 사피엘의 눈동자가 빠르게 장내를 훑었다.

"크윽! 이긴 건가?"

치열하게 공방을 벌이던 두영의 모습이 보이지 않자 사피엘은 안도할 수 있었다.

“이기긴 누가 이겼다고, 개새끼!”

분노에 찬 목소리에 사피엘은 고개를 들었다.

치지지직!

거대한 검은 번개가 구체를 이루며 허공에 떠 있었다.

“제기랄!”

에너지가 집중되며 거대한 흐름을 만들어가고 있었다.

마지막 수단인 융합체가 풀린 이상 감당하기 힘든 에너지 덩어리였다.

우웅!

진동음과 함께 검은 번개로 이루어진 집채만 한 덩어리가 수축하기 시작했다. 빠르게 응축하기 시작한 검은 번개는 이내 주먹만 한 크기로 변했다.

‘저것에 맞으면 소멸하고 만다.’

사피엘은 심각한 위기의식을 느꼈다.

축소된 에너지 덩어리에서 느껴지는 힘은 이미 신의 권능에 필적할 만한 힘을 포함하고 있었기 때문이다.

번쩍!

사피엘이 몸을 피하려는 순간 검은 번개에서 하얀 섬광이 뻗어 나왔다.

픽!

사피엘의 이마에 상처가 생겼다.

흑요기가 주가 된 삼천기의 정화인 검은 번개가 키메라슈트를 뚫고 사피엘의 뇌를 부숴 버렸다.

"크으으윽!"

뇌가 부서졌지만 사피엘은 죽지 않았다. 불사의 힘을 간직한 키메라슈트 때문이다.

하지만 그것도 잠깐!

푹!

어느새 지상으로 내려온 두영이 금강저로 사피엘의 심장을 꿰뚫었다.

휘이익!

서격!

심장을 꿰뚫은 금강저를 잡아뺀 두영은 날을 휘둘러 사피엘의 목을 베었다.

턱!

데구루루!

믿지 못하겠다는 듯 두 눈을 크게 뜬 사피엘의 머리가 바닥에 떨어져 굴러갔다.

온 힘을 다한 듯 스피릿아머는 어느새 사라지고 없었다.

두영은 자신을 보는 듯한 사피엘을 보았다.

"가만히 안 둔다고 했지… 커억!"

내상을 입은 상태에서 무리한 공격을 했던 두영이 피를 토하며 바닥에 주저앉았다.

CHAPTER 07
혈탑이 완성되다

TIME SLICE
타임 슬라이스

"후후후!"

회오리치는 혈탑 안에서 두영과 사피엘의 결전을 지켜보던 마트암의 흐뭇한 웃음소리가 흘러나왔다.

"그랜드홀이 드디어 이곳으로 왔군!"

두영이 착용하고 있는 스피릿아머가 그랜드홀의 변심임을 확인한 마트암이 신형을 돌렸다.

"어떻게 생각하나?"

마트암은 누군가에게 질문을 했다. 그가 질문한 사람은 네오클래스에서 혈탑을 맡고 있던 타론이었다.

타론의 모습은 예전과는 많이 달랐다. 사지가 잘린 채 피를 흘리며 바닥에 쓰러져 있었다.

사지가 없어지고 몸만 남은 형상이었지만 타론의 눈은 아직 살아 있었다.

"네 뜻대로 되지는 않을 것이다."

"그럴까? 우리의 바람대로 그랜드홀이 왔는데도?"

모든 것이 자신의 뜻대로 이루진 마당에도 고집을 꺾지 않는 타론을 바라보는 마트암의 눈에는 비웃음이 걸려 있었다.

"그랜드홀이 시간을 거슬러 왔다고 해도 변하지는 않을 것이다."

"아직도 어리석구나. 그 옛날 우리의 뜻을 저버리더니 이제 또다시 어리석은 선택을 하다니!"

"우리가 너희들을 믿고 따랐던 것이 잘못이다. 진즉에 너희들의 음모를 알았어야 하는데 알지 못했던 것이 천추의 한일 뿐이다. 삼묘의 피는 이제 사라지지만 그들이 너희를 영원히 소멸시킬 것이다."

"아직도 깨닫지 못하는군, 내가 누구인지."

"시간을 아무리 거슬러 올라왔다고 해도 너희들이 얻을 것은 아무것도 없을 것이다."

"후후후, 알고 있었군."

마트암은 삼묘족의 배신자들이 자신들의 정체에 대해 알고 있었음을 확인할 수 있었지만 표정에는 아무런 변화가 없었다.

당초에 세웠던 계획이 어긋나는 순간 자신들의 정체가 밝혀졌다는 것을 알았기 때문이다.

“물론이다. 헛된 야망을 가진 너희들의 정체를 우리 또한 알고 있었다.”

“후후후, 그놈들이 준비한 것을 믿는 것이냐? 우리에 의해 불려온 존재인 그놈들이 뭘 할 수 있다고!”

“크크크크!”

타론의 입에서 괴소가 흘러나왔다. 그것은 명백한 비웃음이었다.

“너희들도 조만간 노리개로 전락해 버린 그들의 분노가 어떤 것인지를 알게 될 것이다.”

“아직도 어리석군. 조금 전에 한 질문을 다시 해보지. 넌 내가 누구인지 알고 있나?”

마트암이 자신을 향해 다시 물었다.

타론은 갑자기 쓸데없는 질문을 하는 의도를 알 수 없어 침묵할 수밖에 없었다.

“아직도 알아차리지 못했군.”

스스스!

말이 끝나기가 무섭게 마트암의 모습이 변화하기 시작했다.

“너, 넌!!”

“이제야 알겠느냐? 처음부터 모든 것이 우리의 뜻이었음을 말이다. 크크크.”

“어, 어떻게?”

마트암의 변화된 모습에 타론은 경악할 수밖에 없었다. 자신이 본 것은 절대 있을 수 없는 일이었기 때문이다.

“이제 네놈의 피도 쓸모가 없게 됐으니 잘 가라. 이제 우리에 의해 새로운 세상이 열리게 될 테니 쓸데없는 걱정은 하지말고! 후후후!”

콰직!

“크아악!”

마트암은 웃으며 타론의 머리를 밟아 터뜨렸다. 피와 함께 뇌수가 흩어지며 바닥을 적셨다.

“크하하하하!”

광소와 함께 타론을 바라보는 마트암의 귀가 무척이나 길어 보였다.

“이제 혈탑이 완성되었으니 갈 때가 된 것인가? 밖에 있는 놈은 케루난이 잘해줄 테니 이젠 그곳으로 가야겠군.”

스스스!

마트암의 신형이 사라지듯 흩어졌다.

이제 시간이 다 됐음을 알았기에 자신과 함께 운명의 길을 걸어야 할 자들을 만나기 위해 떠난 것이다.

혈탑 안에서 타론의 죽음과 함께 마트암이 사라지고 있을 무렵, 두영은 내상을 회복하는 데 최선을 다했다.

알파요원들의 모든 힘이 집중된 사피엘의 공격에 상당한 내상을 입기는 했지만 삼천기 덕분에 상당 부분 회복할 수 있었다.

“무서운 공격이었다. 자칫 잘못했으면 내가 당할 뻔했다. 이제는 저 안에 들어가야 되는 건가?”

내상을 회복한 후 사피엘을 바라보는 두영의 심정은 착잡하기 그지없었다.

알파요원들의 힘을 확인한 후라 혈탑 안의 존재들이 얼마나 강할지 짐작조차 할 수 없었기 때문이다.

"일단 메우 형부터 찾아보자."

사피엘의 공격으로 멀리 튕겨져 나갔던 메우부터 찾았다.

생체기갑병기가 완전히 박살 난 채 메우는 한쪽 구석에 처박혀 있었다. 두영은 빠르게 달려가 메우의 상세를 살폈다.

"내상을 입은 것 같기는 하지만 무사하구나."

숨소리가 조금 불규칙했지만 죽지는 않을 것 같았다. 두영은 명문에 손을 올려놓고는 삼천기를 불어넣었다.

삼천기는 그 어떤 영약보다 삼묘족에게는 효과가 좋은 것이었다.

"으음!"

"정신이 들어?"

"어, 어떻게 됐습니까?"

"놈은 처리했어."

"다행입니다."

"그런데 이 몸으로 혈탑에 들어갈 수는 있겠어?"

"아무리 봐도 무리인 것 같습니다. 주군께 보탬이 되지 못해 죄송합니다."

메우의 몸은 만신창이였다. 생체기갑병기가 아니었다면 이미 죽은 목숨일 만큼 부상이 심해 보였다.

일단 듀크를 통해 메우를 안전한 곳으로 보내는 것이 나을 것 같았다.

'듀크, 메우 형을 워프시킬 수 있겠어?'

─아직까지는 가능할 겁니다. 안전하게 모시도록 할 테니 염려 마십시오. 곧바로 준비에 들어가겠습니다.

혈탑의 힘이 강해져 있었기에 어려울 것 같았는데 다행스러웠다.

"메우 형, 이 상태로는 힘드니까 스티브가 있는 곳으로 보내 줄게. 아까 그곳으로 가면 갈 수 있을 거야."

"죄송합니다."

함께해 주지 못해 미안한 듯 메우는 분한 표정을 지었다.

"미안해할 거 없어. 우리가 상대하는 자들은 이미 인간의 범주를 벗어난 자들이니까."

"그런데 정말 저 안으로 들어가시려는 겁니까?"

"그래. 들어가 봐야 할 것 같아. 구해야 할 사람들이 있으니까."

말려도 들을 것 같지 않았다. 그리고 방금 전에 적을 상대하는 것으로 봐서는 큰 문제가 없을 것 같기에 메우는 두영을 말리지 않았다.

"알겠습니다. 조심해서 다녀오십시오."

─주군, 준비가 끝났습니다.

워프 준비가 끝났음을 듀크가 알려왔다.

"메우 형, 지금 가면 될 거야. 곧바로 스티브가 있는 곳으로 갈 테니까 거기서 상황을 지켜봐 줘."

"알겠습니다."

자신이 전혀 도움이 되지 않을 것이라는 판단하에 메우는 몸을 일으켜 처음 도착한 곳을 향해 천천히 걸었다.

'어서 이 자리를 벗어나자. 자칫 주군께 폐가 될 수도 있으니까.'

천천히 걸어가는 메우의 모습을 보며 두영이 신형을 돌렸다.

"으음, 괜찮을지 모르겠다."

간신히 이기기는 했지만 몸 상태가 안 좋았다.

방금 전 처리한 사피엘이 가진 음차원의 마나는 전에 상대해 보았던 로페즈를 능가하고 있었다. 메우 앞에서는 아무렇지 않은 척했지만 두영은 약간의 내상을 입고 있었던 것이다.

"그래도 확인은 해야 한다. 저 안에 그녀들이 있을지도 모르니까."

안젤라와 써니, 그리고 성인의 생사를 확인해야 했기에 두영은 발걸음을 옮겼다.

두영이 혈탑으로 진입하는 것은 의외로 쉬웠다.

휘몰아치는 혈탑의 기운이 안으로 들어가려는 두영을 전혀 제지하지 않았기 때문이다.

'이상하다. 이럴 리가 없는데⋯⋯.'

사피엘과 싸울 때까지만 하더라도 강한 저항을 느꼈었다. 그런데 이제는 오히려 손님을 맞듯 부드럽기 그지없었다.

'누군가 조정하는 자가 있다.'

혈탑의 기운을 조정하고 있는 것이 틀림없었다. 그렇지 않으면 이렇게 변할 리가 없었다.

혈탑을 감싸고 있는 구조물을 지나자 거대한 모습의 혈탑이 보였다. 혈광을 발하며 반짝이는 혈탑의 모습은 마치 붉은 보석을 보는 것 같았다.

스으으으!

몸이 자신도 모르게 떠오르고 있었다. 부드러운 손길이 발바닥을 받치고는 밀어 올리는 것 같았다.

두영은 자신을 초대하는 혈탑의 손짓을 거부하지 않았다. 혈탑의 최상층부에 올라서자 진한 피비린내가 느껴졌다.

휘몰아치며 모여들고 있는 기운에서 느껴지는 피비린내와는 다른 종류였다.

'방금 전 이곳에서 누군가가 죽었다, 그것도 잔인하게.'

탁!

두영은 조심스럽게 발걸음을 내디뎠다. 붉은 기운이 갈라지며 두영을 맞았다.

'누구지?'

사지가 잘린 채 머리가 없는 시체를 볼 수 있었다. 붉은 피가 아직도 흘러내려 혈탑에 흡수되고 있었다.

"으음!"

피에 담긴 권능이 말해주고 있었다. 세운처럼 삼묘족의 권능이 담긴 피였다.

누군가 삼묘족을 배신한 자에게 혈탑을 만들게 한 뒤 잔인하게 죽여 버린 것이 분명했다.

두영은 조심스럽게 다가가 아직도 흘러내리고 있는 피에 손을 적셨다. 피에 담긴 권능의 힘을 읽기 위해서였다.

"으음! 역시 예상대로인가?"

피에 담긴 기억을 읽을 수 있었다. 오렌의 기억을 읽어 내리면서 얻게 된 권능 중 하나였다.

쓰러진 자는 타론으로 혈탑의 주인이자 네오클래스를 이끌고 있는 세 사람 중 하나였다.

있을 수 없는 일이지만 타론이 흘리는 피의 기억 속에 남아 있는 자의 모습은 두영이 예상한 대로였다.

"크크크, 드디어 올라온 것인가?"

기억을 읽어 내리던 두영은 등 뒤에서 흘러나오는 목소리에 천천히 일어서서 신형을 돌렸다.

"사자의 터널을 지배하는 케루난인가?"

"호오, 날 알고 있다니, 제법인데?"

마트암의 명령으로 그랜드홀의 주인을 기다리고 있던 케루난은 자신을 알고 있는 듯한 두영의 말에 솔직히 놀라지 않을 수 없었다.

"누구인지는 알고 있었지. 드워프 일족의 막후 지배자라는 것도. 그렇지 않나, 케루난 다이?"

사실 타론의 기억 속에 남아 있는 케루난의 정체는 두영으로서도 뜻밖이었다. 써니 가문의 막후 지배자이며 처음 타임슬라이스를 타고 지구로 온 드워프 일족의 수장이 바로 케루난이었던 것이다.

"크크크, 역시 그랜드홀의 주인답군. 내 진정한 정체도 알고 있다니 말이야."

마법무투술과 마법기계의 완성을 이룬 자였다. 생체기갑병기를 최초로 고안하고 세상에 현신시킨 자가 바로 케루난이었다.

쉽게 상대할 수 없는 자였지만 자신을 제거하기 위해 온 이상 용서하고 싶은 마음은 없었다.

하지만 그전에 써니의 행방을 알아야 했기에 두영은 애써 살심을 억눌렀다.

"당신의 후손인 여자가 있을 텐데 어떻게 했나?"

"후후후, 그 아이를 찾으러 온 것인가?"

"맞다."

"대단하군. 고작 그 아이 하나를 구하기 위해 혈탑으로 스스로 걸어 들어오다니. 아니지, 다른 일족의 아이들도 구하려고 한 것인가?"

"그렇다."

"후후후, 불가능하겠지만 날 쓰러뜨려라. 그러면 알 수 있을 것이다.

"그럼 곧바로 시작하지. 내가 급해서 말이야."

알파요원들의 합쳐진 힘을 상대하느라 부상을 입었음에도 거침이 없는 두영을 보며 케루난은 어이가 없었다.

"겁이 없는 아이로군."

스팟!

쾅!

케루난의 신형이 순간적으로 사라지며 두영의 가슴에 커다란 폭발이 일어났다.

콰콰쾅!

케루난은 순간적으로 일격을 가한 뒤에도 연이어 공격을 감행했다.

그랜드홀이 가지고 있는 힘이라면 처음 자신이 가한 공격에 그다지 상처를 입지 않았을 것이기에 회복할 여력을 주지 않기 위해서였다.

케루난의 이런 공격은 두영의 내상을 키우기 위한 공격이었다. 지속적인 내상의 축적은 자신이 염원하던 그랜드홀을 가질 수 있게 하는 지름길이었던 것이다.

콰쾅! 콰콰쾅!

대기를 일그러뜨리는 강력한 힘이 두영의 몸에 계속해서 작렬했다.

배리어를 펼쳐 방어하고 있지만 피할 여지를 주지 않는 연격에 두영은 케루난을 공격할 틈을 잡을 수 없었다.

'크으, 써니가 익힌 마법무투술은 아무것도 아니구나. 방심이 화를 부를 줄이야.'

드워프에게서 내려오는 마법무투술을 이미 알고 있었기에 내심 케루난과의 대결을 자신했던 두영은 자신이 실수했음을 깨달았다.

지금 케루난이 펼치고 있는 마법무투술은 차원을 달리하는 것이었다. 권격 하나하나가 사피엘에게서 뻗어 나오는 음차원의 마나를 능가하는 힘을 지니고 있었다.

거기다 반격할 틈을 주지 않고 있었기에 배리어를 친 채 계속해서 피할 수밖에 없었다.

'크으, 이건!'

계속해서 공격을 받으며 배리어로 막고 있던 두영은 몸이 이상하다는 것을 느꼈다. 처음에는 내상이 악화되는 것으로만 생각했는데 그것이 아니었다.

자신의 몸과 융합된 그랜드홀이 점점 이격되는 것을 느낄 수 있었다. 융합도가 떨어지며 자신의 신체와 분리되고 있는 중이었다.

케루난은 그랜드홀을 노리고 있는 것이었다. 그랜드홀을 분리시키고 있는 중이었던 것이다.

'제기랄, 어쩔 수 없다.'

이대로 있다가는 당할 수밖에 없음을 느낀 두영은 모험을 걸어보기로 했다.

자신의 가문, 아니, 오렌으로부터 전해진 아카식레코드를 활용하기로 한 것이다.

스피릿아머인 그랜드홀이 가지고 있는 힘을 전부 자각하지 못한 두영으로서는 어쩔 수 없는 선택이었다.

의식의 저편에 아카식레코드를 불러냈다. 그리고 그랜드홀과 접속을 시도했다.

'웅!'

변형된 마나를 이용해 그랜드홀을 두영으로부터 분리시켜 가던 케루난은 이상을 느낄 수 있었다.

조금씩 틈이 벌어지던 그랜드홀이 더 이상 움직이지 않고 있었던 것이다.

'이럴 리가 없다. 선택된 자가 아니면 그랜드홀의 진정한 힘을 얻을 수 없을 텐데……'

케루난은 다급해졌다.

진정한 힘이 깨어난다면 그랜드홀을 얻는다는 것은 불가능한 일이었기에 서두를 수밖에 없었다.

차차착!

케루난의 몸이 황갈색으로 변해가기 시작했다.

자신이 만들어낸 생체병기를 발동시켰기에 발생하는 현상이었다. 생체병기가 발동하자 혈탑 주변의 붉은 기운이 케루난의 정수리로 모여들기 시작했다.

케루난의 손끝에 붉은색의 기운이 모이기 시작했다.

도끼의 형상을 한 붉은 기운은 세상을 파멸시킬 것 같은 격한 기세를 뿜어내기 시작했다.

"이젠 끝이다."

케루난은 붉은 도끼를 내려찍었다.

콰지직!

두영의 몸을 방어하던 배리어가 부서지기 시작했다.

차원을 넘어서는 힘으로 인해 그랜드홀을 통해 만들어낸 배리어가 견디지를 못한 것이다.

퍽!

두영의 심장이 있는 부분에 혈광을 발하는 도끼가 틀어박혔다. 그와 함께 두영의 몸을 감싸고 있던 그랜드홀이 서서히 옅어지기 시작했다.

스피릿아머가 해체되며 두영이 나타나기 시작했다.

"크크크, 저항을 포기해라. 네놈의 몸에 깃들어 있던 그랜드홀은 이제 완전히 분리됐으니까."

케루난의 말이 맞는 듯 두영의 눈앞에 검은색의 홀이 생겨나기 시작했다.

융합이 해체된 그랜드홀이 본래의 모습을 찾고 있었던 것이다.

쾅!

그랜드홀이 원래의 모습을 드러내고 난 뒤 케루난이 그것을 잡으려는 순간 그의 가슴 부분에서 폭발음과 함께 검은 번개가 작렬했다.

"크윽!"

케루난이 신음을 흘리며 뒤로 튕겨져 나갔다.

"어떻게?"

아무런 전조도 느끼지 못한 상태에서 튀어나온 반격이라 케루난은 믿을 수 없다는 듯 두영을 바라보았다.

파지지직!

두영의 몸에서 검은 번개가 일어나고 있었다.

그와 함께 검은 광택으로 빛나는 것이 정수리로부터 빠져나오고 있었다.

"너, 넌!!"

주먹만 한 크기의 형상들을 보며 케루난의 신형이 떨고 있었다. 그는 조금 전까지와는 달리 공포에 질려 있었다.

검은 번개를 흘리며 새 모양을 한 형상이 날아올랐다.

케루난을 향해 날개를 활짝 펼친 새에게서는 천지를 무너뜨릴 듯한 강력한 힘이 흘러나오고 있었다.

카오오오!

새가 울기 시작했다. 그리고 점점 더 커지기 시작했다.

케루난은 천적을 만난 벌레처럼 꼼짝도 하지 못하고 있었다.

거대하게 변한 새는 날카로운 부리를 이용해 겁에 질려 꼼짝도 하지 못하는 케루난을 단번에 집어삼켰다.

"크아아아!"

고통에 찬 비명이 흘러나왔다. 억겁의 염화 속으로 떨어지는 것처럼 케루난의 비명은 처절하기 그지없었다.

거대한 새는 케루난을 집어삼키고는 곧장 하늘로 날아올랐다.

그와 함께 혈탑으로 들어오고 있는 붉은 기운이 검은 새에게로 끌려가기 시작했다.

"으아아악!"

뾰족한 비명이 메아리쳤다. 놀랍게도 혈탑에서 비명이 흘러나오고 있었다.

검은 새는 혈탑의 기운을 삼키고 있었다. 벌려진 부리 속으로 한없이 빨려들어 가고 있었다.

"으아악!

비명 소리는 점점 커져 갔다. 그와 함께 검은 새가 빨아들이는 붉은 기운의 양도 점점 더 늘어갔다.

혈탑에 감도는 붉은 기운이 점점 더 희미해져 갔다.

그와 더불어 검은 새의 모습도 변해가기 시작했다. 검은 새의 몸 주위로 붉은 화염이 나타나고 활활 타오르고 있었다.

죽어가는 사람들로부터 흡수되고 있던 권능의 힘을 검은 새가 모두 흡수한 것인지 어느새 혈탑으로 몰려들던 붉은 기운이 사리지고 없었다. 그리고 다시 볼 수 없었던 푸른 하늘이 나타났다.

털썩!

두영의 신형이 쓰러졌다.

쓰러져 있는 두영을 검은 새가 바라보았다.

카오오오!

화염으로 불타오르는 검은 새가 다시 한 번 괴성을 토해냈다. 그리고는 쏜살같이 두영을 향해 날아왔다.

날아오는 검은 새가 점점 작아지기 시작했다. 처음 두영의 몸에서 나왔을 때 정도의 크기로 변하는 순간 두영의 이마와 부딪쳤다.

팟!

화염으로 불타는 검은 새가 스며들 듯 두영의 이마 속으로 사라졌다. 두영의 주변을 맴돌던 그랜드홀도 어느새 사라지고 없었다.

"으으으!"

두영이 신음을 흘렸다.

아카식레코드에 접근한 후 그랜드홀과 합쳐진 이후 의식을 잃었다가 이제야 되찾은 것이다.

"어떻게 된 거지?"

정신을 차리고 눈을 뜨자 시야에 들어오는 푸른 창공을 바라보며 두영은 의아스러울 뿐이었다.

"케루난은?"

주변을 살펴봤지만 케루난의 모습은 보이지 않았다.

"어떻게 된 일인지 모르겠구나. 그랜드홀과 접속하려고 하다가 의식을 잃었는데 이렇게 변해 있다니, 그나저나 케루난은 소멸한 것 같은데……."

자신도 모르는 사이에 일어난 일이었지만 두영은 케루난이 소멸했다는 것을 알 수 있었다. 아카식레코드와 접속한 이후에 분명 커다란 변화가 일어난 것이 틀림없었다.

"그나저나 알몸인데 이를……."

그랜드홀로 이루어진 스피릿아머가 없어지고 난 뒤 자신이 알몸임을 자각하자 변화가 일어났다. 스피릿아머가 어느새 자신의 몸을 감싸고 있는 것이었다.

"도대체 무슨 일이 일어났기에 이렇게 변한 거지? 언뜻 새를 본 것 같기도 한데……."

도무 기억이 나지 않아 답답한 가운데 혈탑에 예상치 못한 변화가 일어났다.

타론의 시체가 있었던 바닥이 꿈틀거리며 뭔가가 솟아오르고 있었던 것이다.

"저 여자는?"

실오라기 하나 걸치지 않은 여자가 혈탑에서 솟아오르고 있었다. 반듯하게 누운 모습이 어딘지 민망해 보였지만 두영은 시선을 거둘 수 없었다.

여자의 심장 부분에 새겨진 작은 새의 문신이 조금 전 정신을 잃기 전 자신이 보았던 새의 모습과 한 치도 틀림이 없었기 때문이다.

"듀크!"

―말씀하십시오.

"어떻게 된 거지?"

―그곳에서 일어난 상황은 알 수 없습니다만, 주군께서 계신 곳에서는 더 이상 혈탑의 영향력이 없습니다.

"확실한 거야?"

―그렇습니다. 아무런 에너지 반응이 없습니다. 완전히 기능을 상실한 것 같습니다.

"알았어. 날 스티브가 있는 곳으로 옮겨줄 수 있나? 저 여자도 함께 말이야."

―가능합니다.

"좋아, 그러면 곧바로 옮겨줘."

―예, 주군.

팟!

두영과 혈탑에서 나온 여자가 동시에 사라졌다.

혈탑의 영향력이 사라진 지금 두 사람을 워프시키는 것은 듀크에게 아무런 일도 아니었다.

곧장 스티브의 아지트로 돌아온 두영은 걱정스러운 표정으로 자신을 맞이하는 사람들을 볼 수 있었다.

메우가 큰 부상을 입고 돌아온 탓에 걱정을 많이 한 모양이었다.

"괜찮으신 겁니까?"

"괜찮습니다. 메우 형은요?"

"지금 안정을 취하고 있습니다. 그런데 그 여자는?"

"혈탑에 있던 여자입니다. 옷이 있으면 가져다주십시오."

"칼마, 써니의 방을 보면 입을 만한 옷이 있을 거다. 그리고 그것도 가지고 오너라."

"예!"

스티브의 말에 칼마가 나는 듯이 달려 옷과 함께 가방을 들고 왔다.

"넌 이 여자 분에게 옷을 입혀주도록 해라. 그리고 보스는 저를 잠깐 보셨으면 합니다."

"알았습니다."

심각해 보이는 안색에 두영은 칼마에게 여자를 넘기고는 스티브를 따라나섰다.

자신의 실험실로 들어온 스티브는 가방을 열며 두영에게 말을 건넸다.

"전에 주신 자료들에 대한 해석이 끝났습니다. 그런데 이상한 점이 한두 가지가 아닙니다."

"무슨 말씀입니까?"

"그러니까 고신들이라는 존재는 아무래도 미래에서 온 존재들인 것 같습니다."

"으음!"

고신들이 미래에서 온 칠인위원회라는 것은 모르겠지만 스티브는 자신이 준 자료들을 가지고 거의 사실에 가깝게 유추해 낸 것이 분명했다.

"저를 포함해 그리고 칠대부족은 이 지구에 존재하던 이들도 아닌 것 같고 말입니다."

"어째서 그런 생각을 하신 겁니까?"

"언제인가 아버님으로부터 반드시 고향으로 돌아가야 한다는 이야기를 들은 적이 있습니다. 푸른 달이 선명한 고향으로 말입니다. 워낙 어렸을 때 들은 이야기라 그냥 그렇게 잊어버린 이야기였습니다만 이제 와 생각해 보니 가문 사람들이 지구인이 아니라는 것을 알겠더군요. 가문의 사람들은 워낙 오래전에 이곳에 온 탓에 이곳이 고향이라고 생각하고 있었겠지만 가문의 가주들만은 우리가 지구인이 아니라는 것을 알았던 것 같습니다. 아마도 우리가 이곳에 온 것에는 고신들이라 불리는 미래에서 온 존재들의 힘이 작용한 것 같습니다. 기록들이 모두 그렇게 말하더군요. 어떻습니까? 아마도 보스께서는 알고 있지 않을까 싶으신데……."

거의 정확한 사실이었기에 두영은 스티브의 질문에 대답을 할 수가 없었다.

"제가 추측한 것이 맞는 것 같군요. 그럼 이 책을 한번 보십시오. 보스께서 혈탑으로 떠나 신 직후에 찾아낸 것이 있습니다."

스티브는 전에 두영이 주었던 마법 책을 가방에서 꺼내 건네주었다.

"겉표지를 보시면 됩니다."

책의 겉표지를 감싸고 있는 안감이 예리한 칼로 잘라져 있었고, 그 안에는 누군가가 쓴 듯한 알 수 없는 글이 적혀 있었다.

"그 문자들은 가문의 사람들만 쓰는 글자들입니다. 여기 해석한 것이 있으니 읽어보십시오."

두영은 스티브가 건네는 종이를 받아 들고 해석한 내용을 읽기 시작했다.

시간을 거슬러 온 자들이 고향을 등지게 만들었다. 그들은 우리가 가진 힘을 원하고 있는 것이 분명하다.

어떻게 그런 자들이 존재하는지는 모르겠지만 부족을 살리기 위해서는 선택을 해야 한다. 그들에 대항해 맞설 것인지 아니면 전사들의 피를 그들에게 줄 것인지 말이다.

"그 밑의 것은 시간이 좀 흐른 후에 쓰인 것입니다."

스티브의 말대로 몇 칸을 건너뛰어 다시 해석된 글이 있었다. 칸을 건너뛴 것은 쓰인 시간대 별로 구분하기 위해서인 것 같았다.

우리 말고 다른 종족도 있었다. 그들 또한 이곳이 고향이 아닌 자들이었다. 놈들이 이곳으로 불러들인 존재들은 우리뿐만이 아니었던 것이다. 차원을 넘나들고 시간을 거슬러 오르는 자들이 진정으로 무엇을 하려는지 정말 모르겠다. 우리를 실험체로 쓰려는 것인지 아니면 원하는 것이 있어서 불러 온 것인지 정말 모르겠다.

글은 또 몇 칸을 건너뛰어 이어져 있었다.

그들이 왔다. 원래부터 이 땅에 존재하던 이들이다. 세 마리 고양이의 수호를 받는 존재들이다. 그들도 시간을 거슬러 온 존재들을 알고 있었다. 하지만 신이라 부르는 것을 보면 완전히는 알고 있지 못한 것 같다. 그들이 자신들의 신을 제거하자는 제안을 해왔다. 거절할 이유가 없다. 그들이 제안한 방법이라면 시간을 거슬러 온 자들을 제거할 수도 있을 테니 말이다.

오늘이다. 모든 준비는 끝났다. 고향에 돌아갈 수 있을지는 모르겠지만 우리를 농락했던 자들을 처단할 순 있을 것이다.

오늘 따라 고향의 푸른 달이 너무 보고 싶다. 어머니의 눈처럼 언제나 포근하던 푸른 달이…….

　한눈에 봐도 고대에 있었던 일을 기록한 것이었다.
　겉표지에 스며 있는 기운으로 볼 때 오랜 세월 동안 마법으로 보호되던 것이 틀림없었다.
　기록되어 있는 것으로 볼 때 드워프의 피를 이은 이들이 알고 있었다면 다른 종족들도 충분히 알고 있었을 확률이 높았다.
　타임 슬라이스에 의해 이곳으로 넘어오게 된 칠대부족의 수장들도 칠인위원회의 존재에 대해 어렴풋이나마 알고 있었던 것을 보면 그들도 나름대로 대비를 했을 것이 분명하다.
　'그럼 케루난은 어떻게 된 거지?'
　분명 혈탑에서 만난 자는 드워프의 수장이었던 자가 틀림없었다.
　'기록대로라면 이것을 남긴 자는 케루난이 틀림없는 것 같은데, 칠인위원회가 노리는 것이 무엇인지 모르겠구나.'
　혈탑을 만든 것이 칠인위원회인지 아니면 칠대부족인지 정확히 알 수 없었다.
　혈탑에 나타난 케루난과 그가 남긴 기록을 보면 비밀이 숨어 있을 것이 분명했기에 두영은 머리가 아파왔다.
　'찾아내야 한다. 칠인위원회는 분명 존재한다. 그들이 어떤 형태로 존재할지는 모르지만 지금 지구에 있는 것이 분명하다. 그렇다면 혹시 그런 것이 아닐까? 타론의 기억 속에 남은

마트암이란 자는 분명 엘프의 모습이었으니까.'

타론의 기억 속에 있는 엘프는 두영이 아리안에서도 본 적이 없는 자였다.

오렌의 기억으로라면 타임 슬라이스를 타고 시간을 넘나들던 칠인위원회는 육체를 가지지 못한 정신체였다.

그렇다면 첫 번째 피의 제전이 일어난 당시 고신들을 없애기 위해 떠났던 칠대부족 권능자들이 살아온 것이 이해가 되었다.

고신이라 불리는 칠인위원회가 권능자들의 육체를 약탈했다면 설명이 가능한 상황이었다.

'분명할 것이다. 스승님의 뜻에 의해 반기를 들었다면 결코 용서할 리도 없고, 사라져 버린 스승님을 찾아내려면 칠대부족 속에 숨는 것이 최선의 선택이었을 테니까.'

적의 윤곽어 분명해지자 지금 일어나고 있는 상황도 설명이 되었다. 스피릿아머를 가진 부족에서 일어난 상황도 충분히 짐작이 갔다.

모두 내부의 배신자로 인해 벌어진 상황이었고, 결속력이 그 누구보다도 단단한 칠대부족이고 보면 칠인위원회가 숨어서 조장하지 않는 한 일어나지 않을 일이었던 것이다.

"미래에서 시간을 거슬러 온 자들로 인해 벌어진 일이 맞습니다."

"역시 제 짐작이 맞았군요. 하지만 시간을 역행하는 것은 인과율에 정면으로 위배되는 일이라 불가능할 텐데 어떻게 가능했는지 모르겠군요."

두영의 확답에 스티브가 의문이 든 듯했다.

"타임 슬라이스라는 것이 있습니다. 그것은 행성에너지를 이용해 만들어진 것이지요. 그러니까……."

두영은 오렌으로부터 알아낸 내용을 전부 이야기해 주었다. 미래의 칠인위원회가 벌인 일과 지금 일어나고 있는 상황에 대해 자신이 생각하고 있는 바를 전부 말해주었다.

스티브가 알면 충격을 받을 수도 있기에 케루난에 대해서는 언급을 하지 않았다.

하지만 미래로부터 거슬러 온 칠인위원회의 정신체들이 칠대부족 사이에 숨어 지금까지 존재해 왔다는 것도 말해주었다.

"미친놈들이군요. 신이 되려는 것도 그렇고, 자신의 목적을 위해서 수많은 사람을 제물로 바치는 것도 그렇고 말입니다. 차라리 악마라고 해야겠습니다."

스티브가 치를 떨었다. 그로서도 인류의 대부분을 제물로 이용한 칠인위원회에 대해서는 이가 갈리는 모양이었다.

"막아야 할 겁니다. 다행히 에어리어51에 있는 혈탑은 막았습니다만 다른 것들이 문제입니다. 혈탑의 주재자가 아님에도 제가 죽을 뻔했으니까요."

"큰일이군요. 그럼 앞으로 어떻게 할 생각이십니까? 놈들을 막아내지 못하면 인류가 멸망하고 말 텐데 말입니다."

"한 축은 무너뜨려 놨으니 시간이 있을 것 같지만 아무래도 혈탑을 이용해 권능의 힘을 모으는 것만이 저들의 목적이 아닌 것 같아 걱정입니다."

"권능의 힘을 모으는 것이 목적이 아니라는 말씀입니까?"

"그렇습니다. 그들은 그랜드홀을 노리고 있습니다. 혈탑으로 얻는 권능의 힘이라면 충분히 자신들이 원하는 것을 얻을 수 있을 텐데 말입니다. 어째서일까요?"

"뭔가 다른 것이 있는 겁니까?"

"그런 것 같습니다. 태국 국경에 만들어진 혈탑에서 마틴 회장을 만났을 때 그가 한 말이 마음에 걸립니다. 그는 분명 고신과의 대결로 이 세계를 떠나 자신의 차원으로 돌아갔다고 했으니까요. 그의 말을 비추어보면 고신이라 불리던 그들은 타임 슬라이스에 갇혀 이 세계를 떠났던 것이 아닌 것 같습니다. 적어도 몇은 남아 있었던 것이 분명합니다."

"당시는 모든 부족이 다 돌아왔다고 전해지는데 그것이 아니라면……."

"그렇습니다. 어쩌면 그들은 전부 이곳에 남아 있었을 가능성이 높습니다. 칠대부족이라는 이름을 빌려서 말입니다."

"그것이 가능한 일입니까?"

"혈탑이 만들어지기 이전에 스승님은 놈들의 행적을 쫓아 정신체로 시간을 거슬러 온 상태였습니다. 놈들이 힘을 얻으려 한다는 것을 아시고 삼묘족을 이용해 혈탑을 만들어 놈들을 제거하려 하셨죠. 하지만 그들은 그것이 스승님의 계획하에 이루어진 일이라는 것을 알고 있었을 겁니다."

"알고 있었단 말입니까?"

"그렇습니다. 타임 슬라이스를 제일 처음 이용한 자들이 그들입니다. 타임 슬라이스가 움직였다는 것을 그들이 모를 리가 없지요. 아니, 어쩌면 제가 스승으로 모신 오렌님을 통해 나머지 두 개의 유진을 얻기 위해서 일부러 타임 슬라이스를 보냈을 수도 있습니다. 시간대를 거슬러 오자마자 자신들이 계획한 일이 잘못되었다는 것을 알았을 가능성이 매우 높습니다. 그래서 이 모든 것을 계획했을 겁니다."

"어떻게 그럴 수가!!"

"아마도 나머지 두 개의 스피릿아머를 불러들이기 위해서였을 겁니다. 처음 그들은 이곳에 온 후 자신들이 가지고 온 유산만으로는 창조신의 권능을 얻을 수 없다는 것을 알았을 겁니다. 창조신이 남긴 차원의 유물은 모두 아홉 개였으니 그것이 전부 모여야 창조의 힘을 얻을 수 있다는 사실을 알았을 테지요. 놈들은 제일 먼저 스승님을 통해 하나를 불러들이려 했을 겁니다. 그들의 의도는 성공했습니다. 하지만 스승님은 자신이 가지고 온 유산으로 그들을 제거할 수 없다는 것을 알았습니다. 혈탑을 만드는 데 사용했지만 실패했으니 말입니다. 스승님은 천재적인 머리로 다시 한 번 다른 유산을 불러들였습니다. 바로 제가 가지고 있는 그랜드홀을 말이죠. 그런데 이 모든 것은 아마도 놈들의 음모였을 확률이 높습니다. 자신들이 타임 슬라이스에 갇혀 쫓겨난 것으로 꾸미고, 다시 돌아온다고 칠대부족이 알게 하면 스승님께서는 대비를 하기 위해 다른 스피릿아머를 불러들일 것이라 예상한 것이죠. 하지만 그들은 자신들이 원하는 힘을 얻을 수는 없을 겁니다. 그들이 가진 일곱 개의 유산과 스승님과 저를 통해 시간을 거슬러 온 것들이 합쳐진다고 해도 아직 불완전했기 때문이죠."

"불완전하다니, 무슨 말씀입니까?"

아홉 개가 모두 모였음에도 불가능하다는 두영의 말에 스티브가 눈빛을 빛냈다.

"그들은 모든 유산을 얻지 못했습니다. 아홉 개 중 하나는 말이죠."

"당초부터 전부 얻은 것이 아니라는 뜻이군요."

"그렇습니다."

"그럼 지금부터 어떻게 해야 합니까?"

"그들이 원하는 것이 무엇인지는 알았으니 하나하나 혈탑을 부숴야지요."

"하지만……."

두영이 말하는 뜻은 알았지만 스티브는 걱정이 되지 않을 수 없었다.

에어리어51에서의 일을 메우로부터 어느 정도 들은 터라 그들의 힘이 예상보다 강하다는 것을 느낀 때문이었다.

"걱정하지 않으셔도 될 겁니다. 한곳만 확인해 보면 그들을 제거할 힘을 얻을지도 모르니까 말입니다."

"그곳이 어디기에……."

"아리안입니다."

"엘프들의 본거지 말입니까?"

"그렇습니다. 가르시아가 해결책을 제시해 줄 것입니다."

"가르시아가요?"

"그렇습니다. 엘프들이 가지고 있던 것들이 어쩌면 우리에게 새로운 길을 열어줄지도 모릅니다."

"그럼 지금 곧바로 아리안으로 가실 생각이십니까?"

"바로 가야겠지요. 아직도 수많은 사람들이 죽어가고 있으니까요."

"그럼 가르시아를 불러 오겠습니다."

아리안으로 곧바로 떠난다는 말에 스티브는 실험실을 나와 가르시아를 데리고 왔다.

혈탑이 완성된 후 아무런 할 일이 없었던 가르시아는 불퉁한 표정으로 스티브를 따라 실험실 안으로 들어왔다.

"부르셨어요?"

"그래, 지금 곧 아리안으로 가야 할 것 같다."

"아리안이요? 거기는 지금……."

"엘프들이 떠났지만 알아볼 것이 있다. 따라와라."

"예."

"스티브는 나머지 혈탑들이 어떤 상황인지 계속해서 살펴봐 주세요."

"알겠습니다, 보스. 조심해 다녀오십시오."

아리안에는 혈탑이 세워지지 않았다. 엘프들이 떠났기 때문이다.

그만큼 위험이 덜하기에 걱정이 들지 않았던 스티브는 미소 짓는 얼굴로 두영을 배웅했다.

아지트를 빠져나온 두영은 듀크에게 부탁을 해 곧장 아리안이 있는 곳으로 워프를 감행했다.

맥글레인 등으로 인해 입구가 파괴된 탓에 아리안을 감싸고 있는 결계가 깨어져 있었기에 아리안으로 들어가는 것은 그리 어렵지 않았다.

"무엇 때문에 이리로 오신 겁니까?"

두영을 따라온 가르시아는 어째서 아리안으로 온 것인지 영문을 몰라 두영에게 물었다.

"소울컨주리에 대해서 어떻게 생각하느냐?"

"소울컨주리요? 그건 왜……."

영혼을 다루는 마법인 소울컨주리는 오랜 시간 동안 갇혀 있으면서 완벽하게 익힌 엘프의 마법이다.

아리안으로 들어와 갑자기 소울컨주리에 대해 묻는 연유를 알 수 없었다.

"혈탑을 만들어내는 매개체는 영혼의 메아리라는 삼묘족의 권능이다. 영혼의 힘으로 의식으로 만든 공간을 현실 세계로 불러들이는 권능이지."

"그 끔찍한 혈탑을 의식 공간으로 만들어낸 것이라는 말이에요? 그건!"

"그렇다. 그런 방법이 소울컨주리에도 있지, 아마!"

"버츄얼이미지!"

"맞다. 버츄얼이미지라면 충분히 가능하다."

"하지만 그건 궁극의 마법이잖아요. 신에 필적하는 힘이 없는 이상 절대로 펼치지 못하는!"

"그렇다. 새로운 세계를 구현해 내기 위해서는 감당하지 못할 힘이 필요하지. 난 에어리어51에서 타론이란 자의 기억을 읽으며 무척이나 궁금했다. 어째서 카로안이 그곳에 있었는지 말이다. 가르시아, 이제부터 설명해 줄래? 네가 이곳 금지에 갇혀 있으면서 한 일들에 대해 말이다."

"내가 한 일이요?"

"후후후, 역시. 넌 아무것도 알고 있지 못하고 있었구나."

가르시아를 바라보는 두영의 눈이 검푸른 색으로 물들었다. 의식을 옭아매는 강력한 힘이 두 눈을 통해 뻗어 나왔다.

"어! 어!"

갑자기 자신을 향해 살기 어린 눈빛을 보내는 두영을 보면서 가르시아는 주춤주춤 뒤로 물러섰다. 겁에 질린 것이 역력한 표정이었다.

"설명해 주시지 않겠소. 혈탑의 주인이자 엘프의 대장로인 카로안! 당신이 말이오."

무심함을 담은 두영의 목소리가 가르시아의 의식을 찔러 들어갔다.

"아아악!"

비명과 함께 가르시아가 자신의 두 눈을 손으로 감쌌다.

불로 지지는 듯한 통증이 눈에서 시작되어 의식까지 뻗어 들어왔기 때문이다.

"아니, 마트암이라고 해야 하나. 도대체 무슨 짓을 저지른 것이오?”

눈을 손으로 가린 채 바들바들 떨고 있는 가르시아를 향해 두영이 물었다.

“크크크, 어떻게 알았나?”

어둠이 짙게 깔린 목소리가 가르시아로부터 흘러나왔다. 앳되어 보이던 가르시아의 목소리와는 전혀 다른 목소리였다.

“태국에서 돌아와 처음 스티브의 아지트에 왔을 때.”

“알 수 없었을 텐데.”

“네 모습이 보이지 않았었지. 칼마와 성준이 사람들을 혈탑의 영향으로 보호하고 있었을 때 넌 그 자리에 없었다. 처음에는 혈탑의 상황을 모니터링하다 밖으로 나갔을 것이라 생각했지만 나중에 생각해 보니 아니더군. 당시 그 근처에서는 네 존재감을 전혀 느낄 수 없었으니까.”

“그것만으로는 나에 대해서 알 수 없었을 텐데 어떻게 알았나?”

“소울컨주리!”

“소울컨주리?”

영혼의 마법인 소울컨주리를 통해 자신의 정체를 어떻게 유추했는지 카로안으로서는 알 수가 없었기에 궁금한 듯한 표정이었다.

“삼묘족이 가진 영혼의 메아리를 증폭시킬 수 있는 힘을 가진 마법은 소울컨주리뿐이지. 그리고 그것을 완전히 익힌 것은 가르시아뿐이고. 해서 생각해 봤다. 가르시아가 어째서 그

런 짓을 했느냐 하는 것이지. 결론은 뻔하더군. 수천 년을 살
수 있는 드래곤인 가르시아가 영혼체로 있어야 하는 이유가
바로 혈탑 때문이었으니까 말이야. 넌 그런 가르시아의 영혼
에 기생하면서 혈탑을 만들어왔고 말이야.”

“후후후, 정확하게 파악하고 왔군. 삼묘족의 영혼을 대신할
만한 매개체는 가르시아가 유일한 존재지. 용족이면서 삼묘족
의 피가 섞여 있는 유일한 존재니까 말이야. 헌데 그것만으로
는 설명이 되지 않는데. 삼묘족의 피가 섞여 있다는 것은 가르
시아의 부모도 모르는 일이니까 말이야.”

톡! 톡!

가르시아의 영혼체에 기생하고 있던 카로안의 말에 두영이
자신의 머리를 두들겼다.

“무슨 뜻이냐?”

“너희들이 얻지 못했던 것을 내가 가지고 있으니까.”

“우리가 가지지 못했던 것이라면… 설마!”

“후후후, 이 세상에 남겨진 모든 기록! 바로 아카식레코드가
나에게 있으니 모를 수가 없지.”

“그럴 리가 없다. 그것은 아직 봉인되어 있어야 하거늘!”

“얼마 전까지 봉인되어 있었지. 하지만 스승님의 기억과 타
론이라는 자의 기억을 흡수하며 봉인의 일부가 깨어졌지.”

동료들과 더불어 오렌을 소멸시켰었다.

스피릿아머의 주인이었기에 각자 영혼의 힘을 모아 모든 힘
을 봉인한 채 소멸시킨 터라 오렌의 기억을 흡수했다는 말이

믿어지지 않았다.

"정말 오렌의 기억을 흡수했다는 말이냐?"

"그렇다. 처음에는 알 수 없었지. 그러나 타론의 기억을 얻고, 드워프 가문에 남겨진 케루난의 기록을 보고 알 수 있겠더군. 뒤죽박죽된 아카식레코드들의 조각난 퍼즐을 맞출 수 있었으니까 말이야."

"크크크, 아카식레코드가 원래의 모습으로 회복되다니, 뜻밖이지만 재미있군. 조금 이르지만 어차피 우리가 바라던 상황이었으니까 말이야."

모든 비밀이 드러났음에도 카로안은 그다지 동요하지 않았다. 어차피 벌어질 일이었다는 투다.

"무엇을 얻고자 이런 일을 벌인 것이지? 지금 가지고 있는 힘만으로도 막강한 권능을 발휘할 수 있을 텐데 말이야."

스티브에게 설명을 하면서 아카식레코드의 모든 것을 파악한 두영이었다.

원래의 기록뿐만 아니라 시간의 축이 비틀어진 이후의 기록도 알 수 있었다.

기록을 통해 칠인위원회가 꾸민 음모가 무엇인지 대강은 알 수 있었다.

하지만 정확한 목적은 아직 파악하지 못하고 있었기에 두영은 묻지 않을 수 없었다.

"말해봐야 소용이 없는 것이다. 우리와 같은 위치에 있지 않는 한 우리가 뭘 원하는지 이해할 수 없을 테니까."

“이제 와서 감출 것이 있나? 어차피 싸워야 하지만 그전에 알고 싶군. 이곳에 지구연방에 속한 행성인들을 불러들이고 그들을 통해 창조주의 힘을 원한 진정한 이유가 무엇인지 말이야.”

“후후후, 그렇게 알고 싶나?”

“그렇다.”

“어차피 아카식레코드를 우리에게 넘기고 소멸할 놈이니 알려주도록 하지. 자, 내 눈을 보아라!”

가르시아의 영혼체에 기생하고 있는 카로안이 두영의 두 눈을 마주하고 섰다.

“으음!”

기억이 전이되고 있었다. 가르시아의 의식 저편에 있는 수많은 기억들이 해일처럼 두영의 의식 속으로 쏟아져 들어왔다.

“크윽! 내 영혼도 집어삼키려는 것이냐?”

“후후후, 훌륭한 장난감을 이대로 망치지는 않는다. 들여다보아라, 우리들의 기억 속에 남아 있는 세상의 운명을!”

자신을 해치기 위해서가 아니라는 것을 알 수 있었기에 두영은 저항하던 힘을 거두어들였다.

그와 함께 엄청난 정보가 의식 속에 존재하고 있는 아카식레코드에 속속 저장되기 시작했다.

복원했다고 생각한 아카식레코드는 완전한 것이 아니었다. 군데군데 조각난 상태였던 것이다.

조각난 기록에 카로안이 보내주는 기억의 파편들이 맞춰지며 점점 완성되어 가고 있었다.

완전한 기록으로 완성되어 가자 두영은 놀라운 사실 하나를 알 수 있었다. 그것은 소멸에 관한 기록이었다.

"으음, 이미 소멸한 세상이란 말이냐?"

카로안의 기억을 통해 복원된 아카식레코드는 한 가지 사실을 알려주고 있었다.

지구를 비롯해 지금 이 세계로 불려와 혈탑을 만든 칠대부족의 모든 것이 이미 소멸했다는 것이다.

두영으로서는 소멸한 존재가 이렇듯 지구 차원에 존재한다는 것을 믿을 수 없었다.

"그렇다. 지구를 포함해 우리가 불러들인 모든 차원들은 이미 소멸한 세상들이다."

"그렇지만……."

두영은 자신이 살던 시대를 기억하고 있었다. 그것은 현실이었고 절대로 소멸한 세상이 아니었다.

"아직도 믿지 못하는가?"

"거짓말이다. 차원을 부활시키기 위해 너희들이 시간을 거슬러 올라왔다니 믿을 수가 없다."

"크크크, 아카식레코드를 가지고 있으면서도 우리 모두가 이제는 망령 같은 존재라는 것을 아직도 깨닫지 못하다니 어리석구나. 우리는 소멸된 차원을 부활시키고 창조주로서 있고자 했다. 그리고 그 꿈을 이룰 날도 머지않았다. 이제 네가 아카식레코드를 가지고 왔으니 말이다.”

　“좋다. 이미 모든 차원이 소멸했다고 쳐도 아카식레코드를
바꾼다고 결과가 뒤바뀔 것이라고는 믿어지지 않는다.”

　“후후후, 시간을 거슬러 올라온 후 수많은 시간과 공을 들인
일이다. 네가 이곳으로 옴으로써 이미 모든 것은 갖추어졌다.
오렌의 뜻에 의해 네가 이곳으로 왔다고 생각하나? 천만에! 넌
우리의 뜻에 의해 이리로 온 것이다, 창조주의 파편이여!”

　“그게 무슨 말이냐?”

　“아카식레코드를 완벽하게 복원시켜 놓고도 아직도 자신이
어떤 존재인지를 깨닫지 못하는 것이냐? 기억해 봐라, 네 존재
의 진정한 의미에 대해서!”

　번쩍!

　가르시아의 눈이 영롱하게 빛나며 엄청난 에너지를 쏟아냈
다. 마치 레이저 광선처럼 일곱 빛깔의 빛이 가르시아의 눈을
빠져나와 두영의 눈과 연결됐다.

　두영은 가르시아의 영혼을 통해 전달되어진 카로안의 힘을
통해 아카식레코드에 숨겨진 정보를 읽을 수 있었다.

　그것은 두영에게 새로운 존재에 대해 알려주고 있었다.

CHAPTER 08
새롭게 부활한 세상

TIME
SLICE 타임 슬라이스

새로운 정보가 조합되고 있었다.

아카식레코드의 이면에 숨겨진 진실이 모습을 드러냈다.

행성 간 전쟁으로 세상은 종말을 고했다.

엘프들의 고향인 아리안은 사막으로 변해 버렸고, 테밸릿 행성은 광명이 찾아들었다. 지구인들이 벌인 정복전쟁으로 모든 것이 소멸했다.

행성의 유산을 얻어 불사불멸의 존재가 되고자 했던 칠인위원회로 인해 지구를 비롯한 아홉 개의 행성에 살고 있는 모든 생명체들이 사라져 버린 것이다.

모든 원인의 당사자인 칠인위원회는 새로운 계획을 세웠다.

행성에서 얻은 차원의 유물을 통해 자신들만의 새로운 세계를 만들기로 한 것이다.

소멸을 피하기 위해 이미 자신들만의 시간축인 타임 슬라이스를 가지게 된 칠인위원회는 시간을 거슬러 올라가 역사를 변경시켰다.

역사의 흐름이 변경되자 스피릿아머로 변형된 유산을 가지고 있던 오렌은 이를 알 수 있었고, 이를 막기 위해 시간을 거슬러 올라오게 된다.

이 또한 칠인위원회가 뿌려놓은 음모였기에 오렌은 나머지 유산을 불러들이게 된 것이다.

하지만 칠인위원회는 아홉 개의 유산이 모두 모여도 그것만으로는 자신들의 소멸을 막고 새로운 세계를 만든다는 것은 불가능하다는 것을 알고 있었다.

우주를 창조한 근원인 창조신이 안배한 흐름을 변경하지 않는 한 새로운 세계는 만들어지지 않는 것이다.

칠인위원회는 혈탑을 이용해 아카식레코드를 찾았다.

각 부족이 가지고 있는 아카식레코드의 파편을 모두 모으고, 라본행성에 남겨진 파편들은 두영을 통해 시간을 거슬러 올라오게 만들었다.

이제 창조신이 계획한 모든 흐름이 완성되어졌다. 이제 본래의 흐름을 바꾸기만 하면 칠인위원회는 그토록 원하던 창조신의 힘을 손에 쥘 수 있게 되는 것이다.

"후후후, 이제 진실을 알게 되니 어떤가?"

"아카식레코드에 담겨 있는 비밀이 바로 이것이었나?"

"맞다. 대본이 없으면 연극을 할 수 없는 것처럼 아카식레코드는 차원이 돌아가기 위한 대본이라고 할 수 있지. 우리는 그 대본을 고치려고 하는 것이다. 이 세상의 소멸을 막기 위해서 말이다."

"웃기는 이야기로군. 소멸로 이끈 것도 너희들이다. 원래부터 아홉 개의 차원이 소멸로 가지 않을 수도 있었다는 말이다. 난 너희들을 결코 용서할 수가 없다."

유산을 얻어 창조신이 되고자 하지 않았다면 벌어지지 않았을 일이다. 힘에 취해 권능에 취해 더욱 큰 힘을 얻기 위해 벌인 일 때문에 세상이 소멸된 것이다.

"세상이 다시 부활하려면 우리가 창조신의 힘을 얻어야 한다. 그러니 저항하지 마라."

"흥!"

콧소리와 함께 두영의 몸에 스피릿아머가 착용됐다. 그랜드홀로 이루어진 스피릿아머를 착용한 두영은 곧바로 카로안을 향해 달려나갔다.

쩡!

가르시아의 영혼체를 차지한 카로안이 손을 들어 올리자 세상이 얼어붙었다. 달려가던 두영의 몸도, 빠르게 흘러가던 시간도 모두 멈추었다. 시간이 멈추어진 탓이었다.

모든 것이 멈춘 세상에서 유일하게 움직이는 것은 카로안뿐이었다. 그는 천천히 걸음을 옮겨 허공에 떠 있는 두영을 향해 다가왔다.

“어리석은 것! 이미 이곳의 시간은 우리가 지배하고 있거늘 쓸데없는 반항을 하다니! 그렇게 당하고도 아직도 미련을 버리지 못한 것인가?”

새로운 세상을 만들기 위해 타임 슬라이스를 만든 자신들은 이미 시간의 지배자였다. 시간을 거슬러 같은 상황을 수십 번 되풀이할 수 있는 능력을 가지고 있었다.

오렌이나 두영이 알고 있는 것과는 달리 혈탑은 그동안 수천 번 만들어졌다.

지금의 상황도 오렌과 그가 가지고 오게 될 나머지 유산을 이용하기 위해 시뮬레이션처럼 수천 번 반복되어 온 일이었던 것이다.

매번 결과가 바뀌었지만 수천 번 반복되어진 상황을 지켜보며 최적의 대안을 찾았다.

하나하나를 조율하고 창조신이 만들어놓은 아카식레코드를 바꿀 준비를 해왔다.

이제 목적을 달성할 순간에 이르러 아카식레코드를 가지고 자신들 앞에 선 두영은 그동안과 마찬가지로 반항을 시도했다.

“바로 직전의 상황에서는 이 녀석 때문에 자칫 소멸할 뻔했지. 우리의 뜻을 따르겠다고 하더니 갑작스럽게 반격을 할 줄은 우리도 몰랐으니까. 하지만 이제는 다르다. 애초부터 봉쇄를 하면 그뿐이니까. 그럼 슬슬 시작해 볼까.”

아카식레코드를 확보하고 혈탑에 흩어진 타일슬라이스를 모아 분리된 자신들이 영혼체를 찾으면 모든 것이 끝이었다.

드디어 창조주와 같은 능력을 손에 넣는 것이다.

카로안은 탐욕스러운 눈빛으로 두영의 머리에 손을 얹었다. 그리고 세상에 퍼져 권능의 힘을 끌어 모으고 있는 자신의 분신들을 불렀다.

"하하하하! 이제는 때가 되었다. 이 세상이 우리로 인해 새롭게 바뀔 때가 말이다."

광소와 함께 카로안의 몸에서 강렬한 파장이 흘러나왔다. 지구를 뒤흔들 만한 강력한 에너지 파장은 전 세계로 퍼져 나가 숨어 있는 존재들을 깨웠다.

태국에서 혈탑을 만든 마틴도, 블랙 파이브의 다이트를 비롯한 네 명의 가주도, 태양의 아들들이라 일컬어지는 전사들도 파장을 인식했다.

카로안의 파장을 인식하는 순간 그들의 내면 깊숙이 기생하고 있던 존재들이 깨어났다.

카로안과 함께 자신들이 지배할 새로운 세상을 만들기 위해 타임 슬라이스를 타고 시간대를 건너온 존재들이 드디어 모습을 드러낸 것이다.

혈탑이 완성되고 난 뒤 모아온 권능의 힘을 흡수하며 깨어난 이들이 한 일은 살육이었다.

마틴의 손에 의해 블랙캣을 비롯한 혈탑 안의 존재들은 모두 핏물로 변해 사라져 갔고, 블랙 파이브와 태양의 전사들로 인해 그의 동족들이 무참히 죽어 나갔다.

깨어난 존재들은 그들뿐만이 아니었다. 한국에서도, 일본에서도, 그리고 중국에서도 그들은 깨어난 권능의 힘을 흡수했다.

능력자를 제외한 모든 이들이 거의 죽임을 당했다. 혈탑으로 인해 자신들의 모든 것을 흡수당한 것도 모른 채 그렇게 죽어 나갔다.

능력자들 중에서도 살아남은 사람들은 그리 많지 않았다.

혈탑과 멀지 않은 곳에 있던 자들은 깨어난 자들에 의해 죽임을 당했기에 고작해야 십만 명도 되지 않았다.

지구상에 존재하는 인류 대부분이 소멸당하고 만 것이다.

카로안의 부름에 따라 그들은 모두 모였다.

그리고 가르시아의 영혼에 기생하고 있는 카로안의 정신체로 합쳐졌다.

각자가 가지고 있는 잃어버린 시간의 조각들이 이제야 합쳐진 것이다. 그들은 이제 하나였다.

"크하하하하! 이렇게 넘치는 권능의 힘이라면 우리가 뜻한 바대로 될 것이다."

지금까지 느껴보지 못했던 강대한 힘에 환희가 느껴졌다. 이제는 정말 새로운 존재로 거듭나 자신들만의 새로운 세계를 창조할 수 있다는 확신 때문인지 광소가 흘러나왔다.

"후후후, 이제 아카식레코드만 변경시키면 되는 것인가?"

흐트러진 아카식레코드를 복원하고 그것을 변경시킬 권능의 힘을 모았기에 이제는 창조신이 되는 일만 남은 상태였다.

하나로 합쳐진 그들은 두영의 의식 속에 자리하고 있는 아카식레코드를 꺼내기 시작했다.

"컥!"

답답한 비명이 흘러나왔다.

아카식레코드를 꺼내려다가 강한 반발력으로 인해 합쳐진 일곱 개의 영혼체가 흔들린 것이다.

가르시아의 영혼체가 튕기듯 뒤로 빠져나왔다.

가르시아의 영혼체는 빠져나갔지만 두영의 머리 위에 손을 얹고 있는 존재들은 남아 있었다.

일곱 빛깔 무지개 색을 하고 있는 존재들은 시간을 거슬러 와 세상을 파멸로 몰아넣고 있는 자들이었다.

"어떻게 한 것이냐?"

한 사람이 아닌 듯한 목소리가 빛 속에서 흘러나왔다.

번쩍!

두영이 눈을 떴다. 두영의 눈에서는 형용할 수 없는 빛이 흘러나왔다.

"그것은?"

합쳐진 영혼체들은 두영의 빛 속에서 자신들의 모습을 볼 수 있었다. 지금까지 자신들을 존재하게 만들어왔던 힘의 잔상을 본 것이다.

"너희들만 노력한 것이 아니다. 스승님께서는 너희들이 수천 번 해온 것을 아카식레코드에 모두 기록해 놓으셨다. 그리고 너희들로부터 타임 슬라이스를 빼앗을 방법을 강구해 놓으셨지. 혹시나 이번에도 일이 틀어질까 몰라 너희들이 스승님을 단번에 소멸시키지 못했기에 난 그것을 얻을 수 있었다. 너희들을 소멸시킬 힘을 말이다.”

“그, 그럴 수가!”

“아카식레코드에 모든 힘이 새겨졌다. 너희들이 가지고 있는 힘뿐만이 아니라 내가 가진 힘까지도. 이제 모든 것을 되돌리는 일만 남았다, 이 자식들아!”

두영이 영혼체들을 향해 소리를 질렀다.

“네놈이 그렇게 하게 놔두지 않을 것이다.”

자신들이 함정에 빠졌음을 알아차린 영혼체들이 힘을 개방하기 시작했다.

이상을 눈치채고 자신들의 힘을 빠르게 빼낸 탓에 약간이지만 타임 슬라이스가 남아 있었다.

지금까지 준비했던 것보다 더 많은 시간이 필요할지 모르지만 모든 것을 무로 되돌리고 처음부터 다시 시작하면 되기에 두영을 완전히 소멸시키기로 한 것이다.

사방이 암흑으로 바뀌었다.

차원과 연관된 모든 것이 끊긴 무의 공간으로 되돌린 것이다.

카로안을 비롯한 합체된 영혼들은 자신들의 모든 힘이 집약된 공간으로 두영을 끌어들였다.

합체된 영혼들이 분리되기 시작했다. 색깔을 알 수 없는 광휘와 함께 붉은 기운으로 물든 태양과 달이 생겨났다. 그리고 그 주위를 네 가지 색깔의 기운이 맴돌기 시작했다.

“후후후, 드디어 왔군.”

변화하는 모습을 보던 두영의 입에서 비릿한 조소가 흘러나왔다.

"무슨 소리냐?"

웅웅거리는 소리가 흘러나왔다.

"여기가 너희들이 가지고 있는 타임 슬라이스의 원형이 있는 곳이 아니더냐?"

"그럼!"

"그래, 나 또한 너희들을 소멸시키려면 이곳으로 와야 했다. 제일 처음 만들어진 타임 슬라이스가 있는 곳으로 말이다. 모든 인과의 원인인 타임 슬라이스 자체를 찌꺼기 하나 남김없이 소멸시켜야 하니까."

"이이이!"

자신들이 속았다는 사실에 영혼체들은 분노하지 않을 수 없었다.

차르르르!

두영의 몸에서 검은색 구슬들이 빠져나오기 시작했다. 세상의 흐름을 조율하는 아카식레코드가 어둠의 공간으로 퍼져 나갔다.

"거대한 의식의 흐름이 지금부터 어긋난 조각을 원래의 자리로 되돌릴 것이다. 그동안 너희들이 자행했던 수많은 일들이 너희 자신을 억겁의 고통으로 몰아넣을 테니 무한한 고통 속에서 소멸해라."

두영의 말이 끝나기가 무섭게 무한히 확장하던 아카식레코

드들에서 빛이 뻗어 나왔다. 세상을 조율하는 힘이자 창조주
가 남긴 의식이 되돌아온 것이다.

거대한 빛은 모든 것을 집어삼켰다. 타임 슬라이스는 물론
영혼체들의 의식까지 모두 빛 속에 휩싸였다.

"크아아아악!"

"아아악!"

일곱 줄기의 비명이 빛의 공간 안에서 울려 퍼졌다. 인과의
고통 속에 소멸하며 내지르는 비명 소리였다.

그와 함께 두영의 이마에서 라본행성에서 보았던 것들과 같
은 형상을 지닌 검은 괴수들이 튀어나왔다. 손톱보다 작은 크
기로 튀어나온 괴수들은 빛을 흡수하며 점점 커져 나갔다.

빛을 흡수할수록 색깔도 변해갔다. 검은 금속체와 같은 모
습이 자신만의 색을 내뿜기 시작한 것이다.

푸른색의 청룡, 흰색의 백호, 붉은색의 주작, 그리고 검은색
의 현무가 빛의 공간에 생겨났다.

그뿐만이 아니었다. 붉은 기운으로 물든 태양과 달도 제 모
습을 찾고 있었다.

"크흑! 그랜드홀로 원상태로 회복되었으니 이제 태초의 혼
돈인 어둠만 있으면 된다. 그러면 모든 것이 원상태로 돌아갈
것이다."

신음과 함께 두영의 몸에서 검은 기운이 뭉클거리며 솟아나
기 시작했다. 두영이 뿜어내는 기운은 혼돈을 간직한 카오스
의 힘이었다.

타임 슬라이스를 만들어낸 모든 인과관계를 끊어내기 위해
서는 아카식레코드를 다시 세팅하지 않으면 안 된다.

창조신의 의식이 담긴 아카식레코드를 다시 세팅하려면 태
초의 모든 힘을 간직하고 있는 카오스의 힘이 아니면 안 되는
것이다.

두영의 모습이 점차 흐릿해져 갔다. 자신이 가지고 있는 삼
천기를 융합해 혼돈을 만들어내고 있는 탓에 두영의 영혼과
의식이 사라지고 있었던 것이다.

두영은 지금 자신을 희생하고 있었다. 모든 것을 원상태로
되돌리려면 어쩔 수 없는 일이었다.

오렌은 당초부터 타임 슬라이스를 남기고 싶지 않았다. 칠인
위원회가 만들어낸 타임 슬라이스 말고도 두 개가 더 있었다.

오렌 자신이 이용한 것과 두영이 가지고 있는 것도 모두 소멸
되어야지만 세상은 본래의 자리로 되돌아갈 수 있었던 것이다.

케루난을 소멸시키는 순간 이런 오렌의 기억이 두영의 의식
속에서 깨어났다.

가르시아의 영혼 속에서 타임 슬라이스를 발견한 순간 어려
운 결심이었지만 아리안으로 올 수밖에 없었다.

세상을 파멸로 몰아넣고 있는 존재들은 자신들의 본체를 세
상에서 가장 순결한 힘 속에 숨겨놓았기 때문이다.

영혼의 융합체들은 혈탑의 결계가 발휘하는 권능의 힘을 유
일하게 거부할 수 있는 곳에 자신들의 원형을 숨겨놓았던 것
이다. 바로 아리안에 있는 세계수 속이었다.

두영의 소멸과 아울러 제 모습을 찾았던 차원의 힘들이 혼돈 속으로 빨려들어 갔다. 무한으로 확장해 모든 것을 흡수한 혼돈이 점차 작아지기 시작했다.

응축하기 시작한 혼돈은 보이지 않을 정도로 작아졌다.

번쩍!

콰콰쾅!

스스로 소멸해 가는 듯 작아지던 혼돈이 폭발을 일으켰다. 태초 하나의 점에 대폭발을 일으켜 탄생한 우주처럼 빅뱅이 일어난 것이다.

무한의 공간 안에 상서로운 기운이 가득 차기 시작했다. 모두가 혼돈으로부터 튀어나온 것들이다.

새로운 우주가 탄생했다. 타임 슬라이스에 의해 갈가리 찢겨 누더기로 변했던 차원들이 새로운 모습으로 거듭난 것이다.

*　　　*　　　*

"어떻게 됐습니까?"

급격히 쇠퇴해 가는 붉은 기운들을 모니터링하던 성준이 스티브에게 물었다.

"혈탑이 급속도로 힘을 잃고 있네. 일곱 개 모두 말이야."

"어떻게 된 거죠?"

"나도 모르겠네. 세상의 모든 것을 빨아들이다가 갑자기 멈추다니 말이야. 한시라도 빨리 원인을 알아내야 하네."

"모든 것이 원상태로 돌아오고 있는 것을 보면 두영이가 손을 쓴 것이 아닐까요?"

"보스는 지금 아리안으로 가셨는데 혈탑이 저렇게 변할 리가 없네. 뭔가 다른 일이 일어난 것이 분명하네. 어쩌면 혈탑이 제 소임을 다한 것일지도 모르고 말이야."

"그럼?"

"그래, 어쩌면 이제 종말의 순간이 다가왔는지도 모르네."

스티브의 말에 아지트에 있던 모든 사람이 절망에 잠겼다. 이대로 세상이 멸망하는 것을 지켜봐야 하는 때문이다.

"보스께서 어서 돌아오셔야 할 텐데 큰일이네. 혈탑을 막을 수 있는 분은 오직 보스뿐이니 말이야."

스티브는 침중한 어조로 모니터를 바라보았다.

혈탑에 이상이 있는 이상 그것을 막을 사람은 오직 두영밖에는 없었다. 자신들의 힘으로는 어떻게 할 수 없기에 그저 손을 놓고 지켜보는 수밖에는 없었다.

"어! 이상한데요?"

다른 이들과는 달리 모니터에서 눈을 떼지 않고 있던 칼마가 외쳤다.

"뭐가 이상하단 말이냐?"

"이 위성 영상을 보세요. 여기요."

칼마가 모니터의 한 지점을 가리켰다.

"저건?"

붉은 기운이 사라진 혈탑의 상층부에 사람의 모습이 보이기 시작했다.

"다들 눈 돌려!"

화면을 지켜보던 스티브가 소리를 질렀다.

혈탑들의 정상에 나타난 사람들은 모두 옷을 입고 있지 않았다. 하나같이 나체인 상태였고, 그중에는 자신의 동생인 써니도 있었다.

"어?"

나타났던 사람들의 모습이 사라지기 시작했다. 마치 아무것도 없었던 것처럼 순식간에 모니터 상에서 없어져 버린 것이다.

혈탑으로 끌려갔던 이들이 나타나고 다시 사라지는 모습에 스티브는 어찌 할 바를 몰라 했다.

"저건!"

모니터에서 눈을 떼지 않고 사람들의 행방을 찾고 있던 스티브는 붉은 혈탑이 사라지고 있는 것을 볼 수 있었다.

세상을 공포와 살육으로 몰아넣었던 혈탑이 햇빛 아래 드러난 안개처럼 소리없이 사라지고 있었던 것이다.

"다들 눈을 뜨고 모니터링을 해봐! 어서!"

스티브의 고함에 눈을 감았던 이들이 다시금 화면을 응시하기 시작했다.

"혈탑뿐만 아니라 도시들을 한번 살펴봐. 상황이 어떤지! 어서!"

믿을 수 없다는 듯 혈탑이 사라지는 영상만 뚫어지게 보는 사람들을 향해 스티브가 소리를 질렀다.

"싸움이 멈췄습니다."

맥글레인이 제일 먼저 대답을 했다.

"여기도요."

"제 쪽에서도 마찬가지입니다."

칼마와 성준이 동시에 대답을 했다. 혈탑으로 인해 벌어졌던 살육이 모두 멈춘 것이다.

"아무래도 혈탑이 소멸한 것 같습니다."

"나도 그런 것 같다. 그렇지 않으면 이런 일이 벌어지지는 않았을 테니까."

성준의 말대로인 것 같지만 스티브는 아직도 믿을 수가 없었다.

"두영이가 성공한 걸까요?"

"아직 모르겠다. 분명 아리안으로 간다고 했는데……."

혈탑에 직접 가지 않는 한 해결할 수 없는 일이었다. 두영이 가지 않았는데도 혈탑이 사라져 버렸다. 스티브로서는 추측이 되지 않기에 골치가 아팠다.

"아직 정확한 상황을 모르니 보스가 올 때까지 기다려야 할 것 같다."

"그렇겠군요. 아직 혈탑이 없어졌다고 확신할 수 없는 상황이니 말입니다."

"맞다. 어떤 일이 벌어질지 알 수 없는 상황이니 좀 더 지켜보는 것이 나을 것 같다."

혈탑의 위협에서 벗어났다는 생각이 들었지만 아직은 모르

는 일이었다. 스티브의 말에 혹시라도 이상이 생기지 않기를
바라며 다들 안색을 굳히며 모니터를 주시했다.

혈탑이 사라지고 난 뒤 한참을 지켜보고 있었지만 이상은
없었다.

서로가 서로를 죽이던 사람들은 아무것도 모르는 듯 무표정
한 얼굴로 원래 자신이 있던 곳으로 돌아가기 시작했다.

"혈탑이 사라졌다고 해도 큰일이군요. 원래 기억이 돌아온
다면 모두 미쳐 버리고 말 테니까 말입니다."

모니터를 지켜보고 있던 성준이 말을 꺼냈다.

혈탑의 위협이 사라졌다고 하더라도 문제가 컸다.

부모형제를 자신의 손으로 죽이고 권능의 힘을 탐했던 기억
이 돌아온다면 온전한 정신을 유지할 사람이 거의 없어 보였
기 때문이다.

"다들 멍한 모습으로 움직이는 것을 보면 아직 현실을 인식하
지 못하는 것 같으니 다행이지만, 자네 말대로 그런 문제가 발생
할 여지가 높으니 아예 기억을 상실했으면 좋을 텐데……."

"저도 그랬으면 좋겠군요."

성준도 스티브의 말처럼 되었으면 좋겠다는 듯 고개를 끄덕
였다. 다른 사람들도 마찬가지 생각인 듯 침중한 표정으로 모
니터를 응시하고 있었다.

그렇게 말없이 모니터를 응시하고 있던 성준이 화면 가까이
다가갔다.

"응?"

"무슨 일인가?"

"혹시나 몰라 CCTV를 확인하는 중인데 이상합니다."

"뭐가 이상하다는 말인가?"

"아까 여기 분명 죽은 시체가 있었는데 지금은 사라지고 없습니다."

"시체가 있었는데 사라지고 없다는 말인가?"

"예!"

"화면을 확대해 보게."

성준이 화면을 확대했다. 화면을 보면 주변은 피로 물들었는데 시체가 없었다.

"저, 저것 보십시오."

성준이 놀라며 손가락으로 화면을 가리켰다.

바닥에 떨어진 홍건한 피가 사라지고 있었다. 마치 안개처럼 바닥에서 천천히 지워지고 있었다.

그뿐만이 아니었다. 격렬한 싸움으로 인해 부서지고 파괴된 건물과 자동차들이 원래의 모습으로 복원되고 있었다.

"여기도 그런 현상이 있습니다!"

맥글레인이 소리를 질렀다.

"와우! 여기도 똑같아요!"

칼마 또한 환호성을 지르며 같은 현상이 벌어지고 있음을 알려왔다.

스티브는 황급히 자신이 보고 있던 모니터로 다가갔다. 처참히 죽어 있던 시체가 꺼지듯 사라지고 있었고, 천천히 없어지던 시체들이 시간이 지나며 꺼지듯 한꺼번에 사라지기 시작했다.

믿을 수 없게도 불타고 파괴된 도시가 빠른 속도로 복원되고 있었다. 영화에서 나오는 그래픽 화면처럼 변해가는 도시의 전경을 바라보며 스티브는 입을 다물 수 없었다.

번쩍!

지하 기지에 있는 모니터 안에서 강렬한 섬광이 터져 나왔다.

눈을 멀게 만들 만큼 강렬한 섬광에 기지 안의 사람들 모두가 찡그리며 눈을 감아버렸다.

섬광이 사라지고 난 뒤 스티브는 천천히 눈을 떴다. 그리고 믿을 수 없는 놀라운 광경을 목격했다.

사람들이 거리를 활보하고 있었다. 도로를 따라 자동차들이 달리고 있었고, 강물을 따라 배가 운항하는 중이었다.

혈탑이 생겨나 지구에 있는 인류 대부분이 죽음을 맞이했는데 이제는 이전의 상태로 돌아가 버린 것이다.

"도대체 무슨 일이 일어난 것이지? 분명 다 죽었었는데……."

믿을 수 없다는 듯 스티브는 아지트 안에 있는 사람들을 돌아보았다. 자신이 본 게 확실한 것인지 묻고 있었던 것이다

"그러게 말입니다. 아마도 이전으로 돌아온 것 같습니다."

'세상을 원래대로 되돌린 것인가?

어떤 방법을 사용했는지 모르지만 두영이 세상을 원래의 상태로 되돌린 것이 분명해 보였다.

'일단 보스를 찾아야겠다. 아직은 원래대로 돌아왔다고 확정하기는 이른 상태니까.'

기계를 조작해 상대를 속이기는 쉬운 일이었다. 직접 본 것이 아닌 이상 화면상에 나타난 것이 사실이 아닐 수도 있는 일이었다. 무엇보다 지금으로서는 우선 두영의 행방을 찾는 것이 급선무였다.

"지금부터 보스를 찾아라. 아리안으로 가신다고 했으니 그 좌표를 중점적으로 찾아봐라."

스티브의 지시에 화면이 분할되기 시작했다. 아리안을 중심으로 인공위성이 분할된 화면을 보내온 것이다.

확대된 인공위성 사진을 보며 사람들은 두영을 찾기 시작했다.

검색할 곳이 워낙 넓은 지역이라 찾는 데 어려움은 겪겠지만 인적이 드문 곳이라 잘하면 빠른 시간 안에 두영의 행방을 찾을 수도 있을 터였다.

하루 종일 모니터만 바라보고 있었기에 눈이 빨갛게 변한 스티브와 일행이었다. 피곤함이 몰아닥쳤지만 사람들은 인공위성 화면을 보면서 두영을 찾아내려고 안간힘을 썼다.

엘프들의 공간인 아리안 주변은 오로지 산림뿐이었다. 결계가 해제되고 난 뒤 보이던 엘프들의 거주지는 더 이상 보이지 않았다.

'뭔가 변했다. 사람들이 다시 되살아나 평상시처럼 다니는 것처럼 저곳도 같은 일이 일어난 것인가?

혈탑이 있었을 때보다 더 답답했다. 완전히 세상이 바뀐 것이라면 기뻐해야 하건만 도저히 기뻐할 수가 없었다.

'우리는 아무것도 변하지 않은 상태인데 세상만 변했다. 어째서 이런 일이 벌어진 것인지…….'

위화감과 함께 겁이 나는 것은 세상이 전부 변했는데 자신들은 아무렇지도 않다는 것이었다.

외톨이가 되어버린 듯한 느낌 때문에 자꾸 두려운 감정이 드는 것이었다.

"스티브님, 우리 나가보죠."

답답한 표정으로 칼마가 나섰다.

"우리에게는 기갑병기가 있으니 혈탑의 영향을 받지 않을 겁니다. 그러니 나가보는 것이 좋겠습니다."

상처를 치료하고 있던 메우가 나섰다. 두영의 행방이 묘연해진 지금 누구보다 불안했던 메우이기에 더 이상 참을 수가 없었던 것이다.

"다들 나가보도록 하자. 나도 더 이상은 답답하니까."

모두가 밖으로 나가기를 원하자 스티브가 결정을 내렸다. 아무런 손도 쓰지 못하고 이대로 있는다는 것도 못할 짓이었기 때문이다.

사람들은 메우가 주었던 생체기갑병기를 착용했다. 그리고 다들 아지트를 벗어나 밖으로 나갔다.

밖으로 나오자 세상은 전과 다름없어 보였다. 붉은 기운으로 뒤덮였던 하늘은 파랗게 빛나고 있었고, 한 조각 구름이 멀리 떠가고 있었다.

'여긴 변화가 거의 없는 것 같구나.'

메우는 모니터 상에 나타난 것처럼 극적인 변화를 느낄 수 없었다.

듀크로 인해 원래부터 피해가 없었기도 하지만 아지트 주변은 사람들의 왕래가 거의 없는 곳이었기 때문이다.

나서기 좋아하는 칼마를 선두로 중심 도로가 있는 곳까지 천천히 걸어갔다.

아지트로 진입하는 도로 근처로 다가가자 차량이 지나가는 것이 보였다. 모니터에 나타난 것처럼 세상이 변해 있었다.

'아무래도 이상하다. 우리가 서 있는 곳과 저곳은 마치 다른 세상 같으니……'

유달리 감각이 예민한 메우는 자신들이 서 있는 곳이 앞에 보이는 곳과는 다르다는 것을 인식할 수 있었다. 마치 결계 밖에서 세상을 바라보는 듯한 느낌이었다.

'어차피 나온 것이니 저곳까지 가보자.'

머뭇거릴 때가 아니었다. 주군인 두영을 한시바삐 찾아야 했다. 그러기 위해서는 먼저 세상이 어떻게 변했는지부터 확인을 해봐야 했다.

아지트에서 나온 사람들이 동시에 차가 다니는 도로로 나왔다.

번쩍!

발걸음을 내딛는 순간 세상이 모두 하얗게 보였다. 강렬한 빛무리에 자신이 휩싸이는 걸 느끼며 메우는 상황이 잘못되었다는 것을 느꼈다.

'주군!!'

두영을 구해야 한다는 일념이었던 메우는 세상이 하얗게 변하면서 의식이 사라지는 것을 느끼며 애타게 두영을 찾았다.

흰 빛에 휩싸여 사라져 가는 것은 메우뿐만이 아니었다.

스티브와 칼마는 물론, 맥글레인을 비롯한 제로나인들도 모두 빛무리에 휩싸여 어디론가 사라져 갔다.

*　　*　　*

기획을 하는 곳에서 일한다는 것이 그리 쉬운 일만은 아니다.

남들은 상부에서 주어진 일을 하면 되지만 기획하는 곳은 없는 것을 만들어내야 하는 까닭이다.

한마디로 창의적인 일이 아니면 하지 않는다는 이야기다. 누구 말대로 골을 패야 뭐 하나 건질 만한 것이 나오는 골치가 아픈 일만 수두룩하다.

처음에는 기획하는 곳이 그런 줄은 몰랐지만 지난 몇 달간 생활하면서 사람이 근무할 곳이 못 된다는 것을 절실히 느끼고 있는 중이었다.

벌써 석 달째지만 MIT에서 연구했던 것과는 달리 사업성까지 검토해야 하니 항상 골치가 아플 수밖에 없다.

그동안 연구한 내용을 가지고 기획안을 작성하고 있는 중인데도 그런데 만날 그 일을 하는 사람들이 존경스러울 정도다.

오늘은 내일로 다가온 프레젠테이션을 위해 늦게까지 일하느라 무척이나 피곤한 상태다.

바쁘게 일을 끝내고 회사를 나올 때까지만 하더라도 집까지 택시를 타고 가 빨리 쉬겠다는 생각뿐이었다.

하지만 택시를 타려는 생각을 그만두었다.

회사 앞에서 택시를 잡으려 서 있다가 뻐근해져 오는 뒷목을 푸느라 고개를 돌린 하늘에서 고개를 내밀며 떠 있는 밝은 달을 본 때문이었다.

언제나 느끼는 거지만 달을 보면 누군가의 얼굴이 아련하게 떠올랐다.

오늘은 살도 뺄 겸 달려야겠다.

"후우!"

숨이 가쁘다.

사무실에서 나와 집 근처까지 고작 2킬로미터밖에 뛰지 않았는데 턱밑까지 숨이 다다랐다.

운동을 그만둔 지 10여 년이 되어간다고는 하지만 체력이 많이 떨어진 것 같다.

편의점이 보인다.

오늘도 늦게까지 글을 써야 하니 떨어진 담배와 컵라면이나 사야겠다.

숨을 천천히 가라앉히고 편의점으로 향했다.

딸랑!

문을 여니 작은 방울 소리를 따라 익숙한 얼굴이 눈에 들어
온다.

젠장할!!

"어서 오세요."

"……."

어제부터 끊은 담배 생각이 간절하지만 담배를 살 수는 없
다. 대부분의 여자들이 담배 피는 남자를 싫어하기 때문이다.

인사를 해오는 아가씨를 애써 무시하고 냉장고에 있는 생수
를 꺼내 들고 계산대 앞에 섰다.

그런데 왜 이렇게 다리가 후들거리는 거야, 이거!

삐!

"오백 원입니다."

달려올 때부터 주머니에서 쩔렁거리던 동전을 꺼내 셈한 후
아가씨에게 건넸다.

"고맙습니다. 그런데 이제 퇴근하시나 봐요?"

"예? 자, 잔업이 있어서……."

꽤나 오래전부터 들락거리던 곳이라 안면이 익은 아가씨가
상냥히 말을 걸어왔지만 친절하게 대답을 해주지 못했다.

어머니만 빼놓고 마음에 드는 여자 앞에만 서면 전신이 동
결건조증에 시달리는 탓이었다.

"책은 잘 봤어요. 용하시네요. 매일 이렇게 늦으신다고 들
었는데 글 쓰실 시간도 다 있고……."

지금 시각은 밤 11시. 회사 일이 끝나면 집으로 돌아와 새벽

2시까지는 꼬박 글을 쓰고 있지만 아가씨의 물음에 나는 제대로 된 대답을 할 수 없었다.

"아, 아니요. 그럼."

취미 생활로 역사 소설을 쓴다는 것을 어떻게 알았는지 모르겠다.

혼자 살아서 잠을 잘 자지 못해 그런 취미가 생겼다는 것은 말도 못했다.

이대로 있다가는 굳어진 내 몸이 그대로 쓰러져 버릴 것 같아 편의점을 다급히 나와야 했다.

제기랄!

하필이면 오늘 근무라는 것을 까먹을 것은 뭐란 말이다.

나이가 10년도 넘게 차이 나는데…….

오늘 글 쓰기는 다 틀린 것 같다. 집에 들어가서 잠이나 자야겠다.

잠이 올지는 모르겠지만…….

아파트 현관문을 열고 들어가면서도 기분이 찜찜했다.

언제나와 같이 편의점에서 생각하지도 않게 마주친 소민에게 바보처럼 굴었다는 자책 때문이다.

내가 편의점에서 아르바이트를 하는 소민을 알게 된 것은 4년 전 한국에 돌아오고 얼마 있지 않아서다.

껌 한 통을 사기 위해 편의점에 들렀다가 대학에 들어간 후 등록금을 마련하기 위해 아르바이트를 시작한 소민을 처음 만났다.

처음 편의점에서 마주한 그대로 심장이 멎어버렸었다.

띠동갑이나 되는 아가씨에게 태어나서 처음으로 심장을 빼앗겨 버린 것이다.

소민은 매우 아름다운 편이다.

그렇다고 미스코리아나 슈퍼모델 같은 데 나갈 수준은 아니다.

하지만 아르바이트를 시작한 후 동네 인근 총각들이 편의점에 뻔질나게 드나들 정도로 늘씬한 키와 단아한 얼굴이 매우 고와 보이는 아가씨다.

편의점을 풀 방구리에 쥐가 드나들 듯 드나드는 다른 이들은 그런 소민의 외모에 반했지만 난 그런 차원이 아니었다.

동결건조증으로 인해 여자에게 그다지 관심을 두지 않는 내가 소민에게 반한 것은 깊고 그윽한 그녀의 설명할 수 없는 눈빛 때문이었다.

달을 보면 언제나 떠오르는 아련한 얼굴의 주인공과 닮아 있는 눈빛이 가슴을 뛰게 하는 것이다.

소민의 눈과 처음 마주한 순간 느꼈던, 말할 수 없는 그 짜릿한 전율은 4년이 지난 지금도 잊혀지지 않고 있었다.

크크크, 어쩐지 달빛이 참 서늘하더라니…….

그놈의 부장 새끼!

지가 해줄 것도 아니면서 채근하기는 왜 해!

속에 능구렁이를 수십 마리나 담고 있는 그 자식 때문에 밥도 못 먹고.

오늘을 넘기기 전에 부사장에게 메일로라도 보고를 해야 한다면서 일을 채근하는 부장 때문에 저녁도 못 먹었다.

편의점에서의 일을 애써 잊으며 현관으로 들어선 후 신발을 벗자마자 냉장고를 찾아 문부터 열었다.

부장의 눈치를 보느라 끼니를 놓친 터라 뭔가 먹을 것이 없나 찾아보기 위해서다.

제길!

눈을 돌려가며 열심히 찾아봤지만 역시나 총각이 사는 자취방이 그렇듯 냉장고 안에는 늦은 저녁을 반겨줄 것이 하나도 없다.

소민의 근무가 끝나려면 아직 멀었을 텐데 편의점에 다시 갈 수도 없고, 난감한 일이다.

다른 때라면 편의점에 가서 컵라면이나 삼각김밥으로 저녁을 때우겠지만 오늘은 소민 때문에 그럴 수가 없으니 고픈 배를 부여잡고 있을 수밖에 없는 급박한 상황이다.

쯧! 할 수 없다.

배도 많이 나왔는데 오늘은 굶지, 뭐.

아! 성준이가 그립다.

성준이 녀석이 귀국만 하면 이 처량한 생활도 끝이 날 텐데, 그 녀석이야 워낙 잘 챙겨 먹으니까 이렇게 배를 곯을 일도 없을 거고.

이틀 후에 귀국한다고 했으니 마중이나 나가야겠다. 녀석에게 잘 보여야 앞으로의 삶이 평안할 테니까.

배가 고프니 잠이나 자야겠다.

휴우, 오늘도 소민을 봤으니 그 황당한 꿈을 꾸지 않았으면 좋겠는데…….

*   *   *

창조주가 남긴 최종 명령대로 모든 것을 처리했다.

비틀어진 차원의 질서를 온전히 돌려놓았고, 소멸로 이끈 자들도 처단했다.

하지만 주군이 문제다.

완전히 지워 버렸다고 생각했는데 아직도 아카식레코드의 전재가 남아 있는 것 같다.

이래서는 곤란하다.

만약 다시 깨어난다면 내가 미래로부터 거슬러 온 존재가 아니라는 것을 알게 될 테니 말이다.

듀크라는 이름은 마음에 들지만 다시는 주군과 만나고 싶지 않다. 주군과 만나는 순간 또 다른 타임 슬라이스가 생겨날 테니 말이다.

그냥 이대로 가는 것이 좋다. 창조주의 명령과는 조금 다르게 비틀어놨지만 이상은 없을 것이다.

주군의 인과율과 관계됐던 사람들만 엮어놓았으니 창조주

도 용서해 주실 것이다.

　오늘은 창조주께 돌아가기 전에 마지막 마무리를 지어야겠다. 주군의 의식 속에 남아 있는 아카식레코드의 잔재를 모두 지워야 하는 것이다.

*　　　*　　　*

　오늘은 공항에 나왔다. MIT에서 동문수학하던 성준이가 오는 것이다.

　크크크, 환영한다, 내 밥돌아!

　어제 있었던 프레젠테이션은 완벽하게 끝났다. 이제 프로젝트를 진행하는 일만 남았다.

　그러니 오늘은 성준이 녀석이나 실컷 부려먹어야겠다.

　녀석이 끓인 김치찌개는……

　크으! 꿀꺽!

　벌써부터 침이 고이네.

　게이트를 빠져나오는 녀석이 보인다.

　어! 그런데 저 녀석 옆에 있는 쭉쭉빵빵은 누구?

　"두영아!"

　녀석이 부른다.

　거기다가 보란 듯이 옆에 있는 초절정 미녀의 어깨에 팔까지 두른다.

　"오랜만이다. 그런데 이 아가씨는……"

"크크, 여자 친구인 써니다. 이쪽은 두영이라고, 내 단짝!"

"아, 유전공학을 전공하셨다는… 반가워요. 써니 다이라고 해요. 반가워요."

"바, 반갑습니다."

반갑게 손을 내밀기에 악수를 하기는 했다.

하지만 기분이 좀 찜찜하다. 어디선가 본 듯한 모습이니 말이다.

"우리 써니 말이야, 모델계에서 두각을 나타내는 유망주다. 앞으로 얼굴 보기 힘들지도 모르니까 미리 사인이라도 받아둬라. 후후후!"

"그러냐? 우와! 녀석, 땡잡았구나."

"그래, 인마! 나에게는 복덩이지."

낯이 익다고 생각했는데 워낙 미인이고 모델이니까 화보 같은 데서 본 적이 있는 것 같다.

여자 친구 하나 없던 녀석에게 이런 애인이 생겼다니 부럽기만 하다. MIT의 곰팡내 둘 중 한 명이 환골탈태를 했는데 나만 이런 꼴이라니!

아무래도 오늘은 편의점에서 가서 용기를 한번 내봐야겠다.

『타임 슬라이스』 완결

독자분들께 먼저 사과 말씀 드립니다.

핑계 같지만 사무실 일이 무척이나 바빠서 완결편이 늦어졌네요. 일로 받은 스트레스를 글을 쓰며 푸는 편인데 이번에는 그럴 짬도 없었습니다.

사실 삼묘족에 대한 전설을 듣고 오래전에 기획한 작품인데 갑자기 출간하게 되서 어떠셨는지 무척이나 궁금했습니다.

대부분 인터넷상에 연재 후에 출간을 했는데 타임 슬라이스는 연재없이 곧바로 출간한 작품이었거든요. 사실 반응을 몰라 조금 초조했습니다.

어찌어찌 완결을 짓기는 했지만 조금 아쉽네요.

여러 가지 에피소드를 과감히(?) 빼버렸거든요.

빼버린 에피소드는 수정해서 문피아에 올리는 글에 첨가해서 올리려는데 어떤 식으로 해야 할지 고민이 됩니다.

좋은 작품이 되기를 바라며 써가고 있기는 한데, 제가 워낙 템포가 느린 스타일이라서요.

앞으로도 좋은 작품으로 독자 분들을 만나려면 글 쓰는 방법을 개선해야 할 텐데 그게 말처럼 쉽지가 않네요.

써놓은 것은 많은데 그걸 하나하나 수정하려면… 휴우!

앞길이 정말 까마득합니다.

그래도 언제나 힘들 때면 격려를 해주시는 분들이 계셔서 기운을 낼 수 있습니다. 응원의 글도 있고, 질책의 글도 있어 나름 작가에게 글 쓸 힘을 주니 말입니다.

그렇지만 요즘 날씨가 아주 이상해 걱정입니다. 줄줄 흐를 정도로 땀이 많아서 말입니다.

한여름이 되면 어떻게 글을 써야 할까 지금부터 고민하고 있지만 방법이 없네요.

지금도 땀을 뻘뻘 흘리며 작가후기를 쓰고 있는 중인데 에어컨이라는 놈이 어떻게 생겼는지 정말 간절히 만나보고 싶습니다.

덜덜덜거리며 돌아가는 몇 년 된 선풍기가 유일한 위안이지만 저놈도 언제 고장이 날지 모르고…….

좋은 작품으로 독자 분들을 만나려면 제가 좀 고생을 해야 할 것 같습니다.

제 넋두리는 이제 그만하고, 그동안 타임 슬라이스를 성원해 주신 여러분께 깊은 감사를 드립니다.

졸작이나마 아껴주신 점 잊지 않고 앞으로 좋은 작품으로 만나 뵙기기 위해 노력하겠습니다.

미르영 올림

Book Publishing CHUNGEORAM

풍림
화산

임영기
新무협 판타지 소설

풍림화산

천당에서 지옥으로 질풍노도처럼[風] 거지에서 대살수로 웅크린 숲처럼[林]
복수의 화신으로 불길처럼[火] 악마에서 영웅으로 거대한 山이 된다.

풍림화산(風林火山)

한 사나이의 파란만장한 대역정이 웅장하고 장렬하게 펼쳐진다.

유행이 아닌 자유추구 -
WWW.chungeoram.com
Book Publishing CHUNGEORAM